Das Buch

Am Silvesterabend erfährt Eva, dass ihre Oma mit Opa Schluss machen und ausziehen will – nach sechzig Jahren Ehe. Eva ist seit sechs Jahren mit ihrem Freund zusammen und glücklich. Oder?

Sie haben eine schöne Wohnung, reisen viel und lieben ihre Arbeit. Eva will vielleicht ein Kind, Johannes nicht. Darüber reden sie nicht, denn eigentlich ist die Sache entschieden. Aber dann lernt Eva in einem Club Tobias kennen. Plötzlich geraten die Dinge in Bewegung.

Als ihre Oma anruft und erzählt, dass sie es zu Hause nicht mehr aushält, beschließen die beiden: Wir hauen ab! In den Süden, ans Meer. Familie und Freunde sind in Aufruhr, Johannes und Tobias schicken eine SMS nach der anderen – eine aufregende Reise nach Elba beginnt.

Sabine Heinrichs Debüt ist eine rasante Roadnovel über zwei Frauen vor einer großen Entscheidung und eine hinreißend leicht erzählte Geschichte über Italien im Januar und die Sehnsucht nach Sehnsucht.

Die Autorin

Sabine Heinrich, geboren 1976 in der Grauzone westliches Westfalen/östliches Ruhrgebiet, ist seit 2011 Radio- und Fernsehmoderatorin beim WDR. Für ihre vormittägliche Sendung »1LIVE mit Frau Heinrich« wurde sie 2011 mit dem Deutschen Radiopreis ausgezeichnet. Seit 2015 moderiert sie das Magazin »frauTV«. *Sehnsucht ist ein Notfall* ist ihr Debütroman.

KiWi
1459

Sabine Heinrich

Sehnsucht ist ein Notfall

Roman

Kiepenheuer
& Witsch

Dieses Buch ist ein Werk der Fiktion.
Ähnlichkeiten mit realen Personen
sind nicht beabsichtigt und zufällig.

Verlag Kiepenheuer & Witsch, FSC® N001512

2. Auflage 2015

Umschlaggestaltung: Barbara Thoben, Köln
Umschlagmotiv: plainpicture/Millennium
Foto der Autorin: © Bettina Fürst-Fastré
Gesetzt aus der Goudy Old Style
Satz: Buch-Werkstatt GmbH, Bad Aibling
Druck und Bindearbeiten: CPI books GmbH, Leck
ISBN 978-3-462-04846-9

Für Martha

»Es ist nicht das, was man empfindet,
nicht nur das, was man fühlt,
nicht, was man voller Sehnsucht sucht,
Liebe ist das, was man tut.«

Rettung, Kettcar

31. Dezember

»Eva, ich muss dir was sagen: Ich ziehe aus, ich will nicht mehr, ich mache Schluss und verlasse ihn. Das ist jetzt meine Chance auf einen Neuanfang und die Wohnung ist schön, ich habe sie mir gerade angeguckt. Sie ist sauber und es gibt eine Badewanne auf der Etage und eine Heizung. Ich habe noch nie eine Heizung gehabt, ich hatte immer nur einen Ofen und jetzt steht meine Entscheidung fest, er kann sehen, wie er klarkommt. Da liegt noch ein Haufen Wäsche, die wasche ich ihm nicht mehr. Wirst du mir beim Umzug helfen? Es ist nicht viel. Nächste Woche bin ich weg.«

»Oma?«

»Jaja, du hast viel zu tun, ich will nicht stören. Onkel Richard hat ja einen großen Kofferraum. Ich brauche auch nichts, ich nehme nichts mit.«

»Oma, es ist Silvester und ich stehe quasi unter der Dusche und du erzählst mir, dass du mit Opa Schluss machst?«

»Wenn du das so sagen willst, dann mache ich mit Opa Schluss. Pass auf, wenn du noch was aus der Wohnung haben willst, dann komm vorbei: Ich frage Onkel Richard, ob er einen Container bestellen kann. Dann kommt alles weg.«

»Und was sagt Opa dazu?«

»Dem sage ich es morgen, ich glaube, er kommt gerade die Treppe runter, ich muss auflegen. Und denk daran, heute die Wäsche abzunehmen. Tschüss, Evakind.«

Es klickt in der Leitung.

»Ja, Oma. Wäsche über den Jahreswechsel hängen zu lassen, bringt Unglück. Ich weiß. Guten Rutsch!«, sage ich in die tote Leitung.

Johannes hat sich mittlerweile auf den Klodeckel neben der Badewanne gesetzt und drückt mir ein Glas Sekt in die Hand.

»Hier, zum Vorglühen. Was wollte sie denn, das nicht bis nach dem Duschen warten konnte?«

»Warte –«, ich kippe den Sekt in einem runter und gebe ihm das leere Glas zurück, »könnte ich noch einen haben? Oder noch besser: Bring die ganze Flasche mit. Oma macht mit Opa Schluss. Prosit Neujahr!«

»Was?« Er schüttelt den Kopf: »Hatte sie ein Mon Chéri zu viel?«

»Ich glaube, sie meinte das ernst.«

»Dann hole ich lieber mal eine Flasche Schnaps. Hat sie einen neuen Typen?«

»Spinnst du? Sie ist 79, da hat man keinen neuen Kerl. Hol endlich mehr Alkohol, sonst suche ich mir noch einen.«

Johannes geht in die Küche und kommt mit der Flasche Sekt zurück. Er gießt nach und stellt sie auf das Spülbecken.

»Die Oma ist krass drauf«, sage ich in den Duschkopf. Das Glas halte ich so, dass kein Wasser reinkommt. Der kalte Sekt im Mund in Kombination mit dem heißen Wasser fühlt sich toll an. Aus den Augenwinkeln sehe ich, dass sich Johannes auszieht. Er legt seine Sachen ordentlich auf die kleine Anrichte neben dem Waschbecken. Was ist denn hier los, so ist er doch sonst nicht drauf? Nicht, dass das jetzt in ungelenkem Silvestersex unter der Dusche endet. Er steigt zu mir und schiebt sich an mich heran, wahrscheinlich um auch Wasser abzubekommen.

»Ich verstehe Oma nicht. Ich meine, wenn jetzt Kati oder Anne noch schnell vor dem neuen Jahr Thomas oder Jan abschießen würden … Mit 180 km/h unterwegs in die Zukunft. Häppienujier.«

»Mäuschen, deine Mädels schieben mit 3,6 km/h ihren Bugaboo Richtung Latte macchiato. Kati hat ihr Kind schon und Anne castet wöchentlich einen neuen potenziellen Vater.«

»Woher willst du das denn wissen?«

»Ach komm, ihr Frauen. Unter 30 mit dem Rucksack die Welt erobern und ab 30 redet ihr nur noch über Kinder … Zum Glück erobern *wir* zusammen die Welt. Komm Süße, wir trinken auf Patagonien! Nur wir zwei und der W-Trek. Das wird super nächstes Jahr!«

»Ach, Johannes!« Ich friere, weil ich nicht mehr genug heißes Wasser abbekomme.

»Erst mal muss ich gucken, was mit Oma ist«, sage ich und tauche unter seinem Arm durch raus aus der Dusche.

»Was denn? Kein Silvestersex in der Dusche? Wofür habe ich dir den Sekt gebracht?«

»Keine Zeit, Hase. Ich muss noch die Wäsche abnehmen, es ist ja Silvester.«

»Alles klar, Mutti.«

Neujahr

Der erste Januar gilt gemeinhin als Zäsur: Man kann eine Diät beginnen, mit dem Rauchen aufhören oder den Opa abschießen. Oder sich selbst, stelle ich fest, als ich an gestern Abend denke. Mein Vorsatz fürs neue Jahr lautet: auf dem Sofa liegen bleiben. Am Abend werde ich sehr stolz auf mich sein, weil ich das durchgehalten habe.

Johannes und ich leben jetzt drei Jahre zusammen und ich freue mich jeden Tag, dass sich mein Sofa gegen seins durchsetzen konnte.

»Du musst Pissmarken setzen im neuen Revier: Lass ihn bloß nicht sein Ivar-Regal aus der Studibude aufbauen, auch nicht ›erst einmal‹ – dann hast du es ewig da stehen«, war ein sehr guter Ratschlag einer Freundin.

Und in der Tat: Lehrer haben anscheinend eine Schwäche für diese Regale. Selbst als Johannes schon länger mit dem Referendariat fertig war, konnte er sich nur schwer von Ivar trennen. Jetzt wohnt Billy bei uns. Johannes hat von seinen Kumpels wahrscheinlich gehört: »Sieh zu, dass du richtige Stühle in die Wohnung stellst … diese Physio-Tanten sitzen nämlich ganztägig auf grünen oder pinkfarbenen Gymnastikbällen.«

Stimmt. Oder sie liegen auf dem Kuschelsofa. Das darf nicht aus Leder sein, denn das wäre viel zu kalt. Und es braucht eine Decke.

Das Sofa ist perfekt. Besonders, wenn man nicht mehr im Bett liegen kann und eine Veränderung braucht. Wunderbar! Einfach im Schlafanzug rüberschlurfen, unter die Decke krabbeln und die Kissen platzieren. Meine alte Stoffkuh Kuhno liegt auf meinem Bauch. Ich mache ein Instagram von uns und lade es mit dem Hashtag #fromwhereIcouch hoch.

Leider herrscht hier striktes Duftkerzenverbot. Dass Johannes bei seinem Einzug kein Verbotsschild aufgehängt hat – so ein rundes mit einer durchgestrichenen Kerze drauf –, wundert mich immer noch. Johannes hasst Duftkerzen. Alle Männer hassen Duftkerzen. Als sich Jan und Kati getrennt haben, hat Kati uns Mädels in einer Prozession durch die ganze Wohnung geführt: In jedem Zimmer hat sie eine Duftkerze angezündet und ein Glas Sekt gereicht. Sie nannte es »Ex-orzismus«.

Allerdings ist Jan vier Wochen später wieder eingezogen. Er hat darauf verzichtet, mit seinen Kumpels und einem Bollerwagen voll Bier durch die Wohnung zu ziehen. Der Einzige, der jetzt mit einem Bollerwagen durch die Wohnung zieht, ist der kleine Leo.

Ach, Johannes, wieso nicht wir? Ich will nicht durch die Wildnis wandern, ich will ein Kind. Achtung, Eva! Heute keine solchen Gedanken, dein Kopf ist auch so schon viel zu schwer. Jetzt ist Dösen auf dem Sofa angesagt! Der erste Januar sieht auch draußen nach nichts aus, es ist Mittag und der Tag mag nicht hell sein. Johannes ist vom Laufen zurück und ich höre aus der Küche dieses »Tacktacktack« – er kann einfach nicht herumliegen, wenn er wach ist. Er findet, dass man sich nur hinlegen muss, wenn man schlafen will. Ich schlurfe auf meinen Kuschelsocken in die Küche. Seine Laufschuhe stehen auf einer Zeitung aus dem vergangenen Jahr im Flur und die Sohlen hat er rausgenommen und auf die Heizung gelegt.

»Tacktacktack«, Johannes schneidet Paprika in Rauten. Das ist seine Art zu entspannen, das ist sein Yoga.

Die passende Hose habe allerdings heute ich an.

»Na, Süßer, war es gut auf der Runde?« Ich halte mich von hinten an ihm fest und lege mein Ohr auf seinen Rücken.

»Ja, war schön. Hast du was von deiner Oma gehört?«

»Nö. Gibst du mir ’ne rote?« Ich fingere blind vor seinem Körper herum und bin überrascht, dass ich tatsächlich eine rote Raute erwische.

»Finger weg!«

»Ich traue mich nicht, bei ihr anzurufen.«

»Stell dir vor, du hast so lange durchgehalten und dann stolperst du auf der Zielgeraden«, sinniert er schnibbelnd. »Sie hätte sich doch viel Stress sparen können, wenn sie früher gehandelt hätte. Jeder sollte sich ein Beispiel an deiner Oma nehmen.«

»Aha, wollen wir sofort Schluss machen?« Ich setze mich auf die Fensterbank und stelle die Füße auf dem Heizkörper ab. »Eigentlich hatte ich mich für ›eine Diät machen‹ als Vorsatz entschieden und nicht für ›Beziehung beenden‹.«

»Ja, klar, Eva«, er wirft mir einen Kuss rüber. »Aber denk doch mal nach. Die findet doch jetzt keinen neuen Typen mehr. Das hätte sie sich vor 20, nein … 40 Jahren überlegen sollen.«

»Geht's denn immer um einen Typen? Vielleicht hat sie jetzt erst gemerkt, dass sie sich mit ihm einsam fühlt. Soll vorkommen. Dann ist es doch egal, wann die Beziehung beendet wird.«

Er schaut mich fragend an.

»Jo, gib mir einen echten Kuss!«

»Na gut, zur Sicherheit.« Er nimmt den Teller mit den Paprika, gibt mir einen Kuss auf die Nasenspitze und verlässt die Küche. »Ich gehe jetzt Mathearbeiten korrigieren«, ruft er aus dem Flur.

»Neujahr?«, frage ich. »Gucken wir nicht Skispringen? Wie jedes Jahr?«

»Nein, öfter mal was Neues. Du willst Kilos loswerden, deine Oma den Opa und ich das schlechte Gewissen, die Arbeiten nicht am ersten Schultag zurückgeben zu können.«

»Gib allen eine Eins und schreib einen lieben Gruß von mir drunter.«

Okay. Dear Sofa, I am back again. Ich schalte den Fernseher an und werde schläfrig. Oma steht am Schanzentisch und traut sich nicht zu springen. Ich will sie schubsen, Johannes will sie zurückhalten. Derweil steht Opa am Mikrofon des Sportreporters und spricht von Trainingsrückständen und versäumter Skisprung-Nachwuchs-Förderung. Als Oma springt, wache ich auf. Meine Wange ist verdächtig feucht. Warum sabbere ich eigentlich nur im Schlaf, wenn ich auf dem Sofa liege?

Mittlerweile ist es dunkel geworden, aber es kann noch

nicht spät sein. Vom Sofa aus sehe ich einen Lichtschein aus Jos Arbeitszimmer im Flur. Er setzt seinen Neujahrsvorsatz um. Ich werde auch etwas verändern, beschließe ich. Aber für heute muss es reichen, wenn ich vom Sofa ins Bett wechsle.

2. Januar

Die Praxis hat heute noch Ferien und ich beschließe, zu Oma zu fahren. Sie öffnet mir die Tür in ihrem Lieblingskittel. Es ist der blaue mit den roten Knöpfen und der Bordüre an den Seitentaschen, in denen sie immer ein Feuerzeug und ein Stofftaschentuch hat. Mit dem kann sie zur Not auch fremde Kinderrotznasen putzen. Ich umarme sie und folge ihr in die Wohnung. Es ist extrem warm, denn der Kohleofen bollert ordentlich. Oma setzt sich und trinkt einen Schluck Cola aus ihrem Glas. Daneben liegt eine offene Schachtel Marlboro 100.

»Er hat mir mehr Haushaltsgeld angeboten, damit ich bleibe.«

»Ist er ausgeflippt?«

»Gar nicht. Ich soll alles mitnehmen. Er sei sowieso schon längst weg gewesen und habe auch die Nase voll. Hat mich nicht überrascht. Was soll er auch anderes sagen? Ich nehme hier gar nichts mit, er kann den ganzen Kram behalten!«

»Oma!«

»Die neue Wohnung hat drei Zimmer. Zweiter Stock, überall Laminat. Fliesen im Bad und die Badewanne im selben Raum wie das Klo. Alles auf einer Etage.« Oma lehnt sich zurück und legt einen Fuß auf den Schemel. Sie atmet den Qualm ihrer Zigarette durch die Nase aus. »Ich brauche nichts zu kaufen. Die alte Frau, die da vorher gewohnt hat, geht ins Altersheim und lässt alles dort.«

»Du ziehst also wirklich in deine erste eigene Wohnung, oder? Wann geht's los?«

»Weiß ich noch nicht. Die von der Genossenschaft machen das Bad noch neu.«

Plötzlich cool, meine Oma. Mit 79.

Sie war 19, als Opa sie an der Bushaltestelle getroffen hat. Eigentlich war er mit einem anderen Mädchen verabredet, das kam aber nicht. Stattdessen stieg Oma aus dem Bus. »Hätte ich den Bus mal besser verpasst«, hat Oma manchmal gesagt. Ich hielt das immer für einen Scherz. Noch bevor sie über Liebe gesprochen hatten, war sie schwanger – ein Dreimonatskind. Geheiratet wurde im Wohnzimmer, kurz vor Ostern. Mama kam im Juli. Barbara, die Schutzpatronin der Bergleute. Opa war bei der Geburt auf Schicht unter Tage. Glückauf!

Kind zwei kam zwei Jahre später, an Kind drei war Oma nicht beteiligt. Sie sah es beim Einkaufen an der Hand einer Frau aus dem Dorf und dachte kurz, es sei ihr Sohn Richard. Die beiden Frauen standen sich wortlos gegenüber. Oma hat

Opa nie von der Begegnung erzählt. Was hätte sie auch sagen sollen, geändert hätte es nichts. In Momenten wie diesem griff ihr Überlebensmotto: »Jammern macht die Dinge nicht ungeschehen«.

Heute sieht Oma den Jungen alle zwei Wochen in der Apotheke. Er verkauft ihr die Tabletten, die sie für ihr Herz braucht. Auch damit macht sie nun Schluss. In der Nähe der neuen Wohnung ist eine andere Apotheke.

»Ich brauche noch nicht einmal Bettwäsche. Die lässt die Frau auch in der Wohnung. Im Heim braucht man nämlich keine eigene.«

»Aber ihre Nachthemden nimmt sie schon mit, oder? Oma, du kannst doch nicht in fremder Bettwäsche schlafen! Deine Laken sind doch noch in Ordnung und sie riechen nach Zuhause. Nimm sie mit.«

»Nee, ich will alles loswerden, was mich an Opa erinnert.«

»Aber ein paar private Sachen brauchst du doch, oder? Sollen wir mal zum Aldi fahren und Bananenkartons holen, dann können wir anfangen zu packen?«

»Nein, Eva! Ich pack den Kram nicht ein. Ich will nichts. Dein Onkel hat heute einen Container bestellt, wir werfen alles weg. Nimm dir, was du haben willst.«

»Wir können auch ein paar Sachen bei Ebay verkaufen. Du kannst die Kohle brauchen, oder glaubst du, Opa zahlt dir was? Wo sind denn die Kontoauszüge vom letzten Monat?«

»Die liegen da, in der zweiten Schublade.«

In Omas Wohnzimmerschrank steckt ihr ganzes Leben, nebst Schlüpfern und Strümpfen. So muss sie nicht nach oben in den ersten Stock gehen, wenn sie sich morgens in der Küche wäscht – ein richtiges Badezimmer gibt es in den Zechenhäuschen nicht, nur eine einzelne Toilette ohne Waschbecken. Die Badewanne ist im Keller. Warmes Wasser gibt es nur, wenn Oma vorher Feuer im Kessel gemacht hat. Herzlich willkommen in der Neuzeit.

Unter der Wäsche liegt ein grüner Schnellhefter. In dem Streifen erkenne ich meine Schreibschrift »Eva Ludwig 2a« – Oma neigt nämlich nicht zum Wegwerfen und heftet ihre Unterlagen in meinen alten Schulmappen ab.

»Wo sind denn die anderen Kontoauszüge?«

»Das sind alle.« Oma raucht jetzt Kringel.

»Sag mal, mehr ist das nicht? Große Sprünge kannst du damit nicht machen, oder?«

»Mach ich schon wegen meiner Hüfte nicht.« Oma hebt sich aus dem Sessel und ihre nylonbestrumpften Füße suchen nach den Schlappen, die unterm Tisch liegen. »Reicht doch, wenn das Herz springt.«

Ich bin mir nicht ganz sicher, ob sie das romantisch oder medizinisch meint. Wäre Oma meine Freundin, würde ich wahrscheinlich mit einem dünnen Männer-Gag kontern. Ich traue mich nicht.

»Wo ist eigentlich Opa?«

»Weggefahren. Mit dem Bus.«

So schließt sich der Kreis.

Irgendwie scheint die Wohnung mit den Jahren kleiner geworden zu sein. Ich habe hier zusammen mit Oma gewohnt, in der kleinen Oma-Eva-WG, weil Opa meist in seinem Schrebergarten war. Das war sein Reich und da durfte Oma nie hin, vielleicht wollte sie auch nicht. Mir war es recht, so konnte ich Oma oft über Nacht im großen Bett besuchen.

Bei Oma gab es verbotenes Fernsehen, Sprudelkuchen und Cola zum Frühstück und abends saß sie im Kittel mit den Nachbarn der Zechensiedlung vor der Tür. Das Schlafzimmerfenster auf Kipp gestellt, konnte ich immer gut einschlafen. Das Gequassel unten auf der Straße hat mich beruhigt. Johannes kommt leider immer noch nicht klar damit, dass ich zum Einschlafen ein dudelndes Radio brauche.

»Oma, kann ich den Hähnchengrill haben?«

»Das olle Ding! Was willst du denn damit?«

Es hat immer so gut gerochen, wenn Oma uns samstags ein Hähnchen gegrillt hat. Dazu gab es Gummibrötchen.

»Ach, Oma, ich hab's! Ich könnte den Staublappen mitnehmen!«

»Ja, Eva! Nimm den Staublappen, du doofe Trulla«, lacht sie aus ihrem Sessel.

Das war als Kind mein erster Job im Haushalt: Staub wischen an der Schrankwand. Gelsenkirchener Barock, was sonst? Voll mit den kostbarsten Besitztümern meiner Großeltern: kleine Vasen, Fotos der Kinder, ein Souvenirtellerchen aus dem Schwarzwald. Frau Wolter hat damit in den Siebzigern ihren nachbarschaftlichen Dank dafür ausgedrückt, dass Oma den Mülleimer für sie rausstellte, wenn sie im Urlaub war. Oma musste nie Dankbarkeit in Form von Tellerchen ausdrücken. Sie war nie im Urlaub.

»Den Ofen, Oma. Was ist mit dem Ofen? Wie soll ich denn meine Haare trocken bekommen, wenn du den nicht mehr hast?«

»Oh, da haben wir Ärger mit Mama bekommen, weißt du noch? Weil du nach dem Baden *Die Pyramide* geguckt und dabei mit dem Rücken zum Ofen die Haare getrocknet hast und sie dann angesengt waren.«

»Hat das gestunken«, stelle ich leise fest. In meiner Nase kribbelt es, oben an der Wurzel. Nein, nicht weinen. Das sind doch die Geschichten, die bleiben, auch wenn es die Wohnung nicht mehr geben wird.

»Oma? Willst du das wirklich tun? Willst du wirklich ausziehen, dein Leben hier einfach beenden?«

»Ja, meine Eva. Ich mache das jetzt und es ist nicht so, als würde ich ein Leben beenden. Komm, hilf mir mal hoch. Ich hole Kohlen aus dem Keller, sonst geht der Ofen aus.«

»Ich nehme die Keramikdose hier, darf ich? Die mit dem Holzdeckel aus der Küche, wo das Salz drin ist.«

»Wie du willst.« Sie guckt skeptisch.

Eine weiße Dose mit einer orangefarbenen Siebzigerjahre-Blume drauf. Salz muss immer im Haus sein, das darf man nicht verschütten: Das bringt Unglück, da war sie sich immer sicher. Aber was hat es ihr gebracht, immer Salz im Haus gehabt zu haben?

3. Januar

»Da! Nee, etwas weiter links, so knapp über dem BH. Ah! Nee, Moment …«

»Ist schon in Ordnung, Frau Fender. Ich finde die Stelle und dann können Sie sich bald wieder bewegen.«

Ich finde es immer ein wenig lustig, wie die Patienten so vor mir liegen und ungelenk zeigen, wo sie blockiert sind. Manchmal stelle ich mir einen dicken Marienkäfer in Rückenlage vor, der völlig verzweifelt versucht, wieder auf die Füßchen zu kommen. In diesem Fall bin ich diejenige, die versucht, Frau Fender wieder auf die Füßchen zu stellen. Leider ist sie gerade so angespannt, dass ich nicht weiterkomme.

»Atmen Sie doch erst mal durch, kommen Sie an und entspannen Sie sich.« Es gibt eben Patienten, die erwarten diese leicht angehauchte Eso-Stimmung bei einer Osteopathin – sollen sie haben!

Auch Frau Fender mag die Entspannungs-CD sehr. Mich fragt da keiner. Die Musik macht mich wahnsinnig. Warum nicht mal Linkin Park?

»Neeee … Frau Ludwig, doch knapp rechts unterhalb des BHs.«

»Frau Fender, ich glaube, ich könnte am gesamten Rücken drücken, es tut gerade überall weh.«

»Das stimmt«, seufzt sie. Ihr Körper sackt zusammen, als würde er kapitulieren.

Jetzt ist sie da, wo ich sie haben wollte. Ich kann anfangen. Und so beginnen die Panflötenvögel von der NicePrice-CD und ich unsere Arbeit an Frau Fenders Nerven und nach drei Minuten ist sie eingeschlafen.

Ich muss gar nicht mit dem Kopf dabei sein, meine Hände wissen, was zu tun ist.

Die Wanduhr im Behandlungsraum zeigt kurz vor halb zehn und Johannes müsste gerade erste Pause haben. Wahrscheinlich hängt er mit Steffen im Lehrerzimmer rum und bespricht die nächste Klassenfahrt.

Manchmal glaube ich, die beiden sind nahtlos von der Oberstufe ins Lehrerzimmer umgezogen. Die haben doch nicht zwischendurch studiert, oder?

»Aua!« Frau Fender ist aufgewacht.

»Ja, Frau Fender, das ist der Knoten. Da sitzt die Verspannung, das kann jetzt mal wehtun. Verzeihung.«

Was Oma wohl gerade macht? Im Zweifel ihre Bingokarten kontrollieren. Es ist erstaunlich, wie sie das wegsteckt. Ich könnte mir gar nicht vorstellen, mich von Johannes zu trennen. Haben alte Leute eigentlich Liebeskummer? Vielleicht hört das irgendwann einfach auf. Wäre eigentlich ganz schön – Liebeskummer braucht kein Mensch.

Unter meinen Händen wird es wärmer und weicher. So eine Verspannung im Rücken lässt sich wirklich gut wegkneten, eine Verspannung in der Beziehung leider nicht. Meine Kollegin Anne meint, bei Liebeskummer gebe es nur ein wirksames Medikament, und das trage die Namen Andi, Alex und Daniel. Es sei rezeptfrei, habe jedoch Nebenwirkungen. Anne kennt sich aus: Montags liegt sie regelmäßig in Kabine drei und ich streichle ihr dann den Kopf und höre mir ihr Leid zum zwölfendrölfzigsten Mal an.

»Nein, Anne. Kein Problem … du erzählst wirklich nicht jede Woche das Gleiche. Da war ein Halbsatz dabei, den ich so noch nicht gehört habe, und ein neuer Name.«

Ob Oma wohl weint? Ich würde weinen.

Jetzt wird's heller im Raum, das bedeutet, Frau Fender könnte langsam aufwachen. Es war eine gute Investition, die Lichtanlage mit einem Timer zu versehen, denn so wird das Aufwachen für die Patienten viel angenehmer. Noch einmal den ganzen Rücken streicheln und Frau Fenders Gesichtsausdruck genießen.

Wie ich das liebe, wenn die Damen und Herren beim Rausgehen plötzlich eine Wolke unter den Füßen haben.

Keine Nachricht auf dem Handy, das in der Praxisküche am Strom hängt. Die Steckdosen sind zugeordnet und meine ist die an der Fensterbank. Die musste ich mir hart erarbeiten, denn Annes Steckdose ist die unterm Tisch.

SMS an Johannes, 10.41 Uhr

Hallo Mann. Ich denke gerade an

dich. Und du? Hab ich eine Chance
gegen die 8a? Wie läuft's bei dir?
Kuss!

In Kabine vier liegt der nächste Marienkäfer und wir hoffen beide auf die Wolke in 45 Minuten. Warum sind nach Weihnachten eigentlich alle so verspannt?

SMS an Johannes, 11.37 Uhr
Hier kommt ein lieber Kaffee
zwischendurch (_)*
Kussing.

Licht gedämpft, Stimme des Patienten in der Zwei nicht. Herr Albert fragt nun schon zum vierten Mal nach meiner Ausbildung und meinen Qualifikationen. Und, ja, Herr Albert: Sie sind Privatpatient. Und, ja: Das kann manchmal wehtun, auch bei Privatpatienten. Nein, Herr Albert, heute habe ich leider keine Wolke für Sie.

SMS an Johannes, 12.30 Uhr
Mahlzeit, Schatz. Handy vergessen?
Bei WhatsApp warst Du doch vor
20 Minuten das letzte Mal online.
Wasnlos? Kuss, Eva Kontroletti.

SMS an Johannes, 12.31 Uhr
Tut mir leid.

SMS an Johannes, 12.31 Uhr
Tut mir doch nicht leid.

Wieso antwortet der Vogel nicht? Wieso schreibt Johannes nie zurück? Daran habe ich mich in sechs Jahren Beziehung noch nicht gewöhnt.

»Na, Thore, was macht Werder?«

»Ist doch Winterpause, da spielen die nicht.«

»Ach, ich bin ja auch doof. Und was macht dein Bauchweh?« Ich setze meinen Lieblingspatienten auf die Liege und fasse nach seinem Köpfchen. Thore hat schon mit fünf Jahren ein Reizdarmsyndrom. Er hat oft schlimme Bauchkrämpfe. Seine Ernährung wurde umgestellt, es geht ihm aber immer noch nicht gut.

»Das ist auch doof.« Er guckt zu seiner Mutter.

»Am Wochenende war es wieder ganz schlimm. Wir dachten erst, er habe vielleicht Weihnachten zu viele Süßigkeiten gegessen. Aber das kann es nicht gewesen sein.«

»Pass auf, Thore, ich drücke jetzt ein bisschen an deinem Rücken und halte dann noch ein wenig deinen Kopf. Wie immer: Es tut nicht weh und wenn doch, dann gebe ich dir ein Eis aus. Abgemacht?«

Ich schaue Thore in die Augen und er strahlt mir ins Gesicht: »Aua!«

»Thooore?! Verschaukelst du mich, bekomme *ich* ein Eis.« Dann fange ich an, seinen Rücken sanft zu behandeln. Wollen wir doch mal sehen, ob die doofen Bauchschmerzen nicht bald weggehen.

Wenn Thore in die Praxis kommt, wird es gleich etwas heller. Wie das wohl ist, so ein lustiges Thore-Kind zu haben? Ich erwische mich dabei, wie ich seine Mutter neidisch anschaue. Thore hat eine schöne, nette Mutter und es wäre fairer, wenn wenigstens sein Vater, der auch regelmäßig mit Thore in die Praxis kommt, hässlich und unfreundlich wäre, aber das Leben ist ja selten fair, denke ich und lächle Thore an.

»Fertig?«

»Ja, Thore. Leider schon fertig – heute kein Eis für dich.«

Und schwupps, ist er von der Liege gehüpft.

»Nächste Woche kommt sein Vater mit ihm«, sagt Thores Mutter knapp.

Alles klar. Adieu, kleine perfekte Familie.

»Ja, ja, ich habe gesehen, dass du geschrieben hast.«

»Und? Finger abgefallen, oder warum hast du nicht geantwortet?«

Johannes sitzt wieder am Schreibtisch und prüft Jugendherbergen für die Klassenfahrt. »Ich hab dich echt vermisst. Heute war so ein Scheißtag, alle waren verspannt und ich musste die ganzen Weihnachtsprobleme wegkneten.«

»Und gleichzeitig hast du SMS verschickt? Ruf mich doch an, wenn was Wichtiges ist.«

»Johannes? Reden? Wir beide?«

»Was denn, Mäuschen?«

»Nix ›Mäuschen‹«, meine Stimme wird angestrengt und das bringt ihn dazu, sich umzudrehen. »Als wir gerade zusammengekommen sind und ich mit den Mädels auf Ibiza war und du mit den Jungs in Schweden, haben wir jeden Abend stundenlang telefoniert. Wir haben uns alles Wichtige des Tages erzählt. Ich so: Und dann habe ich Eis gegessen. Und du so: Ach! Und ich so: Ja. Und du so: Toll. Und dann hatten wir Handy-Sex am Strand. Mit Vorspiel. Du in Schweden und ich auf Ibiza.«

»Wenn ich jetzt einen Kuss auf ein Bötchen setze, wie lange braucht es, bis es ankommt – ich erinnere mich.« Er schaut mich lächelnd an. »Aber erinnerst du dich auch an die Telefonrechnungen? Davon hätten wir noch mal zusammen verreisen können.« Sein Blick sucht meine Einsicht.

»678,32 Euro. Ich habe die Handyrechnung in meiner Schatztruhe unterm Bett und keinen Cent bereut.« Diese Diskussion ist unnötig, weil wir uns bei diesem Thema auf zwei unterschiedlichen Planeten bewegen. Ihm geht es gar nicht ums Geld. Es geht ihm ums Prinzip. Das ist mir zu billig.

»Süße, ein Handy ist für den Notfall da.«

»Johannes, Sehnsucht *ist* ein Notfall.«

Er steht auf und nimmt mich in den Arm. »Frieden? Oder soll ich dir das per SMS schicken?«

»Ach, Jo. Schreib mir mal was Liebes. Das wirst du doch hinkriegen. Sonst klau ich dir mit meinen erschöpften Händchen die Nase.« Ich lege meinen Kopf an seine Brust: »Was gibt's zum Abendessen? Nutella?«

»Ich fürchte, die Löffel sind aus.« Er drückt mir einen Kuss auf den Kopf.

»Manno!« Ich gucke zu ihm hoch, während er mich weiter festhält. »Muss ich dann etwa Nutella mit Brot essen? Das ist ja fürchterlich!«

Ach, dann antwortet er eben nicht auf meine SMS. Aber wie er da so sitzt und sich für Achtklässler Jugendherbergen im Harz anschaut, ist er ja doch ganz süß.

»Kommst du?«

»Nee, tut mir leid, ich muss hier gerade mal prüfen, ob irgendwelche gefährlichen Kneipen in der Nähe der Jugendherberge sind. Nicht, dass ich meine Pappenheimer da jeden Abend rausholen muss.«

Dann feiere ich das Nutellafest eben allein. Ich gehe ins Bett und lege das leere Glas auf sein Kopfkissen.

4. Januar

Guten Morgen, Nutellamonster,
bin schon früher los. Steffen und ich wollen vor Unterrichtsbeginn noch Sport machen. Hast ganz lieb geschlafen und ich wollte dich nicht wecken. Tun die Hände noch weh? Hab deine Handschuhe auf die Heizung gelegt und sie vorgewärmt, dann ist's gleich aufm Rad schöner.
Kuss,
Jo.

Ach, guck, ein Zettelchen. Analog-SMS. Hat doch was gebracht gestern.

Das Morgenritual sieht vor, erst mal im Bademantel auf der Fensterbank zu sitzen und klarzukommen. Fünf Minuten dumpf auf die Straße gucken. Dicke Socken an, die Füße auf der Heizung. Vor zwei Wochen war es zu dieser Zeit noch dunkelblau draußen und die Sterne funkelten. Es gibt einen Himmel vor Weihnachten und einen danach. Jetzt ist die Welt dunkelgrau und die Sterne bauen Überstunden ab. Im Januar tauscht irgendjemand den Himmel aus.

Ich frage mich, ob Johannes überhaupt im Bett war, denn ich habe ihn in der Nacht nicht gespürt. Das würde ich allerdings nie zugeben, weil ich glaube, wer sich nachts im Traum loslässt, der fasst sich bald auch wach nicht mehr an.

Was wäre, wenn Johannes hier nicht mehr wohnen würde? Als ich darüber nachdenke, erwische ich mich dabei, dass ich es nicht ganz so schlimm fände. Jede Woche zöge ein neues Nutellaglas bei mir ein, am Wochenende auch mal zwei.

Ach, Dreck, ist doch doof! Allein wohnen ist Quatsch. Ohne Johannes würde ich wirklich nur noch von Nutella leben, er ist derjenige, der kocht und es ist auch wirklich sehr schön, abends nach Hause zu kommen und es brennt schon Licht. Und wenn es die Lampe in seinem Arbeitszimmer ist.

In der Dusche liegt Johannes' Zahnbürste und immer wenn ich ihn vermisse, benutze ich sie. Wenn er das wüsste, würde er ausflippen.

Das Badezimmer ist tabu, wenn er drin ist. Er will allein pinkeln und allein duschen und sich allein unter der Dusche einen runterholen – er glaubt tatsächlich, dass ich es nicht merke.

Zur Feier des Tages rasiere ich mir mit seiner astreinen Doppelklinge die Beine. Uuuuh, Eva, tststs. Machtmannich. Pfff. Und plötzlich: gute Laune. Und das im Januar! So schnell kann sich die Lage ändern. Hallo Welt, hier ist Eva! Glatte

Beine, geputzte Zähne. Die Hände sind wieder fit und warm und dürfen gleich in die vorgewärmten Handschuhe und los geht's – yeahyeah!

Heute die blau-silbernen Discosöckchen, die hängen noch auf dem Wäscheständer. Aber warum stehen unter dem Wäscheständer Jos Sportschuhe?

Er macht doch gerade Sport, mit Steffen. Verdammt. Ja, so schnell ändert sich die Lage. Anrufen bringt nichts, das Handy ist ihm ja egal – oder ist das jetzt ein Notfall?

Die Praxis liegt im dritten Stock über einem Supermarkt. Als Physiotherapeutin darf ich natürlich nicht den Fahrstuhl nehmen, weil ich ja topfit bin. Ich bin aber auch topfit darin zu prüfen, ob keine Patienten in der Nähe sind und ich doch fahren kann.

Anne hat sich schon umgezogen und macht den Morgentee. Aus Rücksicht auf unsere ersten Patienten wärmen wir die Hände an Teetassen vor.

»Jetzt reg dich mal nicht so auf, es sind nur Turnschuhe. Vielleicht machen er und Steffen ja gerade Yoga, da braucht man nur dicke Socken.«

»Yoga? Jungs? Yoga? Mann, Anne, finde den Fehler.«

Anne lehnt überzeugt von ihrer Theorie an der Spüle in der kleinen Praxisküche.

»Eva, wir reden hier von Johannes. Was soll er denn morgens vor der ersten Stunde anderes tun? Die Direktorin flachlegen?«

Ich gucke in die Kerze des Adventskranzes. Sie ist noch nicht vollständig heruntergebrannt, deswegen bleibt der Kranz noch auf dem Holztisch stehen. Ich nehme meine Augen nicht von der Flamme, wer zuerst blinzelt, hat verloren.

»Vielleicht machen sie Bodenturnen, da würden Turnschuhe stören.«

Auf dem Weg in die erste Kabine zum ersten Patienten ruft Anne noch hinter mir her: »Es sind nur Turnschuhe.«

Die hat Herr Albert lang nicht mehr angehabt: übler Verschleiß in der Schulter, Anfang 70, kann nicht mehr richtig liegen, weil die Schulter so wehtut. Seine Frau ist vor einem halben Jahr gestorben. Ich glaube, dass diese Last für seine Schultern einfach zu groß ist. Er sitzt schon auf der Liege und ich bitte ihn, sich auf den Bauch zu legen.

»Das Gesicht bitte in das Loch, Herr Albert. Ich fahre die Liege jetzt hoch. Soll ich heute mal eine Fangopackung auf Ihre Schulter legen? Etwas Wärme?«

Er nickt stumm und ich ziehe auf dem Weg zum Heilschlamm mein Handy aus der Hosentasche. Ein Anruf in Abwesenheit: Oma. Ich muss mich dringend bei ihr melden oder wenigstens mal Onkel Richard anrufen. Von Johannes ist keine Nachricht dabei, der rechnet sich gerade nicht im Ansatz aus, wie es mir geht.

»Herr Albert, könnten Sie Ihre Tochter bitten, dass sie Ihnen später noch Salbe auf den Rücken reibt?«

»Die ist doch in München.«

»Sonst jemand da?«

»Nein, hmm … meine Nachbarn. Aber … nee.«

»Dann komme ich nach Feierabend noch schnell bei Ihnen vorbei, und Sie ruhen sich heute bitte aus.«

»Das ist lieb, Frau Ludwig, aber ich mache den ganzen Tag nichts anderes, als mich auszuruhen. Und wissen Sie was? Das ist ganz schön anstrengend.«

Das glaube ich ihm sogar und ich erwische mich dabei, wie ich mir gerade vorstelle, dass Oma Herrn Albert kennenlernt. Wieso sollen eigentlich zwei so nette Menschen allein bleiben? Ich könnte ja die beiden mal zufällig …

»Eva? Kommst du mal? Herr Pauli ist am Telefon, es geht um den Termin für Thore.« Meine Chefin steht am Empfang und hat den Hörer an ihre Brust gedrückt. »Er fragt, ob du auch später könntest, er würde ihn an dem Tag erst später bei seiner Mutter abholen.« Sie reicht mir den Hörer rüber.

»Ja? Ludwig, Herr Pauli?«

»Hallo Frau Ludwig, ich weiß, dass Thore den Termin immer zur gleichen Zeit hat, aber bei uns hat sich was verschoben und es würde uns sehr helfen, wenn ich mit Thore später kommen könnte. Ginge das?«

Ich blättere im Terminbuch und stelle fest, dass ich zu der Zeit leider eine Mobilisierung habe. Der Termin ist in pink eingetragen, das bedeutet, dass es eine Privatpatientin ist.

»Schwiiiiiierig«, sage ich eher zu mir.

»Ach, Frau Luuudwig. Thore und ich backen auch einen Kuchen für Sie.«

»So wie ich Thore einschätze, würde es aber ein grüner Werder-Bremen-Kuchen. Ich bin mir nicht sicher, ob ich mich da freuen würde.« Ich male Kringel und Sternchen ins Terminbuch.

»Was hätten Sie denn gerne für einen Kuchen?«, fragt er.

Ich grinse ins Telefon, klemme den Hörer zwischen Kopf und Schulter und schnipse die Chefin ran.

»Ach, da bin ich eigentlich nicht so wählerisch. Aber ich fürchte, Sie müssen den Kuchen der Patientin backen, die da den Termin hat.«

Ich fuchtle mit den Händen und zeige mit dem Kuli auf den pinkfarbenen Termin. Darf ich den tauschen? Sie nickt und geht wieder.

»Ich versuche, den Termin mit der Patientin zu tauschen, mehr kann ich Ihnen leider nicht anbieten.« Ich habe Angst, er könne den Termin sonst absagen, und Thore ist doch immer mein Highlight.

»Super, Frau Ludwig. Sie sind ein Schatz.«

And you made my day! Der coole Herr Pauli hat gesagt, ich sei ein Schatz. Strike!

»Alles klar, ich nehme einen Marmorkuchen. Grüßen Sie Thore.«

»Wird gemacht, Frau Ludwig. Bis nächste Woche.«

Ich lege den Hörer auf, tausche den Termin und male hinter Thores Namen ein pinkfarbenes Herzchen. Das mit der Patientin kläre ich schon noch. Zur Not muss sie halt absagen.

»Jemand zu Hause?«, rufe ich, als ich nach Feierabend in die Wohnung komme.

»Hier, ja!«, kommt es knapp zurück aus Johannes' Arbeitszimmer. Mein Freund sitzt am Rechner und sieht sehr wichtig aus.

Ich stehe im Mantel am Türrahmen seines Arbeitszimmers und kann nichts Ungewöhnliches erkennen. »Na?«

»Na?«, fragt er zurück und dreht sich zu mir. Er sitzt auf seinem Flummistuhl. So nenne ich die Halbkugel auf dem Federfuß, den er hat, damit er nicht mehr krumm am Schreibtisch sitzt.

»Hast du heute Sport gemacht?« Mist. Ich wollte die Frage doch nicht stellen.

»Jap, ich war schwimmen.«

Er war schwimmen?

Er war schwimmen!

»Wir haben den Hausmeister bestochen und wollen mit einigen Leuten aus dem Kollegium nun zweimal die Woche schwimmen gehen, dienstags und donnerstags. Ich habe gerade mal zwei Bahnen kraulen können, so unfit bin ich.«

»Du warst einfach schwimmen? Nicht in der Turnhalle?«

»Nö, wie kommst du darauf? Wir bauen uns doch morgens

um sieben keinen Stufenbarren auf. Wie war dein Tag? Hast ja heute gar keine SMS geschrieben.«

»Mein Tag war dufte, kann das nicht anders formulieren. Aber ich bin müde, ich gehe gleich ins Bett.«

»Warte mal kurz. Weißt du, wer mich heute angerufen hat? Deine Oma. Dich hat sie auf dem Handy nicht erreicht. Sie will, dass wir ihr eine Kündigung für das Häuschen schreiben. Dein Opa will auch ausziehen. Schau mal, ich habe schon angefangen zu schreiben.« Er lehnt sich zur Seite, damit ich auf den Bildschirm gucken kann.

Sehr geehrte Damen und Herren,
hiermit kündigen wir das Mietverhältnis für die Wohneinheit am Saturnweg 3 fristgerecht zum 15. Februar. Laut Mietvertrag vom 1. März 1965 ist eine Kündigungsfrist von vier Wochen vorgesehen. Ein Nachmieter wird nicht gestellt.

Fünf Zeilen und fertig, so einfach ist das. Ich ziehe den Mantel aus und lasse ihn auf den Boden fallen und mich hinterher. Es ist warm in Johannes' Arbeitszimmer, und wie ich da zwischen den Stapeln aus Klassenarbeitsheften am Regal gelehnt sitze, fühle ich mich auf einmal klein und verloren.

Mir kommen die Tränen und ich hoffe, dass Jo sie nicht sieht. Johannes steht auf die taffe Eva, die immer alles im Griff hat. Dieser Teil in mir hat anscheinend den Jahreswechsel nicht mitgemacht. Ich muss jetzt schon öfter geheult haben als im gesamten vergangenen Jahr.

So halte ich mir eines der Klassenarbeitshefte vors Gesicht und tue so, als würde mich das interessieren.

»Ich drucke das jetzt so aus, ja? Willst du für deine Oma unterschreiben?«

Er merkt wirklich nicht, dass ich traurig bin. Bin ich eine gute Schauspielerin oder ist er wirklich so stumpf?

»Nö, das soll sie mal selbst erledigen.«

»Komm, ich unterschreibe für deinen Opa und dann können wir das morgen wegschicken. Ich möchte das erledigt wissen. Es ist nur eine Wohnung. Es sind 55 Quadratmeter. Alt und marode, wie das Verhältnis deiner Großeltern.«

Ich stelle mir vor, wie wir die Wohnung leer räumen.

»Im Keller müsste noch mein Schlitten stehen, auf dem ich immer hinten im Garten den Berg heruntergefahren bin«, erzähle ich und lasse das Heft auf den Schoß sinken, mein Blick schreit: »Nimm mich bitte in den Arm.«

»Berg? Wohl eher Schutthügel«, stellt er respektlos fest. »Ich verstehe, dass das für dich alles viel größer wirkt, als es ist. Aber du bist nicht mehr die kleine Eva. Das ist ein ganz natürlicher Prozess. Zwei Menschen verstehen sich nicht mehr und gehen getrennte Wege.«

»Steht das so in deinem Lehrplan? Hier geht es aber um zwei Leben und nicht um Bruchrechnung.«

Das durchsichtige Druckerkabel leuchtet blau auf. Der Auftrag wird in diesem Moment an den Drucker gesendet. Dem ist egal, ob er die Hausaufgaben der 8a ausdruckt oder die Kündigung für Omas und Opas Haus.

»Opa spricht übrigens kein Wort mit mir. Ich habe heute Morgen angerufen und er hat den Hörer wortlos zur Seite gelegt. Er hat Oma nicht einmal Bescheid gesagt, dass ich das am Telefon bin. Einfach weggegangen ist er. Kotzbrocken.«

»Was willst du eigentlich? Du findest es schlimm, wie dein Opa sich verhält, wünschst dir aber gleichzeitig, dass die beiden zusammenbleiben. Soll ich auch einen Umschlag drucken? Ich habe eine Vorlage in Excel.«

»Der hat sie am langen Arm verhungern lassen. Da ist kein

Gefühl, da ist nur Kälte. Ich verstehe Oma total. Sie sagt was und er antwortet nicht. Seit Jahren. Jetzt sucht er sich einfach eine neue Wohnung. Wahrscheinlich checkt er gleich in die nächste Seniorenresidenz ein.«

Er schiebt die Maus sauber über das Mousepad und fügt den Text in eine Vorlage ein. Copy/Paste.

»Onkel Richard hat die Kontoauszüge gesehen. Wenn du mal auf dem Pütt gearbeitet hast, hast du Kohle. Oma hat all die Jahre im Supermarkt bei Herrn Schmitt ohne Steuerkarte geschuftet und dann noch die Putzstellen. Die kriegt doch fast keine Rente und kann jetzt mal schön gucken, wie sie klarkommt.«

Johannes schiebt die Maus ruhig hin und her und freut sich sichtlich, dass es so schön klappt mit seinem Programm.

»Johannes, auf wessen Seite bist du eigentlich? Du hast doch keine Ahnung, was da läuft. Deine Eltern sind nach 35 Jahren noch total dufte miteinander. Deine Großeltern sind auch dufte miteinander, und dein Bruder führt eine todlangweilige Ehe und macht in seiner spießigen Doppelhaushälfte mit Volvo im Carport auf Super-Papi. Vollkasko-Spießer. Du hast keine Idee, dass es anders laufen kann.« Er guckt mich verständnislos an. »Wie klingt das denn: ›Hallo, mein Name ist Eva Ludwig. Meine Mutter ist früh gestorben, mein Vater ist daraufhin abgehauen und meine Oma hat sich dann mit 79 von meinem Opa getrennt.‹«

»Eva, jetzt warte doch mal …«

»Ich darf weder heiraten, noch darf ich sterben. Die Feierlichkeiten möchte ich sehen. Das wird auf meiner Seite ganz schön mickrig und kaputt aussehen. Hast du für so eine Situation vielleicht auch eine Vorlage in Excel?«

»Eva, sei nicht albern. Beruhig dich. Hier wird weder geheiratet noch gestorben. Komm mal wieder runter.«

Johannes schließt das Dokument, speichert »Wohnungskündigung_OmaOpa.doc« und klappt den Rechner zu.

»Sollen deine Großeltern zusammenbleiben, nur weil sie alt sind und nur weil die kleine Eva gerne an die Liebe bis ans Ende des Lebens glauben möchte? Da ist nichts mehr. Aufwachen, Prinzessin Lillifee.« Er wirkt genervt. »Würdest du bitte jetzt die Unterschrift deiner Oma fälschen? Ich unterschreibe für deinen Opa, dann können wir das abschicken und zu den Akten legen.«

»Zu den Akten legen? Nein! Ich werde das ganz bestimmt nicht unterschreiben. Und herzlichen Dank für ›hier wird weder gestorben noch geheiratet‹. Dass du mich nicht heiraten willst, habe ich auch vorher schon verstanden. Ich bin vielleicht naiv. Aber nicht doof.«

5. Januar

Mittwochs macht die Praxis um 14 Uhr zu. Das ist ein kleiner Luxus, den die Chefin sich und uns erlaubt. Sie hat ganz gerne, dass wir dann zusammen mittagessen.

Entweder hat sie etwas vorbereitet oder wir gehen auf eine Tomatensuppe ins Café im Haus nebenan. Heute gibt es Möhrensuppe mit Ingwer in der Praxisküche. Die Chefin hat sie zu Hause vorgekocht und wärmt sie auf. Ich sitze auf meinem Platz auf der Küchenbank und habe die Beine angezogen, Anne hockt noch unterm Tisch und tippt eine SMS – ihr Akku hat meistens schon mittags nur noch 17 Prozent. Manchmal sitzen wir hier und machen uns über die Geschenke der Patienten her: Billig-Sekt, klebriger Likör, Bommerlunder, Merci-Schokolade oder Edle Tropfen in Nuss.

Die Chefin spricht dann manchmal vom Familienbetrieb und lächelt leise. Streng genommen sind wir zu alt, um ihre Töchter zu sein. Aber wir nehmen es nicht streng und ich die Rolle unausgesprochen gerne an: Ich habe keine Mutter und sie keine Tochter.

Der Unterschied ist, dass Petra Winkler nie Kinder hatte. Sie war auch nie verheiratet. Seit einigen Jahren ist sie mit einem Piloten zusammen, der nie da ist. Irgendwie hat das mit einer Familie nie ganz hingehauen. Als sie 30 war, wollte sie die Praxis aufbauen, und ehe sie sichs versah, war sie 42 und ihr Freund hatte sie für eine jüngere Frau verlassen, die sofort schwanger wurde.

Bis dahin hatte sie gar nicht gewusst, dass er überhaupt Kinder wollte. Das finde ich unfassbar traurig und mir läuft es bei dem Gedanken eiskalt den Rücken runter. Der Gedanke, dass Johannes mich warten lässt, bis ich kein Kind mehr bekommen kann und dann mit einer anderen Frau plötzlich doch ein Kind hat, bereitet mir körperliche Schmerzen.

Sie sagt regelmäßig, dass sie das verarbeitet habe und sehr zufrieden mit ihrem Leben sei. Wir nicken dann und sagen nichts dazu, dass es sehr auffällig ist, dass sie nie die Schwangeren und die Babys in der Praxis behandelt.

»Ich kann heute leider nicht lang bleiben, ich fahre noch zu Oma. Opa ist gerade scheiße zu ihr und die neue Bude wird noch renoviert.«

»Ich finde das cool«, sagt Anne, »eine Frau, eine Entscheidung. Deine Oma ist eine coole Socke.«

Es klingelt an der Praxistür.

»Keiner mehr da«, kichert Anne und pustet ihre heiße Suppe warm.

»Ich geh schon«, sagt die Chefin und steht auf.

»Die wollen in der neuen Wohnung das Linoleum und den Teppich rausreißen und es gibt noch neue Fenster. Opa hat wohl auch noch keine neue Wohnung, aber darum kümmere ich mich nicht.«

Die Tür geht langsam auf und Thore kommt schüchtern herein.

»Thore?« Ich gehe sofort zu ihm. Er steht ungewöhnlich still in der Küchentür. »Was machst du denn hier? Hast du Bauchweh? Ist was passiert?«

»Der Papa hat ein Bild aufgehängt und jetzt ist er kaputt.« Er greift nach meiner Hand.

»Eva, könntest du bitte mal kommen?« Die Chefin ruft vom Empfang: »Herr Pauli braucht deine Hilfe.« Thore zieht mich in den Flur.

»Du kannst das doch so gut, einfach den Kopf halten und dann ist das wieder weg! Das kannst du doch, oder?« Er ist ganz aufgeregt.

»Herr Pauli, was ist denn passiert? Ja, klar. Thore, beruhig dich, das kriegen wir hin.«

»Frau Ludwig, leider konnte ich jetzt keinen Marmorkuchen mitbringen …« Er steht ziemlich schief.

»Kommen Sie, wir gehen in die Drei.«

Zeit zum Umziehen bleibt mir nicht. Die weiße Praxishose habe ich schon gegen das Wollkleid getauscht. Kann ja keiner ahnen. Thores Vater geht ganz langsam, nein, er schlurft.

Wie elend sogar ein sonst so cooler Typ aussehen kann, wenn er blockiert ist und versucht sich zu bewegen.

»Setzen Sie sich einfach hin. Versuchen Sie bitte gerade zu sitzen.«

»Ich bekomme auch keine Luft. Ich dachte erst, es sei das Herz.«

»Mmmm … Moment …«

»Ich stand auf der Leiter und wollte das Bild ausrichten …«

»Stellen Sie sich bitte noch mal hin und versuchen Sie sich nach vorn zu beugen.« Ich trete hinter ihn und schaue mir seine Wirbelsäule an.

»Nein! Ah! Geht nicht.«

»Okay, kein Problem. Bitte setzen Sie sich wieder hin.«

»Kriegt der Papa jetzt ein Eis, weil du ihm wehtust?«, fragt Thore vorsichtig.

»Es tut mir leid«, stöhnt er. »Sonst bin ich nicht so ein Jammerlappen.«

»Verstehe, das sind höllische Schmerzen, neulich war hier ein Eishockeyspieler, der hat sogar geweint«, lüge ich ihn an. »Ich lege Sie jetzt auf unsere Knetmatte. Die kennen Sie vielleicht vom Shopping-Kanal. Sie vibriert und wärmt etwas.«

»Shopping-Kanal? Sie arbeiten hier ja mit modernstem medizinischen Equipment.« Wie süß, er versucht witzig zu sein. Für sein Lachen wird er sofort mit stechendem Schmerz bestraft.

»Weltraumtechnik, Herr Pauli.« Ich helfe ihm, die Beine auf die Matte zu legen. »Sie sind im Moment so steif, dass alles, was ich mache, Ihnen noch mehr Schmerzen zufügt.«

Thore steht neben seinem Vater und fürchtet sich offensichtlich ein bisschen.

»Machst du den Papa heile?«, fragt er. Ich wundere mich, so habe ich Thore noch gar nicht erlebt. Er kommt jetzt schon sehr lange zu mir, seine eigenen Schmerzen erträgt er viel tapferer.

»Die Mama ist doch nicht da und wir wollten schwimmen gehen«, beantwortet er meine nicht gestellte Frage.

»Pass auf, Thore: Wenn sich Aaron Hunt von Werder Bremen beim Training verletzt, ruht der sich auch erst einmal aus und kann dann am Samstag wieder spielen.«

Mit Fußball kriege ich Thore immer.

»Aber Papa ist nicht so cool wie Aaron.« Thore verdreht die Augen, als müsste ich es eigentlich wissen.

Ich muss lächeln und denke, dass ich seinen Papa schon ganz cool finde. Das sage ich aber nicht.

»Thore, vielleicht gehst du mal vorne an den Tresen und passt auf, dass niemand reinkommt und bastelst mir eine Kette aus den Büroklammern. Was meinst du? Und in der Zwischenzeit repariere ich deinen Papa.«

Tobias Pauli hat einen verschobenen Brustwirbel. Ich streiche ihn vorsichtig wieder an Ort und Stelle und klebe ihm Kinesiotapes auf den Rücken.

»Die Leute denken immer, Schweini hätte Paketklebebänder auf dem Rücken, wenn ein Stück davon aus dem Trikot guckt«, erkläre ich ihm beiläufig, damit er weiß, was ich hier eigentlich mache.

»Schweini?«, fragt er unsicher nach vorne, er kann sich ja nicht umdrehen. »Wer ist das?«

»Ah, diese Gespräche führe ich wohl besser mit Ihrem Sohn, was? Also, das sind elastische japanische Klebebänder, die geben Ihnen Halt und Wärme und fördern die Durchblutung. Ihre Muskulatur ist jetzt etwas genervt. Schwarz oder pink?«

»Ach, ich darf mir das aussuchen? Haben Sie was mit Tieren? Für besonders tapfere Jungs?«

»Wenn Sie tapfer gewesen wären, hätte ich auch was mit Tieren«, mache ich mich über ihn lustig und will schon das schwarze Tape nehmen.

»Dann pink. Ich lasse mir später von Thore was draufmalen.«

»Cool! Wie Balotelli«. Thore tapst ins Behandlungszimmer und ist begeistert von den Klebebändern auf dem Rücken seines Vaters.

»Wer?« Bei dem Namen sind wir beide raus. Thore verdreht die Augen, ist aber von den Bändern so fasziniert, dass ich ihm auch eins auf den Arm klebe.

»Und weil Thore so tapfer war, gibt ihm der Papa jetzt ein Eis aus«, beschließe ich laut und räume den Behandlungsraum auf.

»Nur wenn Eva mitkommt, oder was meinst du, Thore?«

»Jaaaaaa.«

Ich stutze. Hat der mich eingeladen? Der Typ ist doch verheiratet.

»Patienten haben Sie doch jetzt nicht mehr, oder? Ich bin Ihnen so dankbar, dass Sie das hier noch gemacht haben.« Dabei dreht er sich nach links und rechts, glaubt wahrscheinlich, dass das lässig aussieht.

»Es war Thores Idee, zu Ihnen zu kommen.«

»Es tut mir leid, aber ich fahre zu meiner Oma. Ich bin spät dran und habe ihr versprochen, noch vorbeizukommen. Außerdem bekomme ich ja nächste Woche eh einen Kuchen von Ihnen, oder?«, blinzle ich ihn an.

»Zur Oma? Soso.« Er glaubt mir anscheinend nicht. »Schade.«

»Ja, aber vielleicht will die Mama ein Eis, was, Thore?«, frage ich und gucke seinen Papa dabei an.

»Mama ist doch nicht da«, beantwortet Thore die Frage knapp. Ich helfe Tobias Pauli in den Mantel. Die beiden setzen gleichzeitig ihre Mützen auf. Vater und Sohn sehen super zusammen aus und verlassen die Praxis.

In der Küche schaut mich Anne fragend an.

»Meine Suppe ist dann wohl kalt, was?«

»Aber der Typ ist echt heiß.«

»Ja ja, Anne, lass gut sein. Ich kaufe mir an der Autobahntanke in Remscheid eine Bifi. Bis morgen.«

Oma und Opa wohnen schon immer im Saturnweg. Der liegt in einer Bergbausiedlung im östlichen Ruhrgebiet. Die Parallelstraßen heißen Marsweg und Jupiterweg. Die Stadtplaner waren wohl sehr lustig drauf, als sie beschlossen, die Straßen einer Bergbausiedlung nach Planeten zu benennen. Durch den Saturnweg bin ich schon mit allen möglichen Fahrzeugen gecruist: im Kinderwagen, auf dem Dreirad, mit Puppenwagen, mit Rollschuhen, auf dem rosafarbenen Fahrrad, auf dem grauen Fahrrad, mit Ollis Mofa, mit meinem ersten Auto, mit Opas Auto und bald wohl mit einem Umzugswagen. »Opa ist nicht da. Er haut morgens ab und kommt abends wieder«, sagt Oma.

»Und du?«

Oma sitzt auf dem Sofa und zuckt mit den Schultern. Sie hat eine Laufmasche. »Wie immer.« Dabei guckt sie etwas verloren in ihre Cola, die sie meistens aus dem Senfglas trinkt, das so oft gespült wurde, dass der Krümelmonster-Aufdruck kaum noch zu erkennen ist. Der Fernseher läuft wie immer sehr laut und überdröhnt Omas Seufzen. Tierpfleger füttern Hase, Pinguin und Co.

Ich lege mich aufs Sofa und schiebe den Kopf auf ihren Schoß. Zwanzig Zentimeter entfernt ein Glimmen. Ich kenne Oma nur mit Zigarette in der Hand. Bei ihr stört es mich nicht.

»Ich würde doch gerne mal nach Vorhängen gucken, aber der Bus fährt nicht bis zur Kaufhalle.«

Für Oma ist jedes Geschäft mit mehr als drei unterschiedlichen Artikeln eine Kaufhalle. Komisch, »Kaufhalle« ist doch ostdeutsch. Wo hat sie das her?

»Dann musst du umsteigen, hast du doch sonst auch gemacht.«

Oma gehört nicht zu den Frauen, die im Alter viel aus der Jugend erzählen. Sie erzählt gar nichts. Es ist manchmal so, als hätte es Oma früher nicht gegeben. Wenn ich nach ihrer Familie frage, ignoriert sie das, indem sie ans rechte Ohr greift und auf das Hörgerät schimpft. Der Schlauch sei verstopft. OMA! WIE IST DENN DER NAME DEINER VERSTORBENEN SCHWESTER? Was, Evakind, meinst du, die Batterien könnten schon wieder leer sein? DEINE MUTTER. WO HAST DU SIE ZULETZT GESEHEN?

»Ach, Scheißding. Ich mach das jetzt aus.«

Keine Chance, auch nur eine Information über die junge Oma zu bekommen, wenn sie nicht will.

»Omi, wir könnten jetzt fahren und zusammen Gardinen gucken! Ich habe das Auto dabei. Was hältst du davon? Und dann gehen wir noch einen Döner essen.«

Oma zuckt wieder mit den Schultern und zieht nachdenklich an der Kippe.

»Ach, Quatsch. Da sind doch Gardinen. Ich brauche keine neuen.«

Ich lege ihre Hand auf meinen Kopf.

»Oma, willst du nicht doch etwas mehr aus der Wohnung mitnehmen? Wir packen das schön zusammen ein. Und dann auch wieder aus, wenn du in der neuen Bude bist.«

Oma inhaliert. Qualm strömt ihr gleichzeitig aus Nase und Mund. Ich kann ihr von meiner Position aus direkt in die Nase gucken. So wie der Qualm da rauskommt, könnte es auch ein Vulkan sein.

»Wir könnten doch auch ohne Gardinen einen Döner essen gehen, Evchen. Was meinst du?«

»Wenn wir hierbleiben, machen wir ein richtiges Essen, du

kannst nicht immer Döner essen.« Ich setze mich auf und mache ein strenges Gesicht.

»Und weißt du, was das Allerbeste an meinem Umzug ist? Danach kann ich so viel Döner essen, wie ich will. Ich bin nämlich erwachsen … aber verrate es niemandem.« Oma ext die Cola und drückt ihre Kippe aus.

»Sag mal, warum stehen hier eigentlich noch keine Umzugskartons? Hast du noch gar nichts gepackt?«

»Die Frau von der Hausverwaltung hat noch nicht angerufen. Ich habe immer noch keine Ahnung, wann ich eigentlich umziehe. Eva, das geht doch gut? Ich meine, die sagen doch nicht, dass ich in die Wohnung kann und dann darf ich doch nicht, oder?«

Sie guckt mich etwas unsicher an, das ist ein Blick, den ich nur sehr selten bei ihr sehe. Sie ist eigentlich gut darin, Dinge zu nehmen, wie sie sind. Oma ist eine Macherin: »Verlass dich auf andere, dann bist du verlassen«, sagt sie gerne und krempelt damit imaginär die Ärmel hoch.

Jetzt hat sie es nicht in der Hand, denn sie ist in Vorleistung getreten. Sie hat Opa verlassen, ohne den Mietvertrag unterschrieben zu haben. Jetzt hat sie Angst, dass das nichts wird. Woher soll sie auch das Vertrauen haben? So sitzt sie einfach den ganzen Tag rauchend und Cola trinkend neben dem Telefon und wartet auf den Anruf, dass es losgeht.

»Oma, die machen doch die Fenster und die Böden. Das dauert eine Weile. Aber wir können ruhig schon was packen und ein paar Dinge wegwerfen. Das macht doch Spaß! Wegwerfen ist das neue Yoga.«

»Yoga?«

»Do you ever feel like a plastic bag, drifting through the wind, wanting to start again?«, singt Katy Perry aus meinem Autoradio. Ja, manchmal. Gerade wieder. Katy – meine Schwester im Geiste.

Wer ist eigentlich gerade leerer, die A1 oder ich? Noch 56 Kilometer bis Köln. Die Poller fliegen in regelmäßigen Abständen an mir vorbei. Das Auto ist schön warm, wie eine kleine Höhle. Am liebsten hätte ich Oma eingepackt und mit nach Hause genommen. Dann säße sie sicher hier in meinem kleinen roten Feuerwehrauto auf dem Beifahrersitz. Wenn ich eine Trittleiter und einen Feuerlöscher anbauen würde und ein Blaulicht hätte, könnte ich Brände löschen. Was ich eigentlich ohnehin schon die ganze Zeit mache. »Eva im Einsatz«, Eva hier und Eva da, Evatrallala. Kann mich mal jemand in den Arm nehmen? Ohne die Augen von der Straße zu nehmen, fische ich im dunklen Auto nach meinem Handy. Johannes' Nummer ist in meinen Fingern eingespeichert.

»Eva, guten Abend.«

»Huch! So förmlich.«

»Was ist denn?«

»Mmmm, nix, eigentlich. Ich bin unterwegs, wollte mal nach dir hören.«

»Okay, Eva, ich bin zu Hause – bist ja dann bestimmt gleich da. Fahr vorsichtig.«

»Oh, wie schön. Ich habe auch den ganzen Tag an dich gedacht und kann es kaum erwarten, dich zu sehen. Ach, und danke für das Angebot, mir eine Badewanne einzulassen. Ja, mit viel Schaum, bitte. Danke, Süßer.«

»Gerne. Tschüss.«

Opa fährt mit dem Bus weg, sagt Oma. Wo fährt der hin? Eigentlich konnte ich mit Opa gut reden. Er hat lustige graue Haare, wie ein Igel. Und er trägt schon immer diese Helmut-Kohl-Brille. Er ist ein kleiner Mann, vielleicht sogar ein wenig kleiner als Oma. Opa hat einen dicken Bauch und als Kind habe ich mir überlegt, ob er vielleicht unter Tage im Streb stecken bleiben könnte, wie ein Korken. Ich hätte ihn sehr vermisst, denn ich liebe meinen Opa. Opa hat mir gezeigt, wie man eine Flitsche baut und wir haben die dicke Katze von gegenüber abgeschossen. Wir haben Blumensamen im Garten der Nachbarn ausgeschüttet und uns dann diebisch gefreut, wenn sie völlig verzweifelt waren, dass in der blauen Hortensiensektion plötzlich gelbe Sonnenblumen wuchsen. Opa hat mich auf dem Ikea-Parkplatz heimlich Auto fahren lassen, als ich 15 war.

Überhaupt war immer alles heimlich – Oma haben wir nie mitmachen lassen. Opa hat nur einmal geschimpft: Da bin ich frühmorgens von einer Party zurückgekommen und er hat in der Dunkelheit auf mich gewartet. Er habe kein Auto gehört. Wie ich nach Hause gekommen sei? Zu Fuß? Allein? Ja, allein. Da hat er mir eine Ohrfeige gegeben. Das habe ich nicht verstanden. Es war das erste und letzte Mal. Opa ist keiner, der schreit. Opa wird leise. Brutal. Zuletzt hat er kaum noch mit Oma gesprochen. Das ist mir nicht aufgefallen. Erst jetzt ergibt es Sinn. Wo fährt er nur mit dem Bus hin?

Johannes schläft schon. Auf dem Fußboden im Flur steht die Flasche mit dem Badeöl, daran klebt ein Zettelchen.

Schwimm nicht zu weit raus.
Kuss,
Jo (der Bademeister)

Süß, wie er da liegt. Auf seiner Seite des Bettes an der Wand. Meine alte Kuschelkuh liegt auf meiner Seite. Ich liege zur offenen Seite, weil ich nachts immer aufs Klo muss und dann nicht über Johannes steigen soll. Er braucht es nachts ganz dunkel und verrammelt und verriegelt alles, was geht. Sogar das kleine rot leuchtende Standby-Licht des Fernsehers hat er abgeklebt. Mir macht die völlige Dunkelheit Angst. Auf Zehenspitzen schleiche ich zu ihm. Ich möchte ihn riechen. Jo riecht so gut, am besten ist es hinter dem Ohr. Dort riecht ein Mensch so, wie er riecht. Es ist ein ganz warmer Duft. Ganz weich. Meine Nase ist noch nicht ganz an seinem Gesicht, da packt er mich und zieht mich ins Bett.

»Komm schlafen.«

»Hey, ich habe noch Jacke und Schuhe an.«

»Die Kuh schläft auch schon.«

»Ich komme gleich. Schlaft ihr zwei schon mal.«

Ich gehe vorsichtig aus dem Zimmer und ziehe mich in der Küche aus. Weil es so kalt ist, mache ich den Gasofen an. Wann haben wir eigentlich aufgehört, zusammen ins Bett zu gehen?

6. Januar

Fuck! Vergessen! Anne hat Geburtstag. Heilige Drei Könige. Die Chefin hat eine Girlande an die Glastür zur Praxis gehängt. Danke für die Vorwarnung. Anne ist noch nicht da. In meiner Handtasche ist der Lippenstift, den ich von der Chefin zu Weihnachten bekommen habe. Den könnte ich vielleicht noch schnell verpacken, im Wartezimmer liegt bestimmt eine *Gala*, die taugt als Geschenkpapier. Aber das merkt die Chefin bestimmt, die ist ja nicht doof. Anne hat ja auch einen Lippenstift bekommen. Panik. Die Wick-Bonbons? Nein. Ich hab doch sonst immer genug Kram in der Handtasche. Die geht eigentlich gar nicht mehr als Handtasche durch, eher als großer brauner Sack. Da passt eine Haushaltswarenabteilung rein. Ach, guck mal an, da ist eine Haushaltswarenabteilung drin: Den Flaschenöffner habe ich neulich erst gesucht. Ah, meine Taucherbrille! Warum ist die in der Handtasche? Autsch! Eine Sicherheitsnadel ist auch drin. Mist, Anne ist jeden Moment hier, was sage ich ihr denn? Ein lustiges Bild aus dem Internet ausdrucken? Verdammt, habe ich wirklich nichts dabei? Mein ganzer Arm steckt mittlerweile in der Tasche und – wie schön: sämtliche Kekskrümel befinden sich nun unter meinen Fingernägeln. Ich bin eine schlechte Freundin. Okay. Last chance: Gutschein basteln. Auf dem Küchentisch liegen Orangen – Gutschein für eine Cellulitecreme? Die könnte sie echt gebrauchen. Nein. OrangenOrangenOrangen. Was macht man mit Orangen? Saft, Typen abwerfen. Gutschein für einen Cocktail! Ja, sehr gut, Mädelsabend mit Alkohol: Das liebt Anne.

Die Chefin kommt mit einer Benjamin-Blümchen-Torte in die Küche, die sie unten im Supermarkt gekauft hat. Praxistradition.

»Sag mal, gibt's eigentlich ein Praxisgeschenk für Anne?«, frage ich auffällig unauffällig.

»Das haben wir doch besprochen. Du kümmerst dich um dieses rote Portemonnaie, das sie so schön findet. Wo hast du es denn? Gibt es eine Karte? Dann unterschreibe ich noch.«

»Ich?«

»Ja, klar. Du. Hast du es nicht?« Sie versucht, die Kerzen in die Eistorte zu bekommen.

»Ja, also … ich, sagen wir mal so«, stammle ich und beobachte, wie sie Kerzen in die Torte steckt. »War mir gar nicht so im Klaren, dass … also …«

»… du hast es nicht besorgt, ich weiß. Deswegen habe ich es gekauft. Hier, unterschreib auf der Karte. Ich bekomme 26

Euro von dir.« Sie klappt lächelnd die Karte auf, aus der blechern »Happy Birthday« dröhnt.

»Mir ist das peinlich, echt.« Ich vergrabe meine Hände in den Taschen und stelle fest, dass ich noch nicht einmal den Mantel ausgezogen habe.

»Ich kenne dich doch, Eva. Ist schon in Ordnung. Du hast ja auch gerade viel um die Ohren. Wie geht's denn deiner Oma?«

In diesem Moment reißt Anne die Türe auf.

»Ich habe Geburtstag!«

Wie besprochen schmettern wir: »Heute kann es regnenstürmenoderschnein, denn du strahlst ja selber wie der Sonnenschein.«

Anne freut sich über die Benjamin-Blümchen-Torte und ist mittlerweile in einem Alter, in dem man darauf verzichtet, die Kerzen nachzuzählen. Sie nimmt das Geschenk in die Hand, packt es aus und sagt strahlend: »Meine Eva! Dass du daran gedacht hast! Ich hatte schon Angst, du würdest meinen Wink mit dem Portemonnaie nicht verstehen. Du hast so eine feine Antenne!«

»Eva hat sogar eine Funkantenne«, sagt unsere Chefin und umarmt Anne mütterlich.

»Wen habt ihr als Erstes im Kalender?«, fragt Anne und holt eine Flasche Sekt aus ihrem Stoffbeutel. »Bei mir steht Herr Kamps drin. Der bekommt eine Hüft-Mobi. Die macht angetütert noch mehr Spaß. Ihm wahrscheinlich auch.«

Peng! Der Korken fliegt durch die Küche.

»Ich bin raus. Heute Morgen habe ich ein Baby da«, sage ich, noch immer beschämt.

»Aber heute Abend steht, oder? Mädelsabend mit Alkohol. Hab uns einen Tisch beim Spanier bestellt. Der macht gefährliche Cocktails.«

»Oh, Anne. Wirklich Cocktails? Ich habe von unserem letzten Cocktailabend noch die Narbe am Knie«, sage ich und spüre in dem Moment, wie die Narbe auf der linken Kniescheibe juckt.

»Was fällst du auch mit dem Fahrrad mitten auf der Straße im Stehen um?«, lacht sie mich an, denn sie kennt die Antwort selbst. »Wenn du aus dem Stand mit dem Fahrrad umfällst und mich mitreißt, darf ich mir dabei wohl ordentlich das Knie aufschlagen.«

Ich erinnere mich, wie wir gackernd auf der Straße lagen, zwischen unseren Fahrrädern. Eine Frau hat uns aufgeholfen. Die war allerdings selbst so angezählt, dass sie fast noch obendrauf gefallen wäre.

»Klar, Anne. Ich freue mich. Aber darf ich auch was anderes trinken? Du weißt ja, ich bin nicht so eine Cocktail-Else.«

Anne jetzt zu sagen, dass ich den Abend lieber mit Johannes verbringen würde, wäre daneben. Anne hasst die »Wirs« – kann ich auch verstehen. Als Singlefrau will man an seinem 34. Geburtstag nicht damit konfrontiert werden, dass andere Leute Beziehungen haben, denn insgeheim wünscht sich Anne nichts mehr, als diesen Geburtstagsabend mit einem festen Freund zu verbringen. Sie gibt es nicht zu und ich gehe natürlich mit ihr aus.

Johannes kann ja seine Klassenfahrt weiterplanen.

Begleitet vom Dauerklingeln von Annes Handy gehe ich mich umziehen. Weiße Hose, heute mal ein pinkfarbenes T-Shirt und Turnschuhe. Meine erste Patientin ist keine sechs Monate alt und hat sich auf dem Weg in ihr Leben im Geburtskanal schon einen ihrer weichen Miniknochen verschoben. Ein Fall für die Osteopathin. Ich stelle die Heizung in der Drei auf volle Pulle. Die Kleine soll es warm haben.

SMS an Johannes, 12.47 Uhr
Jo, hab total vergessen, dass Anne Geburtstag hat. Gehen Tapas essen und einen (!) Cocktail trinken. Würde den Abend lieber mit dir verbringen, Kuss.

Als die Heiligen Drei Könige an der Praxistür klingeln, um ihr Lied zu singen und ihre Buchstaben an die Tür zu schreiben, höre ich Anne ihren alljährlichen Standardsatz sagen: »Jungs, ich habe heute Geburtstag. Ich wünsche mir einen Song von Lady Gaga und wenn ihr zu euren Buchstaben noch ein A wie Anne schreiben könntet, wäre das für mich ein riesiges Geschenk.«

Die Torte sieht schon ziemlich abgefrühstückt aus, Benjamin Blümchen fehlt mittlerweile der Rüssel. Den hat eine Patientin von Anne bekommen, die ihr Blumen und einen Büchergutschein mitgebracht hat. Das ist das Schöne an diesem Beruf: Sobald sich unsere Patienten wieder bewegen können und keine Schmerzen mehr haben, sind sie unglaublich dankbar und treu. Man wechselt den Mann, aber niemals den Friseur, den Gynäkologen und auch nicht den Physiotherapeuten.

SMS von Johannes, 17.20 Uhr
Wo du doch so auf Cocktails stehst ... Lass dir ein Schirmchen ins Kölsch stecken. Viel Spaß!

Pünktlich um sieben Uhr ist der letzte Patient raus und Anne steht in unserem Bad. Sie hat die Flasche mit den Duftstäbchen vom Waschtisch geschoben und ihre Schminkpalette aufgebaut. Das Glätteisen signalisiert durch ein »Pieps«, dass es – genau wie sie selbst – auf Betriebstemperatur ist. Sie hat an alles gedacht und ein perfektes Partyoutfit mitgebracht.

»Minikleid? Was hast du denn noch vor?«

Ich setze mich in den Korbstuhl hinter ihr und schaue ihr zu.

»Wake up in the morning feeling like P. Diddy«, singt Anne und tanzt sich im Spiegel an. »Willst du so gehen?« Sie guckt mich streng an.

Jeans, flache Boots, weißes Rippenunterhemd, Karohemd.

»Warum nicht?«

»Weil wir es heute krachen lassen. Ich bin Single und ich habe Geburtstag. Ich erwarte ein grooßes Geschenk heute Nacht. Aber gut, so bist du wenigstens keine Konkurrenz, der ich die Fingernägel brechen muss.« Sie zwinkert mich an und ich muss laut lachen.

Alter Physiotherapeuten-Gag: Wir haben niemals lange Nägel.

»Was ist denn mit dir los? War da irgendetwas Würzig-Illegales in der Benjamin-Blümchen-Torte?«, frage ich und lasse mich tatsächlich etwas von ihrer Begeisterung über diesen Festtag mitreißen.

»Okay, komm, gib mir den roten Lippenstift. Wollen wir heute mal eine Fährte aus roten Lippen an den Gläsern Kölns legen? Wo geht's los?« Ich fange an zu malen und Anne fährt mir mit Haarwachs durch die kinnlangen blonden Haare.

»Die müssen strubbelig aussehen. Das ist dirty. Ich habe einen Tisch beim Spanier am Rathenauplatz reserviert. Tapas!«

»Moment!« Ich stoppe den Aufbruch der kleinen Party-Crowd mit einer resoluten Handbewegung, wie sie sonst nur Verkehrspolizisten draufhaben. »Ich muss erst noch gucken, wann ich morgen früh meinen ersten Patienten habe.«

Ich will zum Terminbuch gehen, da jubelt Anne schon: »Erst um zeeeheeeen!«

Ich schaue sie überrascht an.

»Hab mich um alles gekümmert, Schatz!« Anne ist einfach ein Profi.

Wir ziehen kichernd in die kalte Kölner Nacht. Die Praxis liegt im Norden, im Agnesviertel. Wir nehmen die Bahn ab Ebertplatz und fahren zum Rudolfplatz. Zwei angetüterte Frauen, eine davon zum Männerfang geschminkt, sind kein ungewöhnlicher Anblick an einem Donnerstagabend in Köln.

Donnerstag ist der heimliche Freitag, dann gehören die Clubs den Kölnern, freitags kommen die frechen Arzthelferinnen aus dem Umland und zelebrieren mit einem vorgespannten Bauchladen hysterisch den letzten Abend vor der Hochzeit. Sie verkaufen meistens Schnäpse in spermaförmigen Fläschchen für einen Euro. Ihre Würde gibt's gratis dazu.

Anne und ich haben schon mehrfach überlegt, ob wir an Karneval mal als Junggesellinnenabschied gehen sollen. Niemand wüsste so richtig, ob wir das ernst meinen und Karneval tatsächlich einen Junggesellinnenabschied feiern, oder ob es einfach ein extrem lustiges Kostüm ist.

Aber wir konnten uns bislang noch nicht einigen, wer das sexy Stewardessenkostüm mit der Rückenaufschrift »Last Call« trägt.

In der Tapasbar legt Anne ein ambitioniertes Tempo vor. Noch bevor die erste Olive auf dem Tisch steht, tragen die Gläser mit dem Cava unseren roten Lippenstempel. Die restliche Farbe entfernt der Rotwein. Sieht eh schöner aus.

»Da ist ja gar nichts unterwegs«, stellt Anne etwas frustriert fest und scannt die Männer im Restaurant. »Ist heute wieder so ein internationaler ›Wir-Tag‹? Nur Pärchen.« Sie ist enttäuscht. »Wir gehen donnerstags nach dem Pärchen-Yoga immer Tapas essen und gucken uns verlogen tief in die Augen«, äfft sie eine imaginäre Frau nach.

Ich gebe den Mann: »Wenn sie mich danach ranlässt, mach ich den Scheiß sogar mit.«

»Du kannst dich doch echt nicht beschweren«, wechselt Anne das Thema. »Johannes ist doch ein extrem guter Typ.«

»Findest du? Warum?«

»Der ist so cool, der macht nie Stress. Hat er einmal zu dir gesagt, du sollst dies oder jenes nicht machen? War er jemals eifersüchtig? Er ist immer zu Hause, wenn du von der Arbeit kommst, er organisiert tolle Touren für euch und ist einfach eine Bank. Und er sieht aus wie der große Bruder von Ryan Reynolds.«

»Stimmt schon, ja«, sage ich leise und fummle an einem Brotkrümel rum.

»Ja, was hast du eigentlich?«

»Nee, schon gut. Ist so weit schon alles richtig. Aber mir fehlt gerade ehrlich gesagt etwas der Wahnsinn.«

»Jammern auf hohem Niveau. Dos Schnaps, por favor«, ruft Anne in die Tapas-Bar. Wird schon irgendjemand hören.

Sobald ein Restaurant irgendetwas Spanisches im Angebot hat, holt Anne ihr Ballermann-Spanisch raus.

Dass der Inhaber in Köln-Nippes geboren wurde und nichts versteht, entschuldigt sie dann großzügig mit der Erklärung, dass die Eltern bestimmt aus Nordspanien kommen und die da in den Anden einfach einen krassen Dialekt sprechen. Die Anden. Ja klar, Anne.

Ich wehre mich nicht, und als Mädchen aus dem Ruhrgebiet weiß ich, was sich gehört: Man lehnt keinen Schnaps ab!

Das ist unhöflich und während Anne sich schüttelt, schiebe ich artig »trink Klares, sag Wahres« hinterher.

»Ich will Nägel mit Köpfen machen und nicht immer die lustige, coole Freundin sein. Sechs Jahre sind wir jetzt zusammen und ich fand das bis hierhin auch alles richtig und gut. Wir sind viel gereist, wir führen wirklich eine gute Beziehung. Aber ich habe langsam den Eindruck, dass er mich für selbstverständlich hält. Mit mir kann man fein Spaß haben, aber geheiratet werde ich wahrscheinlich nie. Dafür sind andere Frauen wohl besser geeignet. Ich merke, dass er keinen Schritt weiter gehen will.«

»Was für einen Schritt meinst du?« Anne zieht die linke Braue hoch.

»Kinder!«

»Plural?«

»Na ja, man kann ja mal mit einem Kind anfangen.« Ich schiebe das Glas auf dem Tisch hin und her und lege das Besteck bündig zur Tischplatte.

»Hast du ihm das mal gesagt?«, hakt Anne nach. »So wie ich Johannes kenne, ist der ein Typ, der eben einen Haupt- und einen Nebensatz braucht, um gewisse Dinge zu verstehen.«

»Ich finde, das muss er auch selbst mal spüren. Es gibt Dinge, die müssen nicht ausgesprochen werden.« Ich hebe die Hand und rufe zum Kellner: »Wir nehmen noch zwei.«

»Puh, ich mache immer den gleichen Fehler. Wer mit dir Schnaps trinkt, ist lebensmüde.«

»Du hast doch angefangen.«

SMS an Johannes, 22.17 Uhr
Wir sind noch in der Tapasbude,
Anne hat gerade Espresso bestellt.
Kannst gern dazukommen.

»Jetzt leg doch mal das Handy weg«, motzt Anne mich an. »Guck dir lieber den Kellner an. Jede Wette, dass das hier nur sein Nebenjob ist. Der studiert Sport und …«

»Fang niemals was mit einem aus der Gastro an«, unterbreche ich sie. »Die haben beschissene Arbeitszeiten, und wenn er mal frei hat, will er bestimmt nicht ausgehen.«

»… und der Barren ist seine Spezialdisziplin. Der könnte auch mal auf meiner Bettkante balancieren.«

SMS von Johannes, 22.21 Uhr
Sehr guter Witz. Anne würde niemals Espresso bestellen: Übertreib es nicht. Danke für die Einladung. Wir wissen beide, was sich gehört: Du bietest es an, und ich lehne ab *g*

»Wo gehen wir hin?«, fragt Anne abenteuerlustig. »Und jetzt sag nicht ›ins Bett‹.«

»Ins *Tag*. Wenn schon, dann Spelunke. Ich bin bereit für einen Gin Tonic. EINEN! Do you know the meaning of Absacker, Frollein?«

»Abmarsch!«

SMS an Johannes, 22.45 Uhr
Anne will's heute wissen. Wenn ixh Mittermacht nicht zugause bin. Ruf den ADAC. Die sollen mich rausfliegen. Kussing.

SMS von Johannes, 22.46 Uhr
Alles klar. Bring Brötchen mit.

PS: Und zieh beim nächsten Mal die Fausthandschuhe aus, bevor du mir eine SMS schickst.

Das *Tag* ist ein ranziger Keller im Belgischen Viertel. Das passt eigentlich nicht so richtig zusammen, weil das Belgische übervölkert ist mit Medienvögeln und Werbeheinis, die den ganzen Abend mit ihrem Mini durch ihr Viertel fahren und heulen, dass sie keinen Parkplatz finden und das dann für Instagram fotografieren und in ihrem Fashion-Blog veröffentlichen.

Den Laden muss man kennen, sonst findet man ihn nicht. Die Tür ist getarnt und sieht aus, als wäre sie jahrelang nicht geöffnet worden. Dass der Laden *Tag* heißt, steht dick dran, denn die ganze Tür ist voll mit Sprayer-Tags und damit der beste Schutz vor Frauen mit Perlohrringen und Typen mit Golf-Handicap. In diesem Club ist die Tür der Türsteher.

Ich habe jahrelang gedacht, die Macher seien besonders witzig, weil sie ihren dunklen Nachtclub *Tag* nennen.

Wir gehen die Treppe runter, an den beiden Sofas vorbei, die entweder vom Sperrmüll oder Design-Klassiker sind, und betreten den Hauptraum. Der ist klein, warm und extrem voll. Wie ich.

Ein Jazztrio spielt verkopftes Zeug und ich überlege schon, wie ich der Barfrau klarmachen kann, dass ich den guten, nicht den billigen Gin haben möchte.

Ich verliere Anne im Gedränge, sie hat drei Bekannte getroffen, die ihr ein Ständchen singen.

»Ach, Sie hier? Bringen Sie mir doch noch das Paketklebeband mit den Tieren drauf?«

»Herr Pauli? Dafür, dass Sie gestern kurz vorm Testament waren, stehen Sie hier aber schon wieder ganz stabil an der Theke. Da habe ich wohl gut gearbeitet.«

»Tobias. Ich bin Tobias.«

»Eva«, sage ich zu Tobias, »Gin Tonic«, zur Barkeeperin.

»Ach, aber das Eis, zu dem ich dich gestern einladen wollte, hast du abgelehnt. Hätte ich mal sofort Gin Tonic vorgeschlagen.«

»Wo ist Thore?«

»Der holt gerade Kippen.«

»Waaaas?«

»Wo soll der schon sein? Das ist ein Club. Ich habe ihn doch nicht immer dabei. Er schläft heute bei seiner Mutter und bleibt bis Samstag dort. Dann ist er wieder bei mir.«

»Oh.«

Das ist mal eine Überraschung. Nach mehreren Schnäpsen, unzähligen Gläsern Wein und noch mehr Sekt habe ich mein Gesicht offensichtlich nicht mehr ganz im Griff.

Ich habe keine Ahnung, was meine Mimik gerade verrät, als Tobias sagt: »Wie schön, dass sich endlich mal jemand über diese Information freut.«

Mist. Gelächelt.

Ich rupfe den Strohhalm aus meinem Gin, was er zwei Köpfe über mir kommentiert: »Richtig. Immer raus mit dem Firlefanz. Warst du schon öfter hier? Hab dich noch nie hier gesehen.«

»Noch andere Floskeln drauf?«

»Sehr gut! Hau mir aufs Maul. Dann habe ich einen Grund, morgen wieder in deine Praxis zu kommen.«

»Sorry. Nasenkorrekturen mache ich nicht.«

Herrje, sieht der gut aus. Dabei hat er einfach nur eine Jeans und ein geringeltes T-Shirt an, und Haare, durch die ich spontan mit meinen Händen wuscheln möchte.

»Dann schlag du ein Thema vor«, spielt er den Ball zurück.

»Was machst du denn beruflich?«

»Aaaah. Beruf. Sehr gut. Ein sehr schönes Thema. Ich hatte schon Sorge, du kommst mit so einem oberflächlichen Scheiß wie dem Nahostkonflikt.«

»Dafür bin ich noch nicht betrunken genug.«

»Ich bin Kurator.«

»Was, echt? Quatsch! Das ist ja cool. Das ist ja nahezu perfekt. Du bist mein Mann.«

Ich freue mich riesig über seinen Job. Wie schön! Und er fühlt sich sichtlich geschmeichelt:

»Huch. So enthusiastisch. Jaja, find ich auch gut. Mach ich echt gerne.«

»Ich liiiiiebe Torten. Wir dachten in der Praxis immer, dass du irgend so einen Kunstscheiß machst. Wir hatten gerade heute zu Annes Geburtstag eine Benjamin-Blümchen-Torte. Wenn jemand in der Praxis Geburtstag hat, dann kaufen …«

»Eva! Stopp! Nicht Konditor.«

»… wir immer eine Benjamin-Blümchen-Torte.«

»Kurator, Eva. Ich mache tatsächlich – wie hast du das genannt? – Kunstscheiß!«

»Keine Torten?« Wie unangenehm! »Trinkst du Schnaps?«

Kurator. Kurator? Ich drehe mich weg, um Schnaps zu bestellen und suche heimlich nach meinem Smartphone: nachgucken. Wikipedia. Kurator. Scheiße, Eva. Zu betrunken. Sowieso kein Netz in dem Keller hier. Ich steige auf den Barhocker, knie drauf und beuge mich ganz weit über die Theke zur Barfrau: »Zwei Korn und eine Antwort bitte. Aber pssscht.« Die Nummer mit dem Gleichgewicht ist so eine Sache.

»Wir haben keinen Korn. Du kannst Wodka haben.«

»Nein, keinen Wodka. Wodka finde ich ordinär.«

»Sambuca?«

»Ja, Sambuca. Sag mal, was macht ein Kurator noch gleich?«

Ich drehe mich zu Tobias, um zu prüfen, ob er auch nicht sieht, wie ich frage.

»Mit Kaffeebohnen?«

»Nein, ohne. Ein Schnaps ist kein Cocktail. Und der Kurator?«

»6,80 Euro. Der hängt Bilder auf.«

»Aaaaaach! Deswegen hat der sich gestern beim ›Bilder aufhängen‹ verletzt.«

»Bitte?«

»Danke.«

Ich balanciere vom Barhocker und halte ihm triumphierend den Schnaps hin.

»Hier! Du bist Bilderaufhänger.«

»Hmmm. Bilderaufhänger, ja. Und du Masseuse!«

»Ich glaube, es häkelt. Wär ich Masseuse, gäbe es nach der Behandlung noch Sex. Prost.«

»Cheers. Ich dachte, dass das Standard ist für Privatpatienten.«

»Ich verhaue dich gleich wirklich. Ich bin staatlich anerkannte Physiotherapeutin, Osteopathin, Heilpraktikerin und spezialisiert auf Säuglings- und Kinderosteopathie. Und ich bin gut. Dein Sohn hat sich noch nie beschwert.« Wow. Das geht noch mit 3,4 Promille. »Tsss. ›Masseuse‹. Was willst du denn? Du bist Bilderaufhänger. Deinen Job kann ich auch. Hab ich in meiner Wohnung immer selbst gemacht. Ich habe einen Klimt. Einen echten Klimt.«

»Oh, soso, einen echten Klimt? Ich nehme an, bezogen von einer schwedischen Großgalerie, die auch Regale, Sofas und Teelichte vertreibt?«

»Nee, Ikea.«

»Eva, wenn du nicht sofort aufhörst, so süß zu sein, muss ich dich leider umgehend küssen.«

Und ehe sichs der Bilderaufhänger versieht, stehe ich auf den Zehenspitzen. Er kommt mir entgegen.

Wie beknackt sich der Moment unmittelbar nach dem ersten Kuss anfühlt. Angucken? Weggucken? Witzig sein? Schnaps holen? Klappe halten? Nein! Weiterküssen!

»Letzte Runde, auch für euch zwei.« Die Barfrau quatscht in unseren Kuss rein.

»Willst du noch was trinken?«, flüstert Tobias in mein Ohr und hält mich in seinen Armen wie in einer Höhle. Ich schüttle den Kopf und er gibt die Information weiter. »Wohin jetzt?«, fragt er mich.

»Keine Ahnung, wie spät ist es?«

»Erst vier.«

»Erst?« Ich bekomme einen Schreck und stelle fest, dass wir die letzten Gäste im *Tag* sind. Das ist mir auch noch nicht passiert. Aber ich will mich noch nicht verabschieden. »*Keller*?«

»Du kennst ja feine Läden«, er rümpft die Nase und küsst mich lächelnd. »Okay, komm.«

Der *Keller* ist der Laden, in dem immer noch was geht. Zülpicher Straße, die Studipartymeile. Bei Tageslicht würden die wenigsten zugeben, dass sie da einkehren. Morgens um vier trifft man sich dann doch, im Einvernehmen, dass niemals darüber gesprochen wird. Wir stolpern aus dem *Tag*. Tobias geht hinter mir her und schiebt mich sanft. Ich mag das und drehe mich auf der Treppe um. Ein, zwei Stufen unter mir stehend muss er sich mir etwas entgegenstrecken und ich küsse ihn weniger vorsichtig als gerade eben.

Wir gehen raus und es macht »Pling«. Ah, Netz again.

»Du bist gefragt.«

»Ähm, ja. Moment. Ach, nein. Komm. Kann nicht so wichtig sein. Ist sicher Anne. Später.«

Ich stelle das Handy auf Flugmodus. Jetzt nur nicht an Johannes denken.

»Also los?«, bitte ich zum Abmarsch. Tobias greift nach meiner Hand und zieht sie in seine Jackentasche. Es ist kalt.

Im *Keller* ist es ziemlich leer und die Leute, die da sind, haben die gleichen Pläne wie wir. Knutschen. Der Laden ist perfekt dafür, extrem dunkel. Die Verzehrkarten, die wir an der Tür bekommen haben, zwingen uns dazu, etwas zu trinken. Ich kann eigentlich gar nicht mehr, da bestellt Tobias noch mal zwei Gin Tonic.

»Aber bitte den guten Gin …«, setze ich an und dann fällt mir ein, dass es hier gar nicht um Gin geht. Der Barmann trägt ein Uriah-Heep-T-Shirt in XXL. Es steht ihm gut. Und statt zwei Gin Tonic stellt uns Herr Heep vier auf die Theke.

»Nanu?« Ich drehe mich um, um zu schauen, wer noch alles Gin Tonic bestellt hat, aber da steht niemand und wir gucken ihn fragend an.

»Unter der Woche ist ab vier ›Restetrinken‹ – schafft ihr schon.« Hervorragend. Herr Heep ist mein Mann. Der Gin ist entfirlefanzt: kein Strohhalm drin, keine Limone und auch kein Eis. Könnte auch ein Mineralwasser sein. Dafür kann man die Mischung nach dem ersten Nippen als »sportlich« einordnen. Now we can talk.

»Weißt du, was ein Futterkuss ist?«, fragt mich Tobias.

»Futterkuss? Nein, nie gehört«, flüstere ich auf seine Lippen.

Tobias nimmt einen Schluck aus seinem Glas. Er küsst mich und der Gin sprudelt ganz kühl in meinen Mund. Ich reiße die Augen auf und schlucke den Gin runter. Futterkuss.

»Mehr!«

Er gibt mir einen weiteren Gin-Kuss.

»Mehr! Wir haben vier Gläser.«

»Tststs, Eva Nimmersatt.«

»Sag mal, wir sind aber nicht kitschig, oder?«

»Oh doch.« Tobias steht von seinem Barhocker auf, stellt sich zwischen meine Beine und hält mein Gesicht fest. Ich schließe die Augen, denn ich bin völlig erschöpft und wir reden fast gar nicht. Uriah Heep legt *Goodbye* von den Spice Girls auf.

»Ich fürchte, wir müssen gehen«, sagt Tobias plötzlich.

»Wieso? So schlecht sind die Spice Girls nicht. Ich war mal in Dortmund auf einem Konzert und da ist Mel C im BVB-Trikot aufgetreten. ›ItellyouwhatIwantwhatIreallyreallywant‹.«

»Das ist der Rausschmeißer. Es ist sicher halb sieben«, vermutet Tobias, guckt auf seine Retro-Casio und korrigiert: »Doch nicht, viertel vor sieben.«

»Waaaaas?« Ich versuche, die Fassung zu bewahren, sehe Johannes unter der Dusche stehen und erinnere mich an seine SMS: »Bring Brötchen mit.«

Wir gehen auf der Straße. Es hat inzwischen geschneit. Die Stadt ist wach, Autos schleichen über die frische Schneedecke.

»Musst du gleich arbeiten?«

»Der erste Termin ist eine einfache Mobi um zehn.«

Tobias küsst zärtlich meinen Handrücken. »Kriegt der auch ein pinkfarbenes Paketklebeband auf den Rücken?«

»Nein, das kriegt nicht jeder von mir. Nur die gaaaaanz tapferen Jungs.«

»Komm mit zu mir. Ich wohne in der Nähe deiner Praxis.«

Ich mag Schnee so gern.

»Nein. Ja. Nein.«

Ich kann doch jetzt nicht mit zu ihm kommen.

»Eva, dann lass uns wenigstens am Bahnhof noch zusammen frühstücken, nachdem wir schon die Nacht miteinander verbracht haben.«

»Viertel vor sieben. Wann habe ich das letzte Mal so lange gefeiert?«, brabble ich vor mich hin und denke leise weiter, dass sich Johannes jetzt gerade anzieht. Mach ich das Handy an? Er hat bestimmt 17-mal angerufen und 30 SMS geschrieben. Er macht sich Sorgen, und ich knutsche hier rum.

Scheiße.

»Komm, Croissant und Latte Macchiato am Bahnhof.«

»Gehen auch BifiRoll und Cola?« Wir küssen uns schamlos weiter. Meine Lippenkonturen müssen mittlerweile ganz rot sein. Es ist bitterkalt. Der Wind weht eisig.

Am Bahnhof kommen wir gar nicht mehr an: Wir checken unterwegs in ein Hotel ein. 110 Euro. Tobias schiebt seine Kreditkarte über den Tresen. Und während Johannes in der 8a über Gleichungen spricht, habe ich in derselben Stadt zur selben Zeit in einem Mittelklassehotel Sex mit einem anderen Mann.

7. Januar

Meine Finger zittern. Mein Herz rast dumpf, gleich implodiert es. Meine Beine sind taub. Ich konnte nicht nach Hause gehen. Dahin, wo das Bett auf Johannes' Seite noch warm und meine Seite kalt ist. 9.17 Uhr – wenn es hochkommt, haben wir in diesem anonymen Hotelbett eine halbe Stunde gedöst. Nackt, Arm in Arm. Nicht fremd, aber auch nicht vertraut. Jetzt stehe ich in der Praxisdusche. Das Wasser ist so heiß, dass es mir vorkommt, als würde ich gekocht. Ich stütze mich an der beschlagenen Glaswand ab. Mein Handabdruck verläuft sofort. Ich bin gar nicht da.

Wir haben uns zum Abschied in dem tristen Hotelflur geküsst, ohne Zunge. Die war belegt. Ich bin mit gesenktem Kopf gegangen. Zum ersten Mal habe ich ein Hotel ohne Koffer verlassen und mich trotzdem schwer bepackt gefühlt.

Wie bin ich eigentlich unter diese Dusche gekommen?

»Eva, jetzt konzentrier dich«, ermahne ich mich selbst. »In 15 Minuten ist dein Patient da. In der Schublade liegt eine Zahnbürste. Du musst das jetzt hinkriegen.«

»Noch 15 Minuten? Dann habe ich noch Zeit, in der Dusche zu bleiben.«

»Nein, Eva! Stell die Dusche ganz kalt und werde wach.«

»Bitte, lass mich hier.« Ich rutsche in die Duschtasse und lasse mich nass regnen.

»Eva? Ist alles in Ordnung?« Die Chefin klopft von außen an die Badezimmertür.

»Ja, ich komme gleich«, rufe ich zurück und versuche, normal zu klingen, dabei komme ich mir so nackt und klein vor. Was daran liegt, dass ich gerade nackt und klein bin.

»Herr Albrecht kommt gleich zur Mobi«, ruft sie durch die Tür und drückt dabei die Klinke runter. »Und deine Oma hat eben angerufen. Dein Handy sei aus. Kommst du?«

»Ja, ich komme.« Was verspreche ich denn da?

»Los, wir packen das jetzt«, macht mir meine innere Stimme Mut. »Eins nach dem anderen. Steh auf. Geh aus der Dusche und ich trockne dich ab. Du musst das nicht allein schaffen.«

»Okay.« Ich frage mich, was Johannes jetzt gerade macht und was Tobias jetzt gerade macht. Johannes und Tobias. Johannes und Tobias. Und ich?

»Guten Morgen, lieber Herr Albrecht, was macht das Knie?«

»Guten Morgen, Frau Ludwig. Na ja, das Wetter. Sie riechen aber frisch.«

»Na, ich habe gerade extra für Sie geduscht, damit wir jetzt auch genauso frisch ans Werk gehen können.« »Frisch ans Werk?« – Was rede ich da eigentlich?

»Haben Sie eigentlich Kinder, Frau Ludwig?« Meine Patienten lieben es, private Dinge über mich zu erfahren, während ich vorsichtig Kniescheiben abtaste. Aber bitte nicht heute. Bittebittenicht!

»Nein, habe ich nicht. Schauen Sie mal, Herr Albrecht. Sie bekommen das Knie jetzt schon fast auf 90 Grad. Tut das weh?«

Er liegt mit dem Rücken auf dem Behandlungstisch und ich habe sein krankes Bein im Arm und bewege es vorsichtig hin und her.

In Wirklichkeit halte ich mich an seinem Bein fest.

»Nein, Frau Ludwig. Haben Sie denn einen Mann?«

Ehrlich gesagt habe ich gerade zwei, glaube ich.

»Warum, Herr Albrecht, wollen Sie mir einen Heiratsantrag machen?«, scherze ich matt.

»Frau Luuuudwig.« Er lacht. »Ich bin 76 und meiner Frau immer treu gewesen.«

Alles klar! Liebes Schicksal, da hast du mir ja den richtigen Patienten zur richtigen Zeit geschickt. Herzlichen Glückwunsch! Treffer versenkt.

»Herr Albrecht, Sie müssen noch etwas mehr an ihrer Muskulatur arbeiten. Ich telefoniere später mit dem Arzt und frage, ob wir eine Elektrobehandlung machen können. Dafür klebe ich Ihnen kleine Elektroden an den Oberschenkel, da gehen ganz minimale Stromstöße durch und die sorgen für Muskelkontraktionen. Tut nicht weh.« Vielleicht klebe ich mir die Dinger mal an den Kopf, dann liefe es eventuell besser.

»Ach guck, es lebt.« Anne sitzt an ihrem Platz in der Praxisküche, hat einen Kaffee in der Hand und grinst mich wissend an. »Ich korrigiere: Es existiert. Leben kann man das wohl eher nicht nennen.«

»Hallo, Anne. Schön, dich zu sehen. Wo warst du denn plötzlich?«, frage ich beiläufig und fummele ein Pad in die Kaffeemaschine.

»Plötzlich? Ich habe dich dreimal angequatscht. Du hast überhaupt nicht reagiert. Ich habe dir doch noch eine SMS geschrieben.« Autsch! Das Handy. Scheiße. Ich muss es anmachen. Johannes. Er macht sich sicher Sorgen.

Es ist das erste Mal, dass ich nicht nach Hause gekommen bin. Mein Handy ist noch in der Manteltasche. Als ich zur Garderobe gehe, rieche ich schon aus der Entfernung, dass er widerlich nach Qualm stinkt. Das Telefon ist kalt und fühlt sich seltsam tot an in meiner Hand. Ich zögere und gehe wieder in die Küche Was ist, wenn er uns gesehen hat? Oder irgendjemand im Keller war, den er kennt. Nein, Johannes' Freunde gehen da nicht hin. Anne beobachtet mich.

»Eva? Das Päckchen hier ist gerade für dich abgegeben worden.« Die Chefin legt einen Karton auf den Tisch.

»Ein Paket«, registriere ich zeitverzögert. Ich kann mich nicht konzentrieren. Ängstlich schalte ich mein Handy an und erwarte ein riesiges Pling-Gewitter. Es fragt mich nach der PIN. Johannes' Geburtstag: 1704. Netzsuche. Mir wird schwindelig. »Pling«, einmalzweimaldreimal. Na? Stille. Mehr nicht?

SMS von Anne, 2.57 Uhr
Du Ratte! Stehst da an der Theke
und knutschst. Ich will nicht stören
und gehe jetzt. Ihr seht toll aus.
Sehen uns in der Praxis. Küsschen.

SMS von Johannes, 6.30 Uhr
Hey, Suffi, ich gehe dann mal ohne Brötchen in die Schule. Kannst ja Mittagessen mitbringen, wenn du mit Feiern fertig bist.

SMS, Anruf in Abwesenheit, 8.40 Uhr
Oma

Mehr nicht? Mehr nicht? Ich bleibe die ganze Nacht weg und er schreibt nur, dass er ohne Brötchen in die Schule geht? Er sucht mich nicht. Ich hätte tatsächlich irgendwo liegen können. Okay, ich habe irgendwo gelegen. Aber …

»Also mir geht's gut. Ich war ja auch relativ früh im Bett. Und du?« Anne popelt sich an den Fingernägeln rum und glaubt, ich bemerke ihre Neugierde nicht.

»Na ja. War auch früh.« Ich gucke dabei nicht vom Handy auf. Mann, Johannes. Schreibe ich jetzt zurück?

»Ich habe das schon richtig gesehen, dass das Thores Papa war, oder? Der hat doch diese unglaublich schöne Frau.«

Gleich platzt sie. Ich bin mir sicher.

»Nein, die sind nicht mehr zusammen«, antworte ich knapp. Oder ahnt Johannes, was los ist und ist sauer?

»Und seht ihr euch wieder?«, fragt Anne jetzt eindringlicher.

»Pass auf, Anne.« Ich gucke vom Handy hoch. »Mir ist irre schlecht. Ich versuche jetzt, diesen Tag zu schaffen und werde nie wieder Alkohol trinken. Und das ist mein voller Ernst.«

»Und ich werde dein Zeuge sein«, sie lacht schadenfroh und guckt auf das Paket. »Mach schon auf. Von wem ist das denn?«

Auf dem roten Päckchen steht kein Absender. Es ist quadratisch und wiegt ungefähr ein halbes Kilo. Ich schüttle und drehe es. Das rote Papier wurde mit gepunktetem Band verklebt. Obendrauf steht einfach nur »Eva«. Sonst nichts. Kein Absender.

»Sieht sehr süß aus.« Anne packt es längst mit ihren Augen aus.

»Da hat mir sicher wieder ein Patient eine Schachtel Merci-Schokolade eingepackt.«

»Sieht das vom Format aus wie Merci-Schokolade? Du bist wohl noch ganz schön besoffen, meine Liebe.« Anne ist extrem ungeduldig. Und ich heute sehr langsam.

Ein Karton kommt zum Vorschein, er ist ebenfalls mit dem bunt gepunkteten Streifen verklebt. Ich ritze mit meinen nicht vorhandenen Fingernägeln hinein. Aha.

»Eine Dose Cola?« Anne ist enttäuscht.

»Und eine Aspirin …«, stelle ich mit zittrigen Händen fest. Und ein Briefchen. Anne reckt den Hals in der Hoffnung, einen Blick auf das Zettelchen zu erhaschen.

Liebe Masseuse,
weil ich nicht möchte, dass du Kopfweh hast, wenn du an unsere Nacht denkst, kommt hier eine Brausetablette, die die Schmerzen vernichtet. Die Cola kümmert sich um deinen Zuckerhaushalt. Ich würde mich gerne um den Rest kümmern: 0170-7339814. Soll ich dich von der Arbeit abholen?
Dein Bilderaufhänger

Ich lasse den Brief sinken. Mein Herzschlag hat Fahrt aufgenommen. Es wummert wie wild, ganz ohne Cola. Auf die Aspirin hat er ein Herz gemalt.

»Von wem ist das? Was steht in dem Brief? Eva, ist das etwa

eine Kopfschmerztablette mit einem Herz drauf?« Anne sitzt mit verschränkten Armen auf ihrem Stuhl und wippt hektisch mit dem Fuß. Ich klemme mir das Paket unter den Arm und gehe wortlos aus der Küche. Die Schmerztablette mit Herz stecke ich in die Hosentasche.

»Eva! So kannst du mich hier nicht sitzen lassen«, ruft Anne mir hinterher.

Meine nächste Patientin hat Schmerzen im Kiefer. Immer wenn sie den Mund aufmacht, knackt es und mittlerweile zieht der Schmerz in den Nacken. Für sie eine langwierige Behandlung, für mich heute perfekt: Sie kann nicht reden und ich will es nicht.

Danach noch zwei Mobilisationen – ich funktioniere.

Nach der letzten Behandlung setze ich mich in der Küche auf die Fensterbank. Es ist schon wieder dunkel geworden und schneit noch immer. Ich war jetzt 36 Stunden nicht zu Hause und habe ebenso lang nicht geschlafen. Johannes hat weder geschrieben noch angerufen. Das finde ich viel beunruhigender als alles andere. Er ist zwar nicht der große Schreiber, aber wenn jemand 36 Stunden nicht zu Hause war, fragt man doch mal nach, oder? Entweder ist er sauer auf mich, oder er ist einfach nicht interessiert. Ich bin viel zu müde, um zu überlegen, was ich schlimmer finde.

Ich habe das Handy in der einen Hand und die Aspirin mit dem Herz in der anderen. Tobias. Wie süß! Der müsste doch selbst total zerstört sein und schickt mir dieses liebe Päckchen in die Praxis. Ich lese den Brief noch einmal: »... dass du Kopfweh hast, wenn du an unsere Nacht denkst ...«

Ich beginne zu tippen:

Lieber Tobias … nein. Lieber Bilderaufh… auch nicht. Scheiße. Bin ich 14 oder was? Nein. Ich bin 33 und deshalb antworte ich jetzt extrem souverän.

> Lieber Futterküsser,
> wofür war die Brausetablette
> gedacht? Fürs Herz oder für den
> Kopf? Habe mich sehr gefreut.
> Danke auch für alle weiteren
> Angebote. Grüße, Eva

Senden? Nein. Löschen? Nein. Ach, komm. Ich lass das jetzt so.

Senden.

Und jetzt? Nach Hause zu Johannes? Was sage ich dem denn? Ich kann doch nicht …

> *SMS von 0170-7339814*
> Und? Soll ich Dich abholen? Wir
> könnten Pommes Currywurst essen
> und einen Schneemann mit Uriah-
> Heep-T-Shirt bauen.

> *SMS von 0170-7339814*
> PS: Ich denke überhaupt nicht an dich.

Okay, das verlangt eine Antwort.

> *SMS an 0170-7339814*
> Ich denke auch nicht an dich. Wer
> bist du überhaupt?

Ich rutsche von der Fensterbank und gehe zur Tür. In der Praxis ist es ganz still geworden. Das Telefon ist schon umgestellt auf den AB, nur in der Eins brennt Licht: Die Chefin behandelt noch einen Privatpatienten, der freitags immer als Letzter kommt. An der Glastür hängt noch die Happy-Birthday-Girlande für Anne. Sie hatte heute nicht viele Termine und wollte danach in die Sauna: Suff rausschwitzen. Wenn ich mir das Wetter anschaue, dann ist das eine gute Entscheidung. Ich möchte auch alles rausschwitzen. Suff ist das geringste Problem.

SMS von 0170-7339814
Jedenfalls nicht der Typ, der kleine
Torten backt. Komm gut nach
Hause, verrückte Frau. Melde dich,
wenn dir nach einem Konter-Gin ist.
Tob.

Ich lächle und stecke das Handy in die Tasche, es fühlt sich extrem gut an. Eine Antwort spare ich mir. Ich muss mich auf andere Fragen vorbereiten. Ich gehe zu Fuß durch den Schnee. Die Luft ist klar. Mein Kopf ist es nicht. Die kalte Luft wird dafür sorgen, dass ich rote Bäckchen bekomme und nicht ganz so zerstört aussehe.

»Hallo! Jemand zu Hause?«

»Küche!«, kommt es von Johannes zurück.

Er hat sich nicht verändert seit gestern. Sein Gesicht zeigt keine Anzeichen von Wut, Trauer, Misstrauen.

»Meine Party-Peitsche. Was war denn da los? Das kenne ich ja gar nicht von dir.« Er hilft mir aus dem Mantel. »Bist du nicht völlig im Eimer?«

»Ja, aber wer saufen kann …«, atme ich laut aus und er vervollständigt:

»… kann auch Oma anrufen!«

»Scheiße! Die habe ich vergessen.«

»Sie hat dreimal auf den AB gesprochen, ich hatte auch schon das Vergnügen. Opa macht Stress und die Genossenschaft hat angerufen. Da verzögert sich wohl noch was mit der Wohnung. Ich habe es nicht so ganz verstanden. Ich mache uns ein Blech Pommes und Würstchen. Aber komm erst mal an und nimm dir deine Kuschelhose, ich habe sie dir schon auf die Heizung gelegt. Dann meldest du dich bei deiner Oma. Schön, dass du da bist. Übrigens: Es ist Wochenende.«

Wie doof bin ich eigentlich? Ein Mann, der seiner Freundin die gemütliche Hose vorwärmt, kann doch gar nicht scheiße sein. Gerade eben dachte ich noch, er würde sich nicht interessieren und sei kalt und jetzt dieser Empfang. Wenn du wüsstest, denke ich und spüre dabei das Aspirinherz in der Hosentasche. Die Kanten der Verpackung pieksen schmerzhaft ins Bein.

»Ein Bier willst du nicht, nehme ich an?«, ruft er noch aus der Küche.

Auf dem Weg ins Bad wähle ich Omas Nummer. Gleichzeitig fummle ich mir an der Praxishose rum, die ich nach der Arbeit angelassen habe.

Die Klamotten von gestern habe ich in einem Stoffbeutel mitgenommen. Ich stecke sie sofort in die Waschmaschine. Mit dem Hörer am Ohr ziehe ich alles aus. Mein Slip muss auch dringend gewaschen werden.

»Eva? Eva bist du das?« Es fiept schrill an meinem Ohr.

»Ja, Omi, ich bin's. Kannst du das Hörgerät ausmachen? Sonst haben wir hier wieder so eine doofe Rückkopplung im Telefon.«

»Was?«, schreit sie. »Es fiept so. Ich muss mal eben das Ding ausmachen.«

»Ja, mach mal.«

Ich stehe mittlerweile nackt vor der Waschmaschine und mache extra viel Waschpulver rein, als könnte ich so nicht nur meine Klamotten, sondern auch mein Gewissen reinwaschen.

»Omi, was ist denn los?«

Johannes kommt rein und stellt mir eine Tasse Fencheltee auf den Badewannenrand. Ich gehe nackt ins Schlafzimmer.

»Opa hat heute so schlimm mit mir geschimpft. Er hat gebrüllt, ich solle sofort verschwinden und dass ich keinen Cent von ihm bekäme und ich solle nicht wagen, auch nur irgendetwas von ihm mitzunehmen.« Oma ist ganz aufgeregt. »Und dann hat die Frau von der Genossenschaft angerufen.«

»Omi, ganz ruhig, eins nach dem anderen. Was hat die Frau denn gesagt?«, frage ich, während ich in meiner Unterwäscheschublade nach einem sauberen Slip krame und dabei die Brausetablette mit dem Herz ganz hinten in der Schublade verstecke.

»Es soll noch drei Wochen dauern, Eva. Drei Wochen mit Opa hier in dieser Wohnung? Wie soll ich das denn schaffen?« Sie klingt völlig entmutigt.

»Oma, du bist seit über sechzig Jahren mit Opa verheiratet. Was sind da drei Wochen?« Ich balanciere ungeschickt mit dem Telefon zwischen Ohr und Schulter durchs Schlafzimmer und versuche, Unterwäsche anzuziehen.

»Eva, was soll ich bloß machen?« Oma fängt an, leise zu weinen. Es zerreißt mir fast das Herz.

»Geh mal eine Runde spazieren und rauch ein Kippchen, Omi. Drei Wochen sind wirklich schnell um. Wo ist er denn jetzt?«

»Dachboden. Rennt da oben rum. BummBummBumm«, Oma macht das Geräusch nach und wenn sogar sie es hören kann, ist es wirklich laut.

»Wie wär's, wenn du das Haus mal eine Weile verlässt? Hast du den Lottoschein schon abgegeben?«

»Ja, natürlich. Ist doch Freitag. Wie immer.« Sie schluchzt. »Warum bist du nicht ans Telefon gegangen? Ich habe sogar in der Praxis angerufen.«

»Omi, es tut mir leid. Wirklich! Habe es nicht geschafft«, sage ich leise, während ich in Schlüpfer, Unterhemd und dicken Socken auf der Bettkante sitze. »Was machen wir denn jetzt? Hast du noch einen Arztroman? Mach das Hörgerät aus, geh ins Bett und gönn dir ein paar Mon Chéris.«

»Ich hab schon einen Eierlikör getrunken«, sagt sie ganz tapfer.

»Super. Und darauf jetzt noch eine Kirschlikörpraline. Dann geht's dir bestimmt gleich besser.«

»Trinken wir zusammen einen Eierlikör?«, fragt sie vorsichtig.

Das machen wir manchmal, um uns einander näher zu fühlen. Dann sitze ich in Köln und sie zu Hause und wir prosten uns durchs Telefon zu. Nach der vergangenen Nacht fällt mir das schwer, aber wenn es sie tröstet …

»Ja, natürlich, Omi. Ist noch was in deiner Flasche, oder soll ich dir eine neue Pulle mitbringen?« Ich gehe in die Küche und suche im Schrank nach dem Oma-Glas. Es ist ein Pinnchen mit einem Edelweiß drauf, ihres schmückt das Kölner Wappen. Um an meins zu kommen, muss ich den Stuhl an den Küchenschrank ziehen und draufsteigen.

In diesem Moment kommt Johannes in die Küche, macht einen erfreuten Gesichtsausdruck und streckt beide Daumen hoch. Während ich telefonierend auf dem Stuhl stehe und im

Schrank nach dem Glas suche, kommt er zu mir und knabbert an meinem Po, weil der gerade so praktisch auf der Höhe seines Gesichts ist.

»Autsch!«

»Was denn, Eva? Ist was passiert?«, fragt Oma erschrocken.

»Nein, schon gut. Ich habe mir den Finger eingeklemmt«, flunkere ich und steige vom Stuhl. Während ich den Eierlikör an der Arbeitsplatte eingieße, küsst Johannes meinen Nacken und schiebt seine Hände von hinten unter mein Unterhemd auf meine Brüste. Ich versuche, ihn irgendwie abzuschütteln, offensichtlich fühlt er sich dadurch angestachelt.

»So, ich bin so weit«, sage ich. »Mein Pinnchen ist voll. Deins auch? Dann bitte: nicht lang schnacken …«

»Kopp in Nacken!«, vervollständigt sie. »Stößchen, meine Eva!«

»Stößchen, meine Omi!«

»Stößchen!«, ruft auch Johannes und küsst mich in den Nacken. »Was sagt er?«, fragt Oma.

»Er richtet Grüße aus.« Ich versuche, unter ihm wegzutauchen.

»Grüß ihn zurück. Er ist so ein lieber Mann«, sagt Oma. Sie wirkt beruhigter.

Ich lächle Johannes müde an, lasse ihn in der Küche stehen und gehe zurück ins Schlafzimmer.

»Oma, ich muss jetzt auflegen. Ich melde mich morgen, ja? Schlaf schön.«

»Ja, Eva. Tschüss. Ich habe dich lieb.«

»Ich dich auch.«

»Ich dich auch«, ruft Johannes und folgt mir ins Schlafzimmer.

Ich lege mich aufs Bett und mag gerade eigentlich keine

Pommes essen. Johannes zieht sich aus und legt sich in Boxershorts zu mir.

»Was ist denn los, Mäuschen? War die Feierei so anstrengend?«

Ich schließe die Augen und ziehe ihn zu mir. Festhalten. Ich möchte ihn festhalten und vielleicht möchte ich auch unser ganzes Leben festhalten. Wenn ich ihn jetzt nicht festhalte, entgleitet es mir.

Ich möchte ihm sagen, was passiert ist. Johannes ist doch auch mein Freund und unter Freunden erzählt man sich alles. Er schiebt mein T-Shirt hoch und beginnt meine Brustwarzen zu küssen. Irgendwie ist mir jetzt mehr nach Nähe als nach Sex und ich versuche, mein T-Shirt herunterzuschieben. Johannes schiebt gleichzeitig seine Finger in meinen Slip und küsst meinen Hals.

Mit einer Hand zieht er mein Höschen runter und schafft es auch irgendwie, seine Unterhose auszuziehen. Ich lege mich auf die Seite in der Hoffnung, dass diese Form der Absage weniger hart ist als ein »Nein«. Das Keramikklappern sagt mir, dass er jetzt in der Porzellandose auf seinem Nachttisch nach einem Kondom fischt. Eigentlich ist das Döschen für Oliven gedacht, wir verwahren unsere Nicht-Familienplanung darin. Johannes ist derjenige, der dafür sorgt, dass es immer aufgefüllt wird.

Er reißt die Kondomfolie auf: Es ist so leise, dass ich das Geräusch als Lärm wahrnehme. Er stöhnt leise auf, das bedeutet, er hat das Kondom übergerollt, und dringt von hinten in mich ein. Das Kondom ist feucht, ich bin es nicht. Jetzt rutscht Johannes tiefer, dreht mich auf den Rücken und ich spüre seine Lippen in meinem Schritt. »Hey Süße, darf ich dich da nicht mehr küssen?«, flüstert er zwischen meine Beine und drückt sie zärtlich auseinander.

Mein Kopf versteht das hier gerade nicht. Vor meinen Augen läuft eine Slideshow aus Bildern ab:

Hotelzimmer / ich drücke Tobias an die Wand / Küsse mit viel Spucke / ich reiße Tobias die Hose auf / lautes Stöhnen / Tobias überstreckt meinen Kopf, indem er an meinen Haaren zieht / wir ziehen uns hysterisch aus / ich greife nach seinem harten Schwanz / er nimmt mich auf den Arm und rammt ihn – Stopp! Kondom? Wir haben keins! / Tobias hebt mich hoch, dreht sich um und wirft mich aufs Bett / ich mache meine Beine ganz breit und er leckt meine nasse Muschi / ich breite die Arme aus und schreie / ziehe mein Becken zurück und drehe ihn um / nehme seinen Schwanz in den Mund und blase ihm einen / er kommt / ich schlucke / er dreht mich wieder auf den Rücken / »fick mich«, stöhne ich und meine es so / er fickt mich mit seiner Zunge / ich komme.

Mittlerweile ist Johannes wieder in mir und kommt. Dann legt er sich erschöpft neben mich und lehnt den Kopf an meine Brust. Da liegen wir in Dunkelheit und in Stille. Zweimal Sex mit zwei Männern innerhalb von zwölf Stunden. Ich höre, wie Johannes das Kondom abzieht und weiß, dass er jetzt einen Knoten reinmachen wird, damit nichts raussuppt. Mir kommen die Tränen.

»Du hast übrigens mehrere SMS auf deinem Handy von irgendeiner Nummer«, sagt Johannes, während er sich wieder anzieht. Das Handy liegt auf der Bettkante.

Ach du Scheiße. Tobias.

»Oh, echt? Egal.« Ich versuche, beiläufig zu klingen. Mein Herz springt.

»Die Pommes dürften gut sein.« Johannes verlässt das Schlafzimmer.

Bei mir wären sie verbrannt. Johannes hat natürlich vorher die Temperatur runtergestellt, sodass die Pommes jetzt perfekt sind. Wir können essen, aber ich bin zu schwach, um aufzustehen und greife nach dem Handy.

SMS von 0170-7339814, 18.37 Uhr
Eva? Schon Feierabend?

SMS von 0170-7339814, 19.17 Uhr
Ev, ich habe gelogen, ich denke doch an Dich.

SMS von 0170-7339814, 20.34 Uhr
Was ist da passiert heute Morgen? Ich treffe mich jetzt mit einem Freund. Schlaf schön.

SMS von 0170-7339814, 20.56 Uhr
Du denkst doch gerade an mich. Ich spüre das.

Wow! Hat der eine Flat? Der schreibt an einem Abend mehr Kurzmitteilungen als Johannes in einem Monat.

SMS an 0170-7339814
Lieber Tob., verzeih. Bin komplett im Eimer. Habe noch mit meiner Oma telefoniert und werde jetzt schlafen. Ev. (Ich mag es, wenn man meinen eh zu langen Namen abkürzt)

PS: Ja. Ich habe an dich gedacht, den ganzen Tag. Nein, ich habe keine Ahnung, was da heute Morgen passiert ist. Ich melde mich morgen.

Aus dem Flur höre ich das Festnetztelefon klingeln und für einen kurzen Moment habe ich Angst, es könne Tobias sein.

»Barenfeld? Hallo?«

Was ist, wenn das wirklich Tobias ist? Wäre gut möglich, denn ich stehe ja im Telefonbuch. Mein Herz schlägt laut.

»Ach, Steffen. Cool. Was gibt's?«

Ich bin erleichtert und kann hören, wie Johannes mit dem Telefon durch die Wohnung geht. Mir fallen die Augen zu und es fühlt sich an, als würde Johannes mich wecken, als er sich plötzlich zu mir ans Bett setzt: »Steffen fragt, ob wir morgen mit ins Sauerland zu seinen Eltern fahren wollen. Wir könnten in Winterberg Ski laufen.«

»Wer wir?«, frage ich müde und schiebe dabei mein Handy unter das Kopfkissen.

»Na, ›wir‹«, antwortet er. »Ist doch eine ganz schöne Idee. Findest du nicht?«

»Richtig, Jo, finde ich nicht«, erwidere ich deutlich und mummle mich noch fester in meine Wolldecke ein.

»Ach, komm, hast du echt keine Lust?« Er streichelt über meinen Kopf.

»Du weißt doch, ich fände Ski fahren echt toll, wenn es im Sommer stattfinden würde. Mir ist das zu kalt«, brumme ich. »Wahrscheinlich kommt Steffens Ische auch noch mit?«

»Nein, Natalie ist nicht da. Ich weiß gar nicht, was du gegen sie hast. Weiber!« Er zieht seine Hand weg.

»Siehst du. Hört sich doch nach einem astreinen Jungsausflug an.«

»Also, du bist nicht dabei? Dann fahre ich mit Steffen allein? Ist das in Ordnung?«

»Ja, klar. Ist in Ordnung.« Vielleicht ist es sogar ganz gut, wenn Johannes mal wegfährt.

»Steffen? Johannes hier«, er hat das Telefon genommen und wandert wieder redend durch die Wohnung, »ja, ich komme mit. Meine Freundin würde mitkommen, wenn es bis morgen eine Klimakatastrophe gäbe und sie im T-Shirt abfahren könnte.« Ich höre noch, wie er das Telefon im Flur in die Station legt und zu mir zurückkommt. »Ich fahre um acht Uhr hier los und bleibe bis Sonntagabend. Dann suche ich jetzt mal meine Skisachen zusammen. Magst du noch Pommes?«

»Bin leider zu müde«, flüstere ich. »Der Schlüssel liegt in der Besteckschublade.« Ich spüre, wie es unter meinem Kopfkissen vibriert.

SMS 0170-7339814, 21.32 Uhr
Schläfst du wohl schon, liebe Ev?
Habe dir gerade einen Engel
gemacht:

Angehängt ein Foto von einem Abdruck im Schnee, der aussieht, als hätte sich an der Stelle ein Wildschwein gewälzt, kein Engel. Drumherum hat er ein Herz in den Schnee getrampelt, darunter steht »Ev + Tob«.

Ich würde so gern antworten, aber ich bin so müde, so erschlagen, mir fallen die Augen zu und ich schaffe es gerade noch, einen einzelnen Punkt zu tippen. In der Hoffnung, dass er versteht was ich meine: »top Foto. Wäre gerne dabei, kann aber nicht, weil ich mit meinem Freund den Abend verbringe.« Wahrscheinlich erwarte ich wohl zu viel Aussage von so einem Pünktchen. Aber das ist mir schon egal. Meine Augen fallen zu und für heute bleiben sie es auch. Irgendwann später wird Johannes schon nachkommen.

8. Januar

»Hast du die Thermoskanne gesehen?«, ruft es aus der Ferne.

»Du Monster, ich hatte gerade ein Date mit Ryan Gosling«, motze ich mit geschlossenen Augen.

»Und ich suche die graue Mütze. Du weißt schon, die wir zusammen an der Ostsee gekauft haben.«

Es ist vor halb acht und Johannes nimmt schon die ganze Wohnung auseinander.

»Hast du das Übertragungskabel für die *GoPro* gesehen?« Johannes steht in Skiunterwäsche vor mir und sieht so lächerlich aus, dass ich die Augen wieder schließe, und ein klitzekleines bisschen hoffe, Ryan Gosling wiederzusehen.

Aber nein, aus der Traum. Stattdessen ein Freund, der um diese Zeit schon aussieht, als käme er direkt aus dem Outdoor-Katalog, was an sich nicht das Schlechteste ist, wenn sich zu Ryan Gosling und Johannes Skistar nicht auch noch der schöne Tobi schleichen würde. Ein paar Männer zu viel gerade. Ich versuche mir nichts anmerken zu lassen.

»Ihr wollt euch filmen, während ihr euch die gefährlichen Hänge im Sauerland runterstürzt?«, frage ich ihn freundlich. »Du kannst die *GoPro* nicht haben. Die brauche ich.«

»Warum? Nein! Wir wollen ein cooles Video für die Ski-AG machen. Wieso brauchst du die *GoPro*?« Johannes ist sichtlich irritiert.

»Ich will mich auch filmen. Ich gehe zum Yoga und klemme sie mir vorne auf die Matte. Dann lege ich Metallica drunter und mache einen riesen Haufen Kohle mit *Aggro-Yoga*.«

Ich traue mich, wenigstens ein Auge zu öffnen und kann sehen, dass Johannes lächelnd den Kopf schüttelt.

»Du bist überhaupt noch nicht wach und verarschst mich schon. Wo holst du das her?«

»Kriege ich einen Kaffee ans Bett?«

»Keine Zeit.«

Am Ende findet er doch, was er sucht, der feine Herr Johannes hat nämlich eigentlich alles sortiert und geordnet. Ich entscheide mich für meinen getupften Bademantel und gehe in die Küche. Sexy wohnt heute woanders.

»Schickst du ein Foto von euch beim Après-Ski?«, rufe ich durch die Wohnung. Johannes guckt entgeistert durch die Tür.

»Après-Ski?«

»Ja, das ist da, wo die Leute nach einem Skitag hingehen und Bier trinken und dann *Cowboy und Indianer* performen.« Ich schwinge ein imaginäres Lasso.

»Eva, wir wollen Skifahren!« Er schüttelt den Kopf.

»Müsst ihr ja nicht, Après-Ski geht auch ohne«, lache ich ihm entgegen und singe: »… reiten um die Wette, ohne Rast und ohne Ziel«, während ich den passenden Reit-Move zum Song mache. Er grinst mich an und ich bin nicht ganz sicher, ob er mich gerade toll oder doof findet. Johannes verabschiedet sich kusslos und die Wohnungstür fällt ins Schloss.

Stille. Eva allein zu Haus. Ich kann nicht verleugnen, dass ich das auch ein wenig erlösend finde. Die Angst, er könnte mir was anmerken und die Neugierde, ob Tobias wieder was Schönes geschrieben hat, passen nicht gut zusammen.

Ich schaue durchs Küchenfenster und sehe, wie sich Steffen und Johannes begrüßen. Jo verstaut Skier und die Tasche im Kofferraum. Im Kofferraum-Management ist er perfekt. Wenn wir zum Zelten nach Frankreich fahren, zeichnet er vorher einen Lageplan für unser Gepäck. Dazu hat er den Kofferraum exakt ausgemessen und am Rechner einen Grundriss erstellt, dann die Packmaße unserer Gepäckstücke eingetragen und berücksichtigt, dass man im Notfall schnell an den Verbandskasten und das Warndreieck kommen muss.

Als der Kofferraum voll ist, ist die Scheibe des Küchenfensters auf Höhe meines Mundes beschlagen. Los, Jo, guck hoch zu mir! Bitte! Wenn du jetzt hochschaust, male ich ein Herz auf die Scheibe! Die beiden freuen sich sichtlich. Steffen macht alberne Revolverbewegungen und feuert aus seinen Zeigefingern imaginäre Kugeln auf Jo ab. Was das eine mit dem anderen zu tun hat, interessiert mich gerade überhaupt nicht. Guck hoch! Jetzt! Sie steigen ins Auto. Bitte, Jo, guck hoch! Ich hauche noch einmal gegen die Scheibe, um vorbereitet zu sein. Er schlägt die Tür zu. Dreh dich wenigstens noch mal zu mir um! Das Auto fährt los und ich male ein Fragezeichen auf die beschlagene Fensterscheibe.

Eigentlich bin ich Dittsche. Ich könnte im Bademantel leben. Es gibt mir das Gefühl vollkommener Geborgenheit wie in einer warmen Höhle aus Frottee. Johannes hat die Heizung so programmiert, dass sie abends um zehn Uhr ausgeht und erst morgens um viertel vor sechs wieder an. Eben so, dass es schon etwas angewärmt ist, wenn er für die Schule aufstehen muss.

Meistens drehe ich die Heizung heimlich höher, sobald er aus dem Haus ist.

Ich schleiche durch die stille Wohnung und kümmere mich selbst um einen Kaffee. Wir haben weder eine Maschine noch so einen astreinen »Voll(idioten)automaten«, wie Johannes die seelenlosen Geräte gerne nennt. Wir kochen den Kaffee in einer italienischen Schraubkanne, die wir dann mit zum Zelten nehmen können. Der Boden ist schon völlig verbrannt und voller Ruß, der sich nicht mehr abspülen lässt. Die Kanne hat zu oft auf offenem Feuer und noch öfter auf unserem Gasofen gestanden.

Ich liebe unseren Gasherd sehr. Er macht die Küche wärmer. Das Knistern der Funken, bevor die Flamme aufspringt. Den Geruch des Gases, der sich dann aber sehr schnell wieder verflüchtigt und das leise Rauschen unter der Kanne. Irgendwann seufzt es einmal laut auf, dann ist der Druck so weit, dass der Kaffee in die Kanne sprudelt. Das ist der Moment, in dem ich den Deckel aufmache und meine Nase ganz nah daranhalte. Ich will dabei sein, wenn der erste Duft herauskommt.

Heute entscheide ich mich für die rote Tasse; die liegt gut in der Hand. Ein Schuss Milch rein, dann nehme ich den Kaffee und gehe zurück zum Bett. In der Bademanteltasche spüre ich mein Handy.

Jetzt bin ich wach genug, um angemessen auf Tobias' SMS zu antworten.

SMS an 0170-7339814, 8.45 Uhr
Guten Morgen, Engelmacher, bin schon wach, und du?

Wie schnell der wohl antwortet? Zur Sicherheit schreibe ich noch eine SMS an Anne. Ich will ihr zwar das Gleiche vermitteln: »Los, kommunizier mit mir«, aber ich entscheide mich für einen anderen Text:

Guten Morgen A., bin schon wach, und du? Kleiner Scherz zur frühen Stunde. Wenn du später die Augen aufhast, dann melde dich. Eva

SMS von 0170-7339814
Klar bin ich wach. Hole Thore gleich bei seiner Mama ab und dann geht's Papa-und-Sohn-mäßig in den Schnee. Du räkelst dich hoffentlich nackt im Bett und wartest darauf, dass ich mit einem Kaffee und der Zeitung unterm Arm vorbeikomme?

Wow. Ich bin hellwach.

Kaffee habe ich schon. Krieg ich den Wochenendteil?

Du? Du kriegst einen unerhört unanständigen Samstagskuss. Schick mir bitte ein Foto von der Stelle, auf die der Kuss soll.

Okay, Herr Pauli, du willst ein Foto von mir. Im Bademantel? Bloß nicht. Wo ist meine schöne Sternchenhose? Ich mache so ein »Bin-brav-und-unschuldig-und-trotzdem-dirty«-Ding. Ach, Mist, die Hose ist im Wäschekorb. Untendrin. Sie stinkt. Ich ziehe das T-Shirt etwas hoch und knipse meinen Bauchnabel.

Hm. Nee. Geht nicht. Zu wabbelig. Ich versuche, meinen Nacken zu knipsen und schiebe die Haare etwas hoch. Versuch eins: nur Haare. Versuch zwei: hm … Kopfkissen. Versuch drei: passt. Abschicken.

Ich sitze im Bett und lächle mein Handy debil an. Los. Antworte.

SMS von Anne
Bin wach. Frühstück?

Ich will ihr gerade antworten, da klingelt das Handy: 0170-7339814. Oh. Ich setze mich aufrecht hin, ich darf nicht so verpennt klingen:

»Naaaa?«

Oh nein! Ich klinge wie eine 46-jährige kettenrauchende Taxifahrerin, die einen Typen am Spielautomaten klarmachen will.

»Guten Morgen! Du liegst ja tatsächlich noch im Bett.«

»Woher willst du das wissen? Ich habe schon den Flur für meine Nachbarn gewischt, war Zeitungen austragen und die Steuererklärung ist auch fertig.«

Ich zwirble dabei albern an einer fettigen Haarsträhne.

»Nein, ich höre das. Du sitzt im Bett und trägst bestimmt dicke Socken und siehst unglaublich süß aus.«

»Und du?«

»Ich sehe immer süß aus. Ich war schon beim Bäcker und

hole jetzt Thore bei seiner Mutter ab. Er möchte gerne die ganze Mannschaft von Werder Bremen aus Schnee nachbauen. Ich habe mir gerade noch mal die einzelnen Spieler im Netz angeschaut. Wir werden bis August beschäftigt sein.«

»Was machen seine Bauchschmerzen?«

»Ach, richtig, ich vergaß: Du bist ja gar nicht meine heiße Affäre, sondern die Osteopathin meines Sohnes.«

Ich lächle, er lacht: »Also, es geht ihm besser. Wir wissen noch immer nicht, was es ist. Am Essen kann es eigentlich nicht liegen und seit er zu dir geht, geht es ihm wirklich schon viel besser.«

»Das freut mich sehr.«

»Was ich verstehen kann. Mir ging es gestern auch besser, als ich von dir kam. Eva?«

»Ja?« Ich grinse doof in die Luft und hab jetzt die Strähne wie eine Spaghetti um den linken Zeigefinger gewickelt.

»Können wir uns sehen?« Stille. Ich antworte nicht. »Ich kann halt nur nicht weg. Thore ist ja da. Ich meine, der geht gegen acht ins Bett und wenn er es schafft, auch nur einen Spieler aus Schnee nachzubauen, dann wird er heute Abend schlafen wie ein Stein. Vorher feiern wir noch ein Badefest – er wird unglaublich müde sein. Du könntest gegen neun kommen. Ich würde mich sehr freuen, wenn wir uns sehen und vielleicht auch noch mal darüber reden, was da gestern eigentlich passiert ist.«

Es hört sich an, als sei er plötzlich stehen geblieben. Durch den Schnee klingt der Verkehr dumpfer als sonst.

Ich kann doch nicht einfach heute Abend zu Tobias gehen, während Johannes im Sauerland ist. Was mache ich hier eigentlich? Was soll das werden? Ich hole Luft und antworte: »Soll ich Wein mitbringen?«

»Sehr gern. Eva? Ich freue mich.«

»Ich mich auch, Tobias.«

»Dann wünsche ich dir einen schönen Tag, und bleib im Bett. Ich würde zu gerne dazukommen. Tschüss.«

»Tschüss.«

Ich freue mich, sogar sehr. Mein Unterleib kribbelt. Es ist dieses Kribbeln, bei dem ich mir nie ganz sicher bin, ob es Aufregung ist oder ob ich Pipi muss.

SMS von Anne
Wieder eingepennt? Lass uns frühstücken und in die Stadt gehen!

SMS an Anne
Ja, ich komme, brauche Unterwäsche.

Wir treffen uns im Café *Herzenswunsch*. Aus dem Namen eine Ableitung auf meine Situation zu machen, wäre selbst mir zu plump.

Anne sitzt schon auf dem Sofa beim Kachelofen, als ich reinkomme. Sie reibt die Hände. Ich bin mir nicht ganz sicher, ob sie sie aufwärmen will oder ob es die Vorfreude auf Gossip ist.

Im Café *Herzenswunsch* können die Gäste auf kleinen Zetteln ankreuzen, welches Frühstück sie sich von Herzen wünschen. Anne kreuzt »Biosekt« und »Hans Wurst« an.

»Gute Unterwäsche findet man nur, wenn man angetütert ist. Sonst traut man sich ja nicht«, murmelt sie und hält den Blick auf den Zettel gesenkt. Darauf ist die Hipster-Version von »Draußen nur Kännchen« zu lesen, und zwar: »Pro Tisch nur einen Zettel«.

Ich bin jetzt seit vier Jahren sehr eng mit Anne befreundet.

Wir sehen uns jeden Tag auf der Arbeit und manchmal müssen wir abends trotzdem noch eine Stunde telefonieren.

»Du siehst ihn heute Abend also wieder?«

Annes Verhörmethoden sind manchmal gnadenlos. Dabei habe ich bislang noch gar nichts gesagt.

»Pass auf, ganz wichtig. Keine schwarze und keine rote Wäsche. Nicht beim ersten Date. Es muss so aussehen, als wärst du nicht darauf vorbereitet, dass er die Wäsche sieht, und zugleich soll er denken, dass du immer so schöne trägst. Oder hast du Donnerstag wieder deinen ›Samstag-Slip‹ angehabt?« Sie guckt mich streng an.

»Nein, hatte ich nicht, du blöde Kuh.« Konzentriert wandere ich mit dem Bleistift über das Frühstücksangebot. »Ich hatte den Dienstags-Slip an.«

Wir lachen und ich mache ein Kreuzchen beim »Klein und fein«-Frühstück. Das passt ja auch inhaltlich.

»Ihr habt tatsächlich gevögelt.« Ihre Augen werden groß. »Ich hab's mir schon gedacht. Ich wusste es«, sagt sie wie zu sich selbst. »Wo? Bei ihm? Nein, ihr …«, sie grinst schmutzig, »ihr wart doch wohl nicht in irgendeiner Toilette? Eva! Dafür sind wir echt zu alt.«

Ich gucke sie fassungslos an.

»Ihr wart in einem Hotel? Oh bitte! Dafür sind wir zu jung. Aber gut … draußen ist es kalt. Wobei … hatte ich auch schon. Einmal an Silvester auf dem Dach vom Unicenter. 45. Stock. Wir fanden das sehr konsequent: Aber so ein Feuerwerk war das dann doch nicht. Immer wenn ich am Unicenter vorbeifahre, denke ich daran.«

»Danke, Anne. Ich jetzt auch«, sage ich. Die Kellnerin stellt uns den Sekt auf den Tisch.

»Ich gehe da heute Abend hin, um ihm zu sagen, dass ich einen Freund habe und dass das ein Ausrutscher war.«

»Dafür braucht man natürlich neue Unterwäsche.« Anne guckt mich an. »Eva, das ist doch Blödsinn. Willst du echt Schluss machen?«

»Ja, will ich.«

»Hier – das Handy.« Sie schiebt mir mein Telefon rüber, das auf dem Tisch liegt: »Nach einer Nacht ist es moralisch nicht verwerflich, es so zu regeln.«

»Am Telefon? Bist du wahnsinnig?«

»Stimmt, das macht man nicht am Telefon.« Anne verschränkt die Arme und lehnt sich zurück ins Sofa. »Man macht es per SMS: ›Lieber Tobias, ich fand den Abend auch wahnsinnig lustig. Bis bald mal.‹ Da ist alles drin. Wenn du ihn nie wiedersehen willst, dann setzt du noch einen Smiley dran. Das verschreckt.«

Sie tut so, als wäre sie Profi. Leider ist sie das tatsächlich, Anne hat selbst genug dieser Kurzmitteilungen bekommen.

»Nein, so mache ich das nicht. Ich finde den ja nicht doof. Ganz im Gegenteil. Ich gehe da heute Abend hin und vielleicht können wir …«

»Nein, könnt ihr nicht«, unterbricht sie mich vehement. »Zur Not fragst du deine Oma, wie das geht. Die hat ja jetzt Erfahrung im Schlussmachen. Wie läuft es bei ihr?«

»Nicht gut. Ich fahre Montag nach der Arbeit zu ihr, weil ich mit ihr Kartons packen und schauen will, ob wir noch ein paar Dinge regeln müssen. Ummelden, bei der Knappschaft Bescheid sagen, zur Bank fahren.«

»Ist doch verrückt oder? Die ist fast 80 und macht exakt den gleichen Faden mit wie wir, wenn wir ausziehen würden.«

Ich nicke zustimmend und nippe jetzt doch noch an meinem Sekt. Irgendwie ist mir das hier alles ein bisschen zu viel »Sex and the City«.

Dafür, dass ich das gleich ›regeln‹ will, gebe ich mir verdammt viel Mühe. Die Beine rasiere ich mit einer neuen Klinge. Anne und ich sind einige Stunden in der Stadt geblieben und nachdem ich mich gegen den String mit Frackfliege auf dem Hintern entschieden habe, war sie auch einigermaßen beruhigt. Mit der Unterwäsche, die ich mir gekauft habe, würde ich mit Sicherheit keinen Typen beeindrucken, war sie sich dann sicher. Ich habe mich für blau entschieden. Blau ist die Schweiz der Unterwäschefarben. Der BH hat keinen Verschluss, er ist eher ein Bustier. Schlau! Denn was keinen Verschluss hat, kann man auch nicht öffnen.

> *SMS an 0170-7339814*
> Was macht die Mannschafts-
> aufstellung? Seid ihr noch zugange,
> oder schläft der Eismeister? Ev.

Johannes hat sich den ganzen Tag nicht bei mir gemeldet. Das Überraschende an dieser Feststellung? Es berührt mich nicht.

> Er schläft. Ist mir schon beim
> Zähneputzen eingeschlafen. Soll ich
> Sushi bestellen? Tob.

Ich wusste, es gibt einen Haken: Der Typ ist eine Frau. Welcher Mann bestellt Sushi?

> Nicht nötig. Ich bringe eine Kiste
> Schokoküsse und eine Flasche Wein
> mit. Mache mich auf den Weg. Wo
> muss ich genau hin?

Melchiorweg 10. Freue mich wahnsinnig auf dich. Tob.

Mist, der freut sich! Und ich freue mich ja auch. Dabei werde ich ihm gleich sagen, dass das mit uns nichts wird. Eventuell. Bestimmt.

An der Klingel steht: Dr. Tobias Pauli. Der feine Herr. Doktor?! Ganz schön drüber für einen, der Bilder aufhängt, oder?

Wir küssen uns zur Begrüßung so, wie man das in München macht, links und rechts. Er trägt eine graue Jeans und ein extrem lässiges weißes T-Shirt. Oben gucken noch die pinkfarbenen Kineo-Tapes raus, die ich ihm vor einigen Tagen aufgeklebt habe. Und er trägt Stoppersocken. Stoppersocken? Verdammt, das ist gut.

Tobias wohnt in einer Dreizimmerwohnung, natürlich Altbau, natürlich mit Parkett und Stuck unter der Decke. In Flur und Wohnzimmer lehnen eine Menge Bilder an der Wand.

»Ja, ich brauche eigentlich so etwas wie ein Atelier. Aber ich arbeite viel hier zu Hause. Das sind Drucke. Damit ich bei der Vorbereitung einer Ausstellung ungefähr sehen kann, wie die in Originalgröße aussehen. Eigentlich gebe ich sie nach der Ausstellung immer weg, die schönsten behalte ich dann aber doch. Tut mir leid, dass es hier so chaotisch aussieht.«

»Ich finde es toll. Schläft er?«

»Tief und fest. Magst du mal gucken?«, fragt er mich, während wir durch den Flur gehen.

Hinten links steht eine Tür einen kleinen Spaltbreit offen. Das Zimmer ist nicht ganz dunkel. Wir gehen auf Zehenspitzen rein. Am Kopfteil des Bettes steht ein kleiner blauer Elefant, dessen Bauch und Rüssel schwach leuchten, daneben liegen Thores nackte Füße.

Das hätte mir klar sein können, dass so ein Energiezwerg selbst im Schlaf nicht ruhig liegen bleibt.

Tobias bückt sich, schiebt die Beine des Kleinen ins Bett und deckt ihn zu. Das ist so ein schönes Bild, ich möchte gerne erst an Thore riechen und dann an seinem Vater.

Darf ich euch beide haben?

Im Flur atme ich tief aus: Anscheinend habe ich die Luft angehalten, um Thore nicht zu wecken.

»Wein, Wasser, Reismilch, Gin Tonic ohne Strohhalm, Schnaps oder nix?« Tobias Stimme in der Stille erschreckt mich kurz, er nimmt meine Hand und zieht mich in die Küche. Ich muss lächeln und denke daran, dass mich sein Sohn auch immer so ins Behandlungszimmer zieht.

Tobias entkorkt den Wein, den ich mitgebracht habe. »Sehr gut ausgesucht!«

»Echt?«

Ich habe gar keine Ahnung von Wein und fühle mich drum sehr geschmeichelt.

»Ich mag das Etikett.«

Ach, so meint er das.

»Ich kaufe sogar Marmelade nach Etikett. Wenn die Bilder darauf schön sind, dann will ich sie haben.« Pünktlich zum Korkenplopp ist er mit dem Satz fertig. So ein Profi.

»Und? Stellst du die Marmeladengläser dann auch aus?«

Ich habe mich auf seine Küchenbank gesetzt. Dass ich Küchenbänke liebe, verkneife ich mir. Nur nicht die Mission vergessen.

»Och, wenn mich ein Museum beauftragen würde, eine Marmeladenglas-Ausstellung zu organisieren …«

»… würde ich wohl auch mal wieder ins Museum gehen«, vervollständige ich den Satz.

Er holt zwei Gläser aus dem Schrank und hält sie ins Licht. »Wie arbeitest du eigentlich? Du hängst doch sicher nicht einfach Bilder auf?«

»Natürlich nicht. Ich organisiere und verantworte mit meinem Team eine Ausstellung von der Idee bis zur Ausführung. Kontakt mit Sammlern, anderen Museen, Versicherung der Bilder und so weiter. Und ich entscheide, wie die Bilder in der Ausstellung dann gehängt werden.« Tobias gibt mir mein Glas und hält seines zum Anstoßen in die Höhe: »Prost. Schön, dass du hier bist.«

»Ja, danke für die Einladung. Prost!«

Ich stoße mein Glas an seins und trinke. Wir gucken uns schweigend in die Augen.

Sage ich es jetzt? Dass ich einen Freund habe und den auch nicht verlassen möchte.

»Du, Tobias?«

»Ja?« Er schiebt seine Hand in meinen Nacken.

»Also …«, er drückt die Finger leicht in meine Haut, wie schön sich das anfühlt. Ich schließe meine Augen und atme tief ein. »Also, ich finde, der Wein ist extrem lecker.«

»Einen Kuss von dir finde ich auch lecker«, antwortet er und küsst mich ganz vorsichtig auf den Mund. Der Punkt geht an ihn. Es fühlt sich an wie ein allererster Kuss, ganz warm und weich. Mein Herz schlägt und mein Verstand packt gerade seine Koffer und sagt: »Alles klar, ich werde hier wohl heute nicht gebraucht. Ich mache Feierabend.«

Mit einer Hand halte ich das Weinglas, mit der anderen halte ich Tobias' schönes Gesicht. Wir gucken uns an. Ganz nah. Eigentlich ist da für nichts anderes Platz und dennoch schiebt sich kurz ein Gedanke an Jo dazwischen. Wie soll ich denn sagen, dass ich Schluss machen will, wo ich doch in diesem Moment nicht einmal weiß, mit wem eigentlich? Ich schließe meine Augen und Tobias zieht mich ins Wohnzimmer.

Ich gehe an seiner Hand hinter ihm her. Der Holzfußboden ist warm und ich spüre die Fugen unter meinen Füßen. Ich kann die Hand jetzt nicht wegziehen und sagen, dass ich gehen muss.

Wir setzen uns aufs Sofa und Tobias guckt mich genau an. Er hat so einen Blick, den ich lange nicht gesehen habe, durchdringend und dabei nicht plump oder aufdringlich.

»Was ist denn das da für ein süßer Punkt auf deinem Schlüsselbein?«, fragt er mich und guckt mein Muttermal an, das immer dann zu sehen ist, wenn das T-Shirt zu weit nach links rutscht. »Was passiert, wenn ich den küsse?«

»Oh, das ist ganz gefährlich«, flüstere ich. »Da kann ich für nichts garantieren.«

»Aber ich sehe hier weit und breit kein Schild, das mir verbieten könnte, ihn zu küssen.« Er hebt mein T-Shirt und schaut mir in den Ausschnitt: »Nein, nichts zu sehen.«

»An deiner Stelle würde ich das mal schön sein lassen und …«

Und da ist er mit seinen warmen Rotweinlippen schon an meinem Schlüsselbein.

Seine Hände sind längst unter meinem T-Shirt und drücken sich in meinen Rücken. Ich strecke den Kopf nach hinten. Kapitulation.

»Einen schönen Punkt hast du da. Der ist schon jetzt meine Lieblingsstelle an deinem Körper. Dabei habe ich die anderen noch gar nicht gesehen«, sagt er eher dem Muttermal als mir, so als wäre das ein Ding zwischen den beiden.

Dann küsse ich ihn. Ich will keine Luft mehr holen und ich will da auch nicht mehr raus.

An einem verschneiten Abend im Januar küsste er mein Pünktchen am rechten Schlüsselbein und ich wusste in dem Moment, das wird was Großes.

Plötzlich liege ich unter ihm und wir küssen uns.

»Stopp«, sage ich klar und deutlich.

Tobias guckt mich erschrocken an.

»Ja, natürlich … ich wollte nichts machen, was dich irgendwie …«

»Was ist mit Thore nebenan?«, flüstere ich.

»Ach so, Thore. Keine Sorge, der schläft tief und fest. Der wird nicht wach. Und wenn, dann hören wir das.«

»Sicher?« Ich habe noch nie knutschend auf einem Sofa gelegen, während nebenan ein Kind schläft.

»Ganz sicher.«

»Er weiß doch nicht, dass ich heute hier bin, oder?«

»Doch. Ich habe ihm erzählt, dass ich Freitag fast seine Lieblingsosteopathin gevögelt hätte und wir es nur nicht getan haben, weil sein doofer Papa kein Kondom dabeihatte. Und dann hat er mich einen Vollidioten genannt und gesagt, dass das doch jeder Fünfjährige weiß, dass man immer eine Lümmeltüte dabei haben sollte.«

»Soso«, sage ich und mache offensichtlich ein ziemlich schockiertes Gesicht.

»Jungs erzählen sich nicht immer alles sofort. Keine Sorge. Ich habe ihm gesagt, dass heute noch eine liebe Freundin kommt und habe ihm versprochen, dass wir nicht mit seinen Legosteinen spielen werden.«

Er streichelt meine Wange und macht das Glas leer. Ich bin durchaus erleichtert, schäme mich jedoch etwas, dass ich es fast geglaubt hätte.

»Na, Papa, ob du dieses Versprechen halten kannst?« Ich

lehne mich kussbereit zu ihm hinüber. »Ich würde wahnsinnig gerne mit den Legosteinen spielen.« Für einen kleinen Augenblick bin ich selbst überrascht, wie schmutzig ich klingen kann.

Er lächelt und küsst mich. Huch, Futterkuss.

Sein Schlafzimmer ist kühl. Das Fenster ist auf Kipp. Es ist ganz schlicht. Weiße Wände, weiße Vorhänge. Selbst das Bettgestell ist schlicht und die Bettwäsche ist ebenfalls weiß. Hier wohnt die Ruhe.

Und genauso ist unser erster Sex. Er hält mich ganz zärtlich im Arm. Aber was wäre, wenn Thore jetzt reinkäme?

»Du bist reichlich entspannt mit deinem Kind nebenan«, flüstere ich, als wir im Bett liegen.

»Das passt schon. Wirklich. Der war so müde, der schläft bis morgen früh durch. Ist es komisch für dich?«

»Ja.«

»Glaube ich. Ich habe meine Eltern mal dabei erwischt. Ganz ehrlich. Ich habe überhaupt nicht verstanden, was die da gerade gemacht haben. Mein Vater ist cool aufgestanden und hat mich ins Bett zurückgebracht. Er meinte, er würde mir am nächsten Tag alles erklären, und das hat er dann auch getan. Das war's.«

»Mit dem Unterschied, dass hier nicht Thores Mutter liegt. Sondern – wie hast du es gesagt? Seine Osteopathin.«

»*Lieblings*osteopathin. Wenn ich hier mit deiner Chefin liegen würde, wäre das sicher was anderes. Magst du Kinder? Ich habe ja den Eindruck, du bist so entspannt mit Thore. Das ist ganz selten bei Frauen in deinem Alter, die sind oft sehr übertrieben.«

»Ich versuche, normal mit ihm umzugehen, und ich mag ihn auch sehr gern. Er ist witzig. Aber, Tobias, es tut mir leid, ich kann nicht ganz so gut über dein Kind sprechen, während dein … du weißt schon … an meinem nackten Po liegt.«

Er beißt mir in den Nacken und drückt mich noch fester an sich.

»Pass auf, Eva, wir stellen den Handywecker auf sechs Uhr, dösen etwas und dann ziehen wir uns an. Okay?«

»Sehr gute Idee. Kannst du das auch, ohne deinen … du weißt schon … von meinem nackten Po wegzubewegen? Ich möchte gerne, dass der da jetzt genauso bleibt.«

»Genauso geht gerade leider nicht.«

Und ich merke an meinem Po, was er damit meint. Es ist das letzte Mal, dass ich an Thore denke. Wir schlafen ruhig miteinander und dann genauso ein.

Es sind nur zwei, vielleicht drei Schritte auf dem Holzboden und mir ist sofort klar, dass wir den Handywecker vergessen haben. Thore kommt angetappst und legt sich zu seinem Papa ins Bett.

»Guten Morgen, mein Kleiner«, flüstert er ihn an. »Hast du schon ausgeschlafen oder wollen wir noch ein bisschen kuscheln?«

Ich liege hinter Tobias. Was mach ich denn jetzt? Ich habe überhaupt nichts an. Mensch, Eva. Du bist so doof.

»Nein, noch kuscheln«, höre ich Thore leicht heiser sagen. Tobias hebt die Bettdecke einladend an. Moment – wie hat der seine Unterhose anbekommen? Ob Thore mich nicht bemerkt? Vielleicht ist er wirklich noch so schläfrig und sieht mich nicht. Ich könnte mich leise auf der anderen Bettseite herausfallen lassen und wegschleichen.

»Guten Morgen, Eva«, sagt die leicht heisere Stimme plötzlich sehr beiläufig.

»Hallo, Thore. Komm, wir schlafen jetzt alle noch ein wenig.« Ich versuche, normal zu klingen.

»Nimmst du meinen Brummi?« Thore schiebt mir seinen

Teddy rüber. Tobias lächelt und ich spüre, dass er gerade das Gleiche denkt wie ich: nichts anmerken lassen, das ist das Normalste der Welt. Thore wird es nicht ungewöhnlich finden, dass seine Lieblingsosteopathin sonntags morgens um sieben Uhr nackt im Bett seines Vaters liegt.

Thores Atem wird flach und regelmäßig. Seine Nase ist zu. Er liegt vor seinem Vater und ich liege dahinter. Ob Tobias noch wach ist? Ich kann unmöglich wieder einschlafen und tue es doch.

»So, wer möchte alles einen Bettkakao oder Bettkaffee serviert bekommen?«, weckt mich Tobias' Stimme.

»Bettkakao!«, freut sich Thore und beide Männer gucken mich mit wachen Augen an.

»Ich nehme einen Bettkaffee«, antworte ich und gucke auf Brummi, »und der hier möchte gerne einen Kakao.«

»Eine sehr gute Wahl, die Herrschaften«, sagt Tobias und steht auf. Er wickelt sich eine Decke um den Bauch und zieht Thore Söckchen an. »Hilfst du mir in der Küche?«, fragt er ihn.

»Jaaaa!« Thore hüpft aus dem Bett und läuft in seinem grünweißen Schlafanzug vor. Topfit. Tobias wirft mir lächelnd Boxershorts und ein Oberhemd von sich zu und sagt lautlos: »Alles gut!«

Die beiden kommen mit drei Tassen und einem Brettchen mit drei Broten zurück.

»Eva, magst du das Nutellabrot oder das mit Marmelade?«, fragt mich Thore und krabbelt neben mich. Er sitzt jetzt zwischen Tobias und mir. »Ich mag am liebsten das mit Nutella«, erklärt er.

»Na, dann mag ich am liebsten Marmelade, oder?«

»Mann, Thore, hast du ein Glück«, lacht Tobias.

»So ein Hemd hat der Papa auch«, stellt Thore mampfend

fest. An seinem Mundwinkel ist deutlich zu erkennen, für welchen Aufstrich er sich entschieden hat.

Da sitzen wir nun im Bett. Zu dritt. Tobias und Thore Pauli und Eva Ludwig. Gestatten: die Patchworkfamily des Tages. Ich glaube das nicht.

Thore steht auf, stellt sich zwischen uns und guckt uns von oben herab an. Jetzt geht's los, Kreuzverhör. Er wird gleich sagen: »Du bist ja gar nicht meine Mama.« Und tatsächlich guckt mich der kleine Mann mit verschränkten Armen prüfend an: »Gehen wir auf den Spielplatz? Du, Papa, ich und Brummi?«

»Thore, es hat doch geschneit. Wir können nicht auf den Spielplatz«, greift Tobias ein. »Außerdem wissen wir gar nicht, ob Eva uns Gesellschaft leisten möchte.«

»Doooch! Eva kommt mit. Dann gehen wir halt schwimmen.«

»Ich habe gar keinen Badeanzug dabei.«

»Wir wollten doch heute ein Kartenturnier machen, oder HalliGalli spielen und Pfannkuchen backen …«, erinnert Tobias seinen Sohn an die anscheinend bereits geschmiedeten Pläne für diesen Tag.

»Aber Eva kann keine Karten spielen«, sagt Thore etwas geknickt.

»Jawohl kann ich Karten spielen.«

»Warum sollte Eva nicht Karten spielen können?«, wundert sich auch Tobias.

»Papa! Eva ist doch ein Mädchen. Mädchen können das nicht.«

»Na warte, mein Freund!«

So sieht das also aus, wenn es Sonntag ist bei Familiens. Das will ich. Genau das will ich.

Thore springt aus dem Bett und rennt auf seinen Stoppersocken ins Kinderzimmer. Tobias gibt mir einen Kuss auf den Mund: »Du bist großartig, danke!«

»Ihr seid großartig, nicht ich«, antworte ich und nur ich weiß, dass es stimmt. Denn langsam kriecht die Ernüchterung in mir hoch. Es wird heute weder ein Kartenturnier noch Pfannkuchen mit den beiden Jungs geben. Stattdessen erwartet mich HalliGalli zu Hause.

»Eeeva! Komm mal!«, ruft Thore aus seinem Kinderzimmer. »Ich muss dir was zeigen.«

»Ich würde wirklich gern bleiben. Aber ich kann nicht.«

»Eeeevaaaa.«

»Du könntest dir auf dem Klo heimlich bei YouTube ein Video anschauen. Die haben sicher ganz tolle Tutorials zu Halli-Galli.«

»Das ist eine tolle Idee. Aber ich muss wirklich gleich gehen.«

»Eeeeevaaa! Komm doch mal, ganz kurz nur.« Thores Stimme klingt dringlich.

Ich versuche, über Tobias zu klettern, aber er hält mich fest und küsst mich.

»Sorry, ich habe ein Date mit deinem Sohn.«

Er lässt mich los und ich gehe Richtung Kinderzimmer.

»Herrje. Siehst du sexy aus in meinen Klamotten. Ich gehe mal duschen – und zwar kalt«, sagt er dann mehr zu sich selbst.

Thore kniet auf seinem Autoteppich und hat die ganze Legokiste ausgekippt. Wir bauen eine Weile mit den Steinchen und hören die Dusche laufen.

Viel Text haben wir nicht. Allenfalls mal ein »Ich brauch einen roten Zweier« oder: »Hast du einen grünen Flachen gesehen?« Gute Bauherren verstehen sich auch so.

Es ist nicht einmal neun Uhr und der Tag fühlt sich schon so wunderbar erfüllt an. Ist Lego das bessere Yoga?

»Das Bad ist frei«, reißt mich ein angezogener Tobias aus meinen Gedanken. »Ich habe dir ein Handtuch und eine neue Zahnbürste hingelegt.«

»Das ist lieb. Aber ich springe schnell in meine Sachen und dusche dann zu Hause.«

Thore guckt zu mir hoch: »Nein, Eva. Bleib!«

»Siehst du. Ich habe dir doch gesagt, wir sind einer Meinung.«

Ich stehe auf und merke in den Knien, dass ich lange nicht mehr auf einem Autoteppich gesessen habe, um mit Lego zu spielen.

»Nein, Jungs. Tut mir leid, aber ich muss los«, sage ich scheinbar resolut und will doch etwas ganz anderes.

Tobias geht hinter mir her und umarmt mich.

»War das zu viel mit Thore? Das tut mir sehr leid.«

»Nein, das war wunderschön. Ihr zwei seid so zauberhaft. Aber ich muss leider los. Hast du meine Unterwäsche gesehen?«

»Liegt neben dem Bett. Telefonieren wir später noch mal?«

»Mal sehen. Ich melde mich dann.« Ich mag es nicht, wie eine One-Night-Stand-Kuh zu klingen.

9. Januar

Es ist niemand auf der Straße, die Welt klingt durch den Schnee gedämpft. An einem Sonntagmorgen in Samstags-Date-Klamotten durch die Stadt zu gehen, fühlt sich unangenehm an. Die frische Luft tut gut.

Unsere Wohnung wirkt verlassen und leer. Die Bilder lehnen nicht, sondern hängen an der Wand. Kein Autoteppich auf dem Boden, man hört keine kleinen Füßchen, die über den Flur flitzen.

Johannes ist im Sauerland. Gestern um diese Zeit wollte ich »die Sache« noch erledigen. Jetzt erledigt »die Sache« mich.

Was mache ich denn nun?

Auf meinem Handy sind drei neue Nachrichten.

SMS von Anne, 22.46 Uhr
Liebe Freundin, sitze mit den Girls im Hirschen. Komm dazu, wenn du deine Mission erledigt hast. Drücke dir die Daumen.

und 2.37 Uhr
… ich hätte wetten sollen, Süße! Genieß es!

Hmmm. Anne ist manchmal sehr schlau.

MMS von Tobias, 8.47 Uhr
Liebe Ev, du sitzt gerade in meinem Hemd und meiner Unterhose mit meinem Sohn auf dem Autoteppich und ihr baut still und friedlich mit Lego. Ihr seid so sehr bei euch, dass ihr mich nicht einmal im Türrahmen bemerkt. Danke für diesen schönen Moment. Ich = faliebt!

Ich habe tatsächlich nicht bemerkt, dass er uns dabei fotografiert hat. Instagram. Dieses Foto taugt als Titelbild für die *Nido*: How to be a happy family. Es ist an der Zeit, ihn mit Namen einzuspeichern.

Johannes hat nicht geschrieben. Er wird sicher merken, dass ich nicht zu Hause war. Er wird es riechen und spüren. Wird es etwas ändern, wenn ich Musik laufen lasse oder die Laken zerwühle? Ich lege Zeitschriften auf die Kissen und den Laptop. »Habe im Bett einen Film geguckt.«

Nein! Ich will nicht lügen. Wieso ist die Wohnung jetzt so groß und wieso ist sie plötzlich so still?

SMS an Tobias
Lieber Tob, was macht das »HalliGalli«-Fest? Zieht Thore dich ab? Ich denke an euch. Wäre gerne dabei. Kuss, Ev.

»Hallo?«

»Omi, ich bin's, Eva.«

»Ach, Evchen. Wie geht es dir?«

»Soweit okay, glaube ich«, flunkere ich.

»Was ist denn los?«

»Weiß auch nicht. Wollte wissen, wie es dir geht?«

»Ach, Evakind. Kann ich nicht so genau sagen. Ich schlafe so schlecht.«

»Wie machst du das jetzt überhaupt? Teilt ihr euch das Schlafzimmer?«

»Nein, Opa hat mir das Bettzeug aufs Sofa geworfen und schließt das Schlafzimmer ab. Tagsüber nimmt er den Schlüssel mit.«

»Ach Gott, wie albern.« Ich klemme mir das Telefon zwischen Wange und Schulter und setze einen Tee auf. »Wieso lässt du dir das gefallen?«

»Was soll ich denn machen? Der Blödmann lässt ja nicht mit sich reden. Ich kann nicht einmal raus. Da liegt überall Schnee. Hinterher falle ich noch.«

»Ja, vielleicht bleibst du besser zu Hause. Was steht denn heute noch an?«

»Der Tag ist ja schon fast um.«

Ich schaue auf die Küchenuhr: »Oma, es ist erst halb

el…, nein – du hast recht. Der Tag ist fast um.« Was bringt es, ihr zu sagen, dass es erst halb elf ist und der ganze Tag noch vor ihr liegt? Sie möchte es glauben.

»Ist was mit Johannes?«

»Ach, Omi, frag nicht.«

»Das ist ein guter Junge. Wann heiratet ihr?«

»Oma!«

»Ach, du. Du hast schon als kleines Mädchen gesagt, dass du keine Hausfrau werden willst.« Sie liebt diese Geschichte. Wahrscheinlich weil sie sie für sich wünscht. »Eva, ich möchte weg.«

»Ich weiß, Omi, ich auch.«

»Ich will nicht vier Wochen auf dem Sofa schlafen, der Opa spricht kein Wort mit mir und im Frauenverein sind noch Ferien.«

»Hast du gestern im Lotto gewonnen? Dann kaufen wir uns ein schickes Auto und …«

»… und fahren Kuchen essen und fragen nicht, wie teuer der ist.«

»Ach, Oma. Manchmal übertreibst du echt mit deinen Luxusfantasien.«

Wir lachen.

»Nein, nix.«

»Von dem Geld, das du da jede Woche in die Lottobude trägst, hätten wir verdammt viel Kuchen kaufen können.«

»Aber ich habe ja auch schon mal gewonnen …«, beharrt sie.

»Ja, 170 Mark, ich erinnere mich. Davon hast du Opa den Rasenmäher gekauft.«

»… und wir waren Hähnchen essen.«

Ich lächle und erinnere mich, wie wir zwei mit der Linie 143 in die Stadt gefahren sind und berauscht vom neuen

Reichtum im Kaufhausrestaurant zwei halbe Hähnchen und zwei Cola bestellt haben. Danach gab es noch zwei Kugeln Eis für jeden, und weil wir ja so reich waren, sind wir schon am Bahnhof in den Bus nach Hause gestiegen. Das war großer Luxus, denn von der nächsten Bushaltestelle wäre die Fahrt viel günstiger gewesen. Wirhamsja.

»Omi, jetzt geht es mir schon besser.«

»Ich hab dich lieb.«

»Ich dich auch. Bis morgen mal.«

»Rufst du heute nicht mehr an?«

»Nein, der Tag ist ja schon fast um.«

»Stimmt.«

Stille. Ich sitze auf der Fensterbank. Rausschauen, nur einen Moment. Was soll ich denn jetzt tun? Ich kann doch nicht einfach Johannes verlassen. Aber ich kann auch Tobias nicht einfach sagen, dass ich einen Freund habe. Es war so schön vergangene Nacht. Wann war es das letzte Mal so schön?

»Schön« kann doch kein Argument sein, um einen Lebensplan umzuwerfen. Das hat doch mit Johannes alles gut angefangen. Verknallt, dann verliebt, gereist, zusammengezogen, mehr gereist und jetzt müsste er doch eigentlich mal fragen, ob wir heiraten und ein Kind haben wollen. Aber er ist anscheinend noch in der Reisephase.

In der Wohnung wird es gar nicht richtig hell und draußen hat es schon wieder angefangen zu schneien. Jetzt sitze ich allein hier mit meinem Kamillentee. Und ein paar Kilometer weiter sitzen zwei Typen auf einem Autoteppich und haben einander.

Mir ist übel.

Irgendetwas spannt in meinem Brustkorb. Ich fühle mich

eingequetscht. Das tut richtig weg. Puh. Ist der BH plötzlich zu eng? Ich kriege keine Luft. Was ist denn jetzt auf einmal los?

Ich kann nicht atmen. Meine Hände kribbeln. Was ist das? Ist das ein Herzinfarkt? Luft. Luft. Ich brauche Luft. Mein Kopf schmerzt, als würde er in einer Schraubzwinge stecken. Mir wird schwindelig und der Fußboden bewegt sich auf mich zu. Ich muss mich hinlegen. Bleib ruhig, Eva, beruhige dich. Wie konnte denn das passieren? Scheiße! Tobias! Johannes!

Schon als Kind habe ich mich bei Kummer auf den Fußboden gelegt, denn ich mochte es noch nie, im Bett zu weinen. Wenn ich flach auf der Erde liege, habe ich das Gefühl, nicht noch tiefer fallen zu können. Der Fußboden in der Küche ist kalt, aber er gibt mir jetzt Sicherheit. Mein Atem wird flach, ruhiger. Meine Lider sind vom Weinen ganz schwer.

Ich dämmere weg und träume, dass ich auf einer Rutsche sitze, aber ich stecke fest, und das tut weh. Es geht weder vor noch zurück. Meine Arme sind eingequetscht. Ich kann mich nicht befreien. Anne und Thore ziehen an meinen Beinen. Es tut wirklich unfassbar weh.

»Eva, ist alles in Ordnung?«

Ich weine.

»Eva, ich bin es. Was ist los mit dir?«

Thore und Anne sind verschwunden. Auch die Rutsche ist weg, aber ich fühle mich noch immer furchtbar eingeengt.

»Eva, wach auf! Komm!«

Meine Augen gehen nur sehr schwer auf, sie sind verklebt. Johannes kniet in der dunklen Küche neben mir. Meine Arme sind unter der Brust verschränkt. Johannes streichelt mir den Rücken.

»Süße, was ist los? Hast du geweint?«

»Wie spät ist es?« Ich drehe mich langsam um.

»Halb acht. Wie lange liegst du hier schon?«

Er hat seine Mütze noch auf und schaut mich erschrocken an.

»Keine Ahnung.« Mir laufen wieder Tränen übers Gesicht. Ich versuche, mich aufzusetzen.

»Was ist los, Eva? Ist was passiert? Ist was mit Oma?« Er setzt sich neben mich und hält meine Hand. Ich kann nicht antworten und gucke auf den Boden.

»Hey, guck mich doch mal an.«

Mein Weinen wird heftiger.

»Eva, du zitterst ja.« Er zieht seine Strickjacke aus und legt sie mir über die Schultern und ich halte mich an ihm fest. Er ist so lieb.

»Süße, wir können über alles reden.« Das Telefon klingelt. »Das lassen wir jetzt klingeln. Keiner zu Hause«, sagt er, als würde er dem Anrufer erklären, warum wir nicht rangehen.

Das Telefon läutet lauter als sonst. Dreimal. Nach dem siebten Mal geht der Anrufbeantworter ran. Das haben wir so eingestellt. Viermal. Aus der weitesten Ecke der Wohnung schafft man es immer innerhalb von sechs Klingeltönen ans Telefon. Fünfmal. Es sei denn, ich habe das Telefon in der Sofaritze versenkt. Es liegt auf der Fensterbank über uns. Sechsmal. Da hab ich es nach dem Telefonat mit Oma liegen lassen. Meine Stimme plärrt blechern durch die Wohnung: »Hallo. Das ist der Anrufbeantworter von Eva und Johannes. Die Nummer ist richtig, aber der Zeitpunkt ist falsch. Hinterlasst uns bitte eine Nachricht. Wir rufen dann nicht zurück. Scherz.« Piiieps.

Wir halten die Luft an. Als würden wir durch zu lautes Atmen verraten, dass wir doch da sind.

»Hey, Eva. Anne hier. Was ist los? Du gehst nicht ans Handy. Ich mache mir Sorgen. Melde dich bitte.«

»Magst du einen Schluck Wasser trinken? Oder soll ich hier bei dir sitzen bleiben?«, fragt Johannes vorsichtig. Jetzt zittert seine Stimme. »Eva, was ist passiert?«

Ich lege meinen Kopf an seine Schulter und weine auf sein T-Shirt. Er drückt mich an sich. Mein Rotz zieht einen langen Faden.

Irgendwann weint auch Johannes, auch wenn ich nichts gesagt habe, hat er verstanden.

»Wie lange geht das schon so?«

»Noch nicht lang.«

»Hast du mit ihm geschlafen? Ja, ihr habt miteinander geschlafen. Kenn ich ihn?«

»Nein.

»Ist es ernst?«

Ich gucke ihn aus meinen kleinen geschwollenen Augen an. Johannes ist unscharf. Unwirklich. Ich lege meinen Kopf schief und halte sein Gesicht:

»Ich glaube schon.«

Er hält meine Hand auf seinem Gesicht fest.

»Eva, warum? Wann? Wie? Was habe ich falsch gemacht?« Wer hält hier eigentlich gerade wen auf dem Fußboden in unserer dunklen Küche?

Er trägt noch immer die Mütze und schaut matt auf den Fußboden.

»Jo, du hast nichts falsch gemacht«, flüstere ich. »Ich weiß nicht, was falsch gelaufen ist. Ich liebe dich.«

»Dann hättest du das nicht getan«, sagt er leise, mehr zu sich selbst. »Dann hättest du das nicht getan.«

»So einfach ist das nicht, Jo.«

»Eva, sag mir bitte, dass das nicht stimmt.«

Ich schlinge die Arme um meine Beine und lege den Kopf auf die Knie. Ich kann ihn nicht ansehen.

»Was machen wir denn jetzt, Eva? Wie hast du dir das vorgestellt?«

»Ich weiß es nicht, Johannes. Ich weiß gar nichts mehr. Aber er ist mir im Moment näher als du.«

»Was?«

»Ja.« Ich bereue schon jetzt, das gesagt zu haben. »... Aber ich kann mich auch täuschen.«

Johannes haut sich mit der flachen Hand vor die Stirn: »Ich Vollidiot.« Er schüttelt fassungslos den Kopf. »Ich bin ein verdammter Vollidiot.« Jetzt sehen wir uns zum ersten Mal in die Augen: »Eva, ich habe dir vertraut.«

Und ich dachte, solche Dialoge gäbe es nur im Fernsehen. Überhaupt sehe ich gerade auf uns drauf und denke an eine Filmszene, wie wir da in der dunklen Küche auf dem Fußboden sitzen. Ich ziehe Johannes wieder nah an mich heran und möchte ihn trösten. Er weint, aber es laufen keine Tränen über sein Gesicht. Ich habe lange gebraucht, um zu verstehen, dass das kein Zeichen von Kälte ist. Seine Tränen gehen einen anderen – für mich nicht sichtbaren Weg. Sie fließen vermutlich nach innen ab und vielleicht hat er einen kleinen Tränensee im Herzen.

»Jo? Was machen wir denn jetzt?«

»Das kann ich dir nicht sagen.«

Er drückt seine Wange an mein Gesicht. Sie glüht. »Kannst du nicht einfach sagen, dass das nicht stimmt? Wir gehören doch zusammen.«

»Ja, wir gehören zusammen.«

Johannes küsst mein Gesicht.

Wir schlafen miteinander. Auf dem Küchenboden. Wir waren uns lang nicht mehr so nah wie in diesem Moment.

10. Januar

»Anne könnte Herrn Albrecht übernehmen und Frau Wolters sagen wir ab.«

Ich liebe meine Chefin.

»Es tut mir leid, aber ich kann heute wirklich nicht kommen. Ich muss dringend zu Oma fahren.«

Ich gehe im Bademantel mit dem Telefon durch die Wohnung und gucke mal auf den Boden und mal in die Luft.

»Was ist denn mit ihr?«

»Ach, es geht ihr nicht gut. Der Umzug verzögert sich und Opa ist gemein zu ihr und ich habe das Gefühl, dass ich mich mehr kümmern muss. Ist das in Ordnung?«

»Ja, klar ist das in Ordnung. Moment mal.«

Ich höre, wie sie im Terminbuch blättert und die großen Seiten umschlägt. Wahrscheinlich fährt sie jetzt mit dem Bleistift meine Spalte entlang und radiert Namen aus, um sie in andere Spalten einzutragen.

»Mittwoch kommt Thore Pauli in die Kindersprechstunde. Da ist Anne nicht da … und wir können das ja nicht«, sagt sie fragend.

»Thore, ja, hmm.«

»Können wir ihm absagen oder ist es noch akut? Wie ist deine Einschätzung?«

»Zuletzt war er sehr fit. Die diffusen Bauchschmerzen waren weg, deswegen eine Behandlung zu unterbrechen wäre jedoch nicht optimal. Aber … gut, ruft bei Paulis an und sagt ab.«

Ich stutze und denke darüber nach, wie es wäre, wenn Thore weiterhin mein Patient wäre. Darüber habe ich mir keine Gedanken gemacht. Wenn er mit seiner Mutter in die Praxis käme und in seiner Fröhlichkeit mal eben locker erzählte, dass Eva ja beim Papa im Bett gewesen sei und wir dann noch mit Lego gespielt hätten.

»Eva, bist du noch dran?«

»Ja, natürlich.«

»Wir rufen da an und sagen ab, richtig?«

»Kannst du die Behandlung wirklich nicht übernehmen?«

»Nein, ich behandle keine Kinder mehr. Das machst du besser. Deswegen habe ich doch eine Spezialistin eingestellt und wenn die sich jetzt mal um ihre Oma kümmern muss, müssen die Patienten eben warten.«

»Okay. Ich packe dann mal meine Tasche und fahre los.«

»Aber … Eva?«

Ich stehe am Wohnzimmerfenster und starre auf den kahlen Baum.

»Ja?«

»Mit dir ist alles in Ordnung, ja?«

»Ja, natürlich.« Meine Nase kribbelt. Damit kündigen sich die nächsten Tränen an.

»Okay. Pass auf dich auf. Tschüss.«

»Tschüss.« Ich stecke das Telefon in die Bademanteltasche.

Johannes und ich sind irgendwann in der Nacht ins Bett umgezogen. Er ist heute Morgen früher aufgebrochen als sonst. Ich war wach, aber ich habe nichts gesagt. Was auch? Erst jetzt sehe ich auf dem Küchenfußboden einen Zettel. Jo schneidet aus Briefumschlägen Notizzettel. Aus Umschlägen vom Finanzamt – grau, von der Sparkasse – weiß, von der Versicherung – grün, werden To-Do-Listen, Einkaufszettel und Nachrichten für mich.

Ich liebe Dich.
Dein Jo.

Ich halte den Zettel fest in der Hand. »Ich dich auch«, sage ich leise und es platscht eine dicke Träne auf die Tinte. Sie landet zwischen dem e und dem D und verwandelt sich sofort in einen blauen Klecks.

Der Zettel lag exakt an der Stelle, wo wir gestern Abend saßen. Ich stecke ihn in die Bademanteltasche.

Ich besuche Oma und denke darüber nach, ein paar Tage mit ihr wegzufahren. Das wird uns guttun. Ich nehme die braune Tasche mit den weißen Punkten und packe Klamotten für vier, fünf Tage: Unterwäsche, Socken, Badeanzug, Schlafanzug, Hose, Pulli mit der Eule, T-Shirt mit den Sternchen, Strumpfhose dunkelblau. Ach, komm … gestreiftes Kleidchen, Strickjacke, Wimperntusche, Eyeliner, Haarwachs,

Jeanshemd. Kulturbeutel. Fertig. Ach, nein – Kuhno: Kuhno muss mit.

Kuhno ist eine Plüschkuh, ein Weihnachtsgeschenk aus der Kindergartenzeit. Wir zwei wussten sofort, wir würden einander nie im Stich lassen. Sie hat nur noch ein Hörnchen und selbst das ist sehr schlecht angenäht, einen ausgebildeten plastischen Chirurgen konnten wir uns nicht leisten. Kuhno ist aber immer gut angezogen. Aktuell trägt sie ein türkisfarbenes Latzkleid, einen gelben Pulli und eine weiße Unterhose. Hat Oma vor ungefähr 17 Jahren gestrickt, kommt alles wieder in Mode. Damit alle merken, dass Kuhno ein Mädchen ist, hat Oma ihr immer eine passende Handtasche gestrickt, die Kuhno quer über dem Plüschkörper trägt. Darin hat Oma oft einen kleinen Schatz für mich versteckt. Mal eine Mark, mal ein Bonbon.

Im Moment liegt ein Gutschein für einen »Kuhcktail« drin. Johannes hat ihn da reingetan, falls Kuhno mal schick ausgehen will. Dann soll sie sich ein buntes Getränk mit Schirmchen leisten können.

Kuhno kommt selbstverständlich mit.

Ich gucke nicht aufs Handy. Was ist, wenn Tobias geschrieben hat? Was soll ich ihm antworten? Was, wenn Johannes geschrieben … nein. Er wird nicht geschrieben haben. Anne. Ach, Anne. Ich greife nach dem Festnetztelefon in der Bademanteltasche. Nein, ich rufe auch nicht Anne an.

Stattdessen nehme ich die grüne Jeans und den grauen Pulli und wickle mir den Sternchenschal um. Fertig.

Jo hinterlasse ich einen grünen Zettel, denn ich will nicht wortlos verschwinden.

Liebster Jo,

Peter Licht singt: »Die Schwerkraft ist überbewertet. Man braucht sie gar nicht, wie man ja wohl im Weltraum sieht.« Ich bin bei Oma. Und ich regle das. Versprochen. Vergiss mich nicht.

Deine Eva

PS: Ich dich auch!

Ich klingle, aber niemand macht auf. Für solche Fälle habe ich die Schlüssel. Oma sitzt auf dem Sofa und wirkt kleiner als sonst.

Auf der einen Seite hat sie ihr Bettzeug gestapelt, Biberbettwäsche. Das Nachthemd liegt obendrauf. Bevor sie in die neue Wohnung zieht, hat sie sich anscheinend im Wohnzimmer niedergelassen.

»Evchen, hallo! Oma bleibt sitzen, ja?«

So kenne ich sie gar nicht. Ihre Haare sind am Hinterkopf platt gedrückt und sie trägt einen Kittel mit einem dicken Fettfleck auf der Brust. Wenn der nicht vor fünf Minuten da hingeraten ist, stimmt hier was nicht: Oma hat nie dreckige Kittel an.

Die Bingokarten liegen vor ihr auf dem Tisch. Sie hat immer mindestens 30 Karten und vergleicht jeden Morgen zwei Stunden lang die Zahlen mit denen in der *Bildzeitung*. Da keine Zeitung dabeiliegt, war sie noch nicht draußen. Um diese Uhrzeit hat sie diese Aufgabe normalerweise längst erledigt.

»Oma, ist alles okay? Hast du heute Morgen schon Kirschlikörpralinen probiert?«

»Nein.« Ihre Antwort klingt müde. Im Normalfall kontert sie so was mit »Ja, klar. Und noch 'n Schnaps obendrauf«.

Der Ofen bollert. Es ist stickig.

»Was ist denn los, Oma?«, frage ich sie vorsichtig. Sie fängt an zu weinen und ich setze mich zu ihr.

»Ich kann nicht mehr schlafen, weil mir der Rücken so wehtut auf dem Sofa.«

Kein Wunder. Das war schon vor 20 Jahren durchgelegen. Wenn man da reinpinkelt, ertrinkt man in seinem eigenen See.

»... und er beschimpft mich nur noch. Was mache ich, wenn ich die Wohnung nun doch nicht bekomme?« Sie guckt mich mit traurigen Augen an.

»Ach, Oma, komm mal her«, ich ziehe sie an mich. »Hast du schon gefrühstückt?«

»Wenn er was sagt, dann schimpft er. Ich darf nur noch zur Toilette hoch und ich habe nur zwei Taschentücher, weil ich ja nicht mehr an meine Nachttischschublade komme. Er hat das Schlafzimmer abgeschlossen.«

Ich kann verstehen, warum Oma so traurig und erschöpft ist. Das ist Psychoterror.

»Wo ist Opa denn jetzt?«

Sie antwortet nicht und guckt starr auf den dunklen Teppich im Wohnzimmer. Der Fernseher ist an, wie immer. Wahrscheinlich fühlt sie sich weniger einsam, wenn die Kiste läuft. Es läuft *Ein Engel auf Erden*. Die Serie liebt sie eigentlich, aber heute achtet sie nicht auf das Geschehen im Fernsehen.

»Schau mal, Jonathan regelt das wieder alles.« Ich deute auf den Fernseher.

Sie hebt den Blick und lächelt.

»Wie sieht's aus, Oma, du guckst das doch jeden Tag. Hast du da nicht mal die Telefonnummer? Wir rufen den an und dann kommen Jonathan und der Honk mit der Basecap und dann dauert das eine Dreiviertelstunde und schwupps – ist das Problem gelöst!«

Oma steht wortlos auf und schlurft in die Küche.

»Du hast die Nummer also nicht«, stelle ich leise fest. Sie klappert mit dem Geschirr herum. In der Wohnung ist es dunkel und es stinkt. Sie muss hier raus.

»Evakind«, ruft sie aus der Küche, »wollen wir was frühstücken? Ich finde, du bist schmal geworden.«

Das sagt Oma immer. In meiner Familie stehen alle Menschen kurz vor dem Hungertod, wenn sie weniger als 65 Kilo wiegen.

»Nein, bin ich nicht. Ich meine, du bist klein geworden, was meinst du?«

»Nein.«

Sie kommt mit zwei Cola und einem Stück Sprudelkuchen zurück. Frühstück.

»Oma, so geht das hier nicht weiter. Guck dich mal um, du kannst doch nicht im Wohnzimmer wohnen. Wie sieht denn das hier aus?«

»Ich komme nicht einmal an meinen Kleiderschrank, hier unten habe ich nur ein paar Sachen. Also muss ich waschen und schnell trocknen.« Das erklärt den dreckigen Kittel. Sie zeigt auf den Wäscheständer in der Küche. Darauf hängen vier Socken, drei Schlüpfer und der rote Kittel.

»Mehr hast du nicht?«

»Doch, da auf dem Bügel hängt noch die gute Bluse und eine Hose.« Sie bricht ein Stück Kuchen ab.

Ich fasse es nicht und habe den Eindruck, dass Oma in diesem Moment noch einmal drei Zentimeter kleiner wird. Im Fernsehen steht der *Engel auf Erden* gerade vor einem brennenden Haus.

Ja, Alter! Hier brennt auch die Hütte. Wäre echt gut, wenn du dich mal blicken lassen würdest!

Oma nimmt einen Schluck Cola aus dem Senfglas mit Ernie drauf, lehnt sich auf dem Sofa zurück und zündet sich eine Marlboro 100 an. Omas erster Zug ist immer sehr tief und als Kind war ich davon überzeugt, sie könne eine Kippe mit nur einem einzigen Zug rauchen. Das hätte mich stolz gemacht. Wir schweigen. Ich mümmle an meinem Sprudelkuchen und habe einen Fuß auf dem Tisch abgelegt. Oma wippt mit dem Fuß zur Schlussmusik der Folge.

»Oma?«

»Hm?«

»Warst du schon mal am Meer?«

»Ja«, sagt sie schmallippig, als sei das keine so ganz dufte Nummer gewesen.

»Echt, wo?«

»Steinhuder Meer. Mit dem Turnverein, 1973.«

»Das stimmt doch nicht, Oma.«

»Du hast recht, das war 1974.« Sie bläst den Qualm schräg nach oben, vor ihrem inneren Auge rattern jetzt anscheinend Dias. Leicht verschwommen, deswegen kommt sie nicht sofort darauf.

»Ich meine das *Meer*.«

»Nein, dann nicht«, sagt sie, noch immer in ihrem Kopfkino versunken.

»Okay, wir hauen ab – ans Meer. Feierabend jetzt.«

Ich stelle genau zum Satzende das Glas mit dem Krümelmonster drauf auf die Marmortischplatte, als würde ich den Plan damit besiegeln.

Sie schaut mich schräg an, drückt die Kippe im SPD-Aschenbecher aus und nickt.

»Ja?«

Stille. Im Hintergrund dudelt die Titelmelodie von *Unsere kleine Farm*. Die nächste Sendung beginnt, der Engel ist jetzt ein Bauer.

Sie nickt und wiederholt: »Feierabend jetzt.«

»Wir könnten nach Juist fahren. Ich habe da während meiner Ausbildung mal im Kurhaus gejobbt. Da kenne ich noch Kollegen, wir könnten vielleicht in ein Mitarbeiterzimmer ziehen«, denke ich laut nach.

Oma guckt, wie Laura Ingalls die Blumenwiese herunterrennt. Seit Jahren fürchtet sie, dass Laura eines Tages stolpern und hinfallen könnte.

Kurz mache ich mir Sorgen, dass sie das »Ja« gar nicht ernst gemeint haben könnte.

»Oma? Ein Ausflug ans Meer?«

Sie reagiert nicht.

»Oma?« Sie zupft das durchgerotzte Stofftaschentuch aus dem Ärmel, wo sie das zusammengeknüllte Ding immer aufbewahrt, und tupft sich damit ihre Augen. Dann sackt sie in sich zusammen.

»Ich kann nicht mitfahren, Evakind.«

»Warum nicht? Klar kannst du mitfahren.«

»Ich habe nicht genug saubere Schlüpfer und nur die eine gute Bluse. Ich komme doch nicht an meine Sachen.«

»Killefitz!« Ich springe auf und gehe in den Flur. »Opa ist so blöd, der hat den Schlüssel bestimmt irgendwo versteckt!«

»Nein, Eva! Nicht! Der Opa wird schimpfen.«

»Kann der gar nicht. Wenn der zurückkommt, sind wir schon längst hinterm Kamener Kreuz«, rufe ich und laufe die Treppe hinauf, die ich als Kind immer mit dem Kopfkissen heruntergerutscht bin. Der Teppich ist immer noch derselbe wie damals.

Das Licht im Flur ist kaputt. Es ist sehr dunkel. Die erste Tür rechts führt ins Schlafzimmer. Und tatsächlich! Die Tür ist verschlossen. Gegenüber steht eine Kommode, in der Oma Mützen und Schals aufbewahrt. Ich fische blind in den Schubladen. Nichts. Wo könnte der Schlüssel sein? Oben auf dem Türrahmen? Nein, da kommt Opa gar nicht ran. Auf der Kommode steht eine Vase mit Trockenblumen. Ich nehme den alten Strauch raus, dabei zerfällt er fast. Die Vase ist leer.

»Und?«, ruft Oma nervös. »Hast du ihn gefunden, Evakind?«

»Noch nicht«, sage ich, ganz auf die Suche konzentriert.

»Häääh?«

»ICH SUCHE! Da ist nichts.« Ich zücke mein Handy, vielleicht bringt mich das Displaylicht weiter. Dabei sehe ich, dass sich 17 Nachrichten und drei Anrufe in Abwesenheit angesammelt haben. Das muss jetzt warten.

Vielleicht hinter dem Bild? Im Flur hängt ein Gemälde, das zwei Pferde auf einer Koppel zeigt. Ich war mir immer sicher, dass es wertvoll ist. Bei Gelegenheit sollte ich es mal Tobias zeigen, haha. Ich hebe es ein Stück von der Wand ab und tatsächlich plumpst ein Schlüssel auf den Boden. Er hat auf dem Rahmen gelegen.

»Ach, Opa, du bist so schlicht«, sage ich in den dunklen Flur hinein und stochere mit dem Schlüssel im Schloss herum.

»Hab ihn, Oma, kannst hochkommen, Koffer packen.«

Die Tür knarrt, und obwohl gerade noch die Wut einer erwachsenen Frau in mir brodelt, fühle ich mich jetzt schlagartig wieder wie die kleine Eva. Darf ich hier überhaupt einfach so hereinplatzen?

Mir kommt eine unglaubliche Muffwolke entgegen. Es ist ganz dunkel im Schlafzimmer, Opa hat das Rollo unten gelassen.

Das Schlafzimmer ist eine Garnitur. Schrank, Bett, Nachttische und Spiegelkommode sind aus demselben mattbraunen Furnier.

»Ich glaube, wir müssen lüften«, stellt auch Oma fest, als sie das Zimmer betritt. Vorsichtig tastet sie sich zum Fenster und zieht das Rollo hoch. Wir sind geschockt.

»Was ist denn hier los?«

Omas Betthälfte ist mit Zeitungen und Zeitschriften bedeckt. Im ganzen Zimmer liegen Klamotten herum. Unterhosen, Socken. Baumarktprospekte. Auf Opas Nachttisch stapeln sich Teller mit angetrocknetem Essen. Der Aschenbecher wurde schon länger nicht mehr geleert.

Mittendrin ein gerahmtes Foto von ihm und mir. Darauf bin ich ungefähr zwölf Jahre alt und wir sitzen auf einem Bordstein. Es ist Sommer und ich habe ein dickes Pflaster auf dem Knie, Opa trägt seine Helmut-Kohl-Brille und isst ein Eis. Das Foto berührt mich und Oma merkt das.

»Er ist, wie er ist. Aber er liebt dich. Du bleibst immer unsere kleine Eva.«

»Krawalltrulla drei«, sage ich tonlos zum Foto. So nennt er mich. Keine Ahnung, woher die Zahl kommt. Krawalltrulla eins und zwei habe ich jedenfalls nie kennengelernt.

Oma hat es plötzlich sehr eilig. Sie reißt den Schrank auf und greift gezielt nach Pullovern und Hosen. Alles ordentlich zusammengelegt und gestapelt. Es strömt ein Hauch 4711 aus dem Schrank. Oma hat immer eine offene Flasche Kölnisch Wasser in ihrem Fach stehen, ich muss ihr regelmäßig ein neues Fläschchen mitbringen.

»Wo ist denn deine Tasche?«, frage ich.

»Welche Tasche?«

»Na, deine Reisetasche.«

»Ich habe keine Reisetasche.«

»Ja, dann eben dein Koffer«, ich traue mich gar nicht, mich weiter umzusehen.

»Meinen Koffer habe ich auf meiner Yacht vergessen«, kichert Oma in den Kleiderschrank. Da ist ja wieder die Oma, die ich kenne.

»Sag mal!«

Sie dreht sich um: »Ich habe so etwas nicht, wofür denn?«

Richtig, Oma ist ja nie wirklich verreist. Konzentrieren, Eva.

»Komm, egal. Onkel Richard hat doch schon ein paar Umzugskartons gebracht. Wo stehen die? Wir packen dir einen Karton und besorgen später eine Tasche.«

»Im Keller. Brauche ich meinen Badeanzug?«

»Klar. Die haben da bestimmt ein schönes Kurbad.«

Sie dreht sich um und spricht aus dem Kleiderschrank zu mir. »Kurbad? Wir wollen doch ans Meer!«

»Es ist Januar, auch auf Juist.« Ich schiebe mit dem Fuß eine Kiste mit Zeitschriften zur Seite.

»Ja, wo liegt das denn?«, fragt sie irritiert.

»Mach keine Witze, Oma!«

»Schade«, lächelt sie. »Früher hat das immer so gut geklappt.«

Omas Gepäck:

fünf Schlüpfer
drei BHs
ein fleischfarbener Miederbody
ein Nachthemd mit Vögeln drauf
fünf Stofftaschentücher
ein Rock
zwei gute Blusen
zwei Pullover
ein Kunstseidenschal, Lockenwickler und das Luftkissenboot für den Kopf
fünf Nylonstrumpfhosen

drei paar Socken
eine schwarze Hose
drei Heimatromane
Bingokarten aus der *Bildzeitung*
ein Badeanzug
noch ein Kunstseidenschal
feste Schuhe
eine halbe Schachtel Mon Chéri

»Mehr nicht?«

»Doch, ich muss noch die Haftcreme einpacken. Und die Blutdrucktabletten. Und dann noch eine Zahnbürste und eine Seife. Shampoo hast du bestimmt, oder?«

»Ja, zur Not kannst du auch meine Wimperntusche haben.«

Wir packen alles in den Karton, in dem eigentlich ihre paar Sachen verstaut werden sollten, wenn sie umzieht.

»Sag mal, müssen wir eigentlich jemandem Bescheid sagen?«

»Wem denn?«

»Onkel Richard vielleicht. Oder …« Sie stutzt und zieht dabei die Stirn kraus. »Ja, also … Opa?«

»Opa? Dem Opa, der dir hier die Hölle heiß macht? Was willst du dem denn sagen? Du kannst ihm eine Postkarte schreiben.«

Ich klappe den Karton zu.

»Postkarte? Ich kenne seine Adresse nicht.« Sie dreht sich stolz um und geht zur Tür. Ich bin mir sicher, sie lächelt über ihren eigenen Witz. Sehen kann ich es nicht. Sie verlässt das Zimmer, ohne einen Blick zurückzuwerfen. Ich lasse die Tür sperrangelweit offen stehen, ein kleiner Abschiedsgruß an Opa.

»Ach, guck mal, wer da schon sitzt«, Oma freut sich, Kuhno zu sehen. Ich hatte sie auf den Beifahrersitz gesetzt und angeschnallt.

»Tja, du musst dann wohl auf die Rückbank, was?«

Natürlich nimmt sie mich nicht ernst und setzt sich auf den Beifahrersitz. Kuhno wird die Reise auf ihrem Schoß verbringen. Oma lugt in Kuhnos Handtasche und ist enttäuscht, kein Bonbon darin zu finden.

»Oma, du kannst deine Jacke ruhig ausziehen. Wir sind etwas länger unterwegs.«

Sie sitzt dick eingepackt neben mir und hält ihre angeranzte Handtasche auf ihrem Schoß so fest, als befürchte sie, jemand könnte sie ihr wegnehmen. Wir rollen aus dem Saturnweg und Oma winkt noch mal zum Abschied. Sehr süß eigentlich. Dabei ist sie doch in drei oder vier Tagen zurück.

»Wie lange brauchen wir denn?«

»Na ja, jetzt ist es eins, bis zur Fähre brauchen wir gute dreieinhalb Stunden«, überschlage ich grob. »Wir fahren jetzt auf die A1 und dann immer nach Norden.«

»Evchen, kannst du vorher noch beim Schulte anhalten, dann kann ich einen Lottoschein ausfüllen und die *Bildzeitung* holen. Ich habe die Zahlen heute noch nicht verglichen. Vielleicht gewinnen wir was, und dann kaufen wir uns Sylt.«

»Juist, Omi«, korrigiere ich sie liebevoll. »Wir fahren nach Juist.«

»Ja, aber kaufen tun wir Sylt. Und Kippen brauche ich noch.«

»Oma, ich muss sowieso noch tanken. Das kriegst du auch alles an der Tankstelle. Wir wollen doch nicht, dass Herr Schulte den Braten riecht, wenn wir da reinkommen und einen Großeinkauf machen. Der verpfeift uns, und dann sind wir noch nicht richtig auf der Autobahn und müssen schon den Rückwärtsgang einlegen. Onkel Richard wird kein Fan unserer kleinen Sause sein.«

»Oh, Onkel Richard. Richtig, den habe ich ganz vergessen. Wir müssen ihm sagen, dass wir verreisen.« Oma fühlt sich ertappt und entwickelt hoffentlich keine unnötigen Schuldgefühle.

Onkel Richard ist Mamas kleiner Bruder, und als sie starb und Papa ging, wurde er mein Ersatzvater. Er kümmerte sich um alles: Einschulung, Fahrrad reparieren, schimpfen, wenn ich heimlich Alkohol getrunken hatte, den ersten Freund beäugen, schimpfen, weil ich nicht fürs Abi lernte. Onkel Richard musste immer übernehmen, wenn es darum ging, streng zu sein. Oma und Opa haben mir alles erlaubt.

»Warum müssen wir denn überhaupt sagen, dass wir abhauen?«

»Weil wir vermisst werden wollen«, sagt Oma und schaut dabei aus ihrem Beifahrerfenster.

Wir fahren mit Tempo 30 durchs Dorf. Schlaglöcher sind einfach die beste Verkehrsberuhigung, die es gibt. Dank der Bergschäden bleibt der Pütt spürbar in Erinnerung.

An der italienischen Eisdiele fahren wir links. Die Glastür ist im Januar mit Papier zugeklebt, in das die Familie Rialto im Sommer das Eis einwickelt, wenn man es mit nach Hause nehmen möchte. Die Rialtos sind nur im Sommer da. Im Winter fahren sie nach Hause. Nach Dortmund.

Zweite Generation eben.

Eine Zeit lang war ich sehr stolz auf diese Einwandererfamilie: Sie hatten es in Deutschland geschafft, in jeder größeren Stadt eröffneten sie eine Eisdiele.

Irgendwann fiel der Groschen und ich kam hinter das »Eiscafé-Rialto-Geheimnis« und hörte auf, unseren Eismann mit »Herrn Rialto« anzusprechen.

Bis zur Autobahnauffahrt sind es nur zehn Minuten – der große Luxus im Pott: Man ist schnell weg, wenn man will. Wenn nicht die Kröten wandern.

Unser Dorf ist wohl das einzige weltweit, das zur Laichzeit von der Zivilisation abgeschnitten ist, denn die Kröten haben sich zum Wandern ausgerechnet die Straße ausgesucht, die zur Autobahn führt. Und für die Kröten wird die Straße gesperrt, auch wenn wir dann einen 30-minütigen Umweg zur Autobahn fahren müssen.

Das Kamener Kreuz liegt quasi vor der Haustür, und die letzte Tanke vor der Auffahrt gehört uns. Oma schlendert durch den Aralshop: das Einkaufswunderland. Während andere Kunden mit gezückter EC-Karte schon im Lauf zur Kasse irgendwelche Zapfsäulennummern rufen, hat Oma alle Zeit der Welt. In ihrem Korb liegen *Bildzeitung*, Cola, Colabonbons und Marlboros.

Mein Einkauf ist zweckorientierter: Netzteil fürs Handy mit Zigarrettenanzünderstecker, ein Hello-Kitty-Kugelschreiber, RedBull und eine Tüte Salzheringe.

»Oma, brauchst du noch etwas? Vielleicht eine Zeitschrift? In der *Brigitte* ist das Jahreshoroskop. Das wird lustig. Wir suchen uns das beste Horoskop aus und ändern unseren Geburtstag.«

»Nein, aber vielleicht gibt es eine Landkarte.«

»iPhone, Oma.« Ich winke mit meinem Handy. »Brauchen wir nicht. Alles im Telefon.«

Sie blättert in einer Zeitschrift. Oma hat die Ruhe weg.

Ich drehe noch eine Runde durch den Shop, vielleicht brauche ich doch noch etwas.

»Eva, komm mal«, ruft sie, ohne den Blick von der Zeitschrift zu heben. »Ich glaube, ich habe eine Idee.«

»Ich bin gerade bei den Eierwaffeln. Ist es wichtig? Kann mich nicht entscheiden, ob ich die mit oder ohne Puderzucker nehmen soll.«

»Wir wollen doch ans Meer, oder?«

Ich gehe zu ihr rüber.

»Ja, also, wenn man Nordsee als Meer definiert … ja.«

»Wieso eigentlich nicht Italien?«, fragt sie mit klarer Stimme. »Ja, wieso eigentlich nicht Italien?«

Da sehe ich, dass sie die Seite mit der »Italien-Diät« in der *Bild der Frau* aufgeschlagen hat. »Zehn Kilo weg in drei Tagen: abnehmen wie die Italiener.«

»Auf Juist gibt es sicher auch Nudeln.«

»Nein, ich meine das ernst. Wenn verreisen, dann richtig. Warum nicht Italien?«

Da habe ich ja was angezettelt.

»Oma, hast du eine Idee, wie weit das ist?«

»Na und? Wir müssen ja nicht laufen. Auf Juist ist doch im Januar kein Mensch und das Wetter ist genauso schäbig wie hier.« Sie guckt sich die Nudeln an, die mit Basilikumblättchen und Tomaten vom Food-Fotografen so abgelichtet wurden, wie er sich einen typischen Pastateller in Italien vorstellt.

»Echt jetzt? Bist du dir sicher? Willst du wirklich nach Italien? Mit dem Auto?«

»Ja, ich will nach Italien.«

Ich gucke Oma an, wie eine Mutter ihr Kind anschaut, wenn es sich ein Pferd wünscht und die Mutter die leise Hoffnung hegt, dass das nicht nur wieder eine dieser fixen Ideen ist, sondern diesmal ein ernst gemeinter Berufswunsch der fünfjährigen Tochter dahintersteckt.

Und Oma? Sie guckt mich an wie ein Mädchen, das sich ein Pony wünscht und die leise Hoffnung hegt, Mutter würde einmal, nur ein einziges Mal, cool sein und »Ja« sagen, selbst wenn es eine fixe Idee ist.

Ich sehe mich im Laden um, schaue auf den Boden, zu Oma, zum Auto nach draußen und wieder zu Oma, die eine Antwort erwartet.

»Gut, dann gucken wir mal, ob wir hier einen Europaatlas bekommen.« Ich sehe mich um.

»Oma will nach Italien«, sage ich laut, was aber niemanden interessiert.

»So, jetzt kannst du aber wirklich mal deine Jacke ausziehen.« Das Bild hatten wir heute schon: Oma in dicker Jacke auf dem Beifahrersitz und ich am Steuer, nur das Ziel hat sich geändert.

»Wo geht's denn nach Italien?«, fragt sie lächelnd, »Richtung Münster oder Richtung Dortmund?«

»Wir fahren erst mal Richtung München, du kannst in den Autoatlas gucken und ich checke Google Maps.«

»Was?«

»Schon gut.« Zu müde, um ihr das Internet zu erklären, krame ich in meiner Manteltasche nach dem Handy, und weil der Mantel auf der Rückbank halb hinter Omas Reisekarton liegt, sehe ich mich schon, wie ich mich später selbst an der Schulter behandle.

»Ach du Scheiße! Was ist denn hier los?«

»Was denn?«, fragt Oma erschrocken.

»Ach nichts.« Auf meinem Handy sind 25 Nachrichten. Kein Wunder, ich habe mich seit gestern nicht mehr darum gekümmert.

»Ist was passiert? Hat Onkel Richard angerufen und sucht uns schon?«

»Nein, nein. Ich habe hier keine Nachricht von ihm. Omi … warte mal … ich gucke gerade mal durch.«

Allein 21 Nachrichten sind von Tobias. Krasser Typ. Aber auch süß.

SMS von Tobias, 17.18 Uhr
Lieblings Ev., wir denken an dich.
Thore fragt, ob du morgen früh
wieder einfach da sein könntest. Ich
würde mir das auch wünschen.

23.34 Uhr
Hier gibt es eine Stelle auf dem
Kopfkissen, die ganz intensiv nach
dir riecht. Ich lege vorsichtig meinen
Kopf daneben und schlafe damit
ein. Ich träume mich zu dir.

2.40 Uhr
Gerade aufgewacht und an dich
gedacht. Liebe Eva, wo kommst du
plötzlich her?

Und immer so weiter. Lauter liebe Nachrichten, von einem Mann.

»Eva? Sagst du mir bitte, was los ist?« Oma klingt streng.

»Ich habe ganz viele Nachrichten auf dem Handy und ich bin mir gerade nicht sicher, ob ich mich darüber freuen soll oder nicht.«

»Sind sie nett?«

»Sehr!«
»Na also. Dann können wir ja losfahren.«
»Moment. Ich antworte schnell und dann geht's los.«

SMS an Tobias
Lieber Tob., es tut mir leid, dass ich mich nicht gemeldet habe. Danke für Deine zauberhaften Nachrichten. Ich stehe mit meinem Auto an einer Tankstelle kurz vor der Autobahnauffahrt in Kamen und fahre jetzt mit meiner Oma nach Italien. Das hat sie vor zehn Minuten so entschieden. Ich melde mich. Versprochen. Ich denke auch an Dich. Ev.

SMS an Anne
Chaos de luxe! Mit Tobias geschlafen, mit Johannes geschlafen und mit Oma jetzt auf der Flucht nach Italien. Kein Scheiß – und kein Plan.
Eva.
PS: Melde mich, wenn ich wieder klarkomme.

SMS an Johannes
Hey, lieber Jo! Fahre mit Oma ein paar Tage ans Meer. Sie möchte gerne nach Italien. Ich möchte das wirklich hinkriegen mit uns. Mach dir keine Sorgen. IdAD.

»Alles klar, Omi. Jetzt gucke ich noch die Route an und du musst uns dann navigieren. Okay?«

»Hast du Onkel Richard geschrieben?«

»Quatsch, ich bin doch nicht doof. Aber sag mal: Wo willst du denn eigentlich hin in Italien?«

»Egal.« Sie zuckt mit den Schultern.

SMS von Tobias
Süße! Was für ein genialer Plan. Wohin genau? Bin Donnerstag in Florenz und treffe eine Sammlerin. Da können wir uns treffen? Perfekt! Kss!

»Moment, Oma.«

»Eva … ich will keinen Stress machen … aber ich wollte schon zum Kaffee in Italien sein.«

Ich gucke sie geschockt an.

»Ist nur Spaß!«

»Oma!«

»Erst zum Abendessen.«

Ich schüttle den Kopf und versuche mich auf eine diplomatische Antwort zu konzentrieren.

SMS an Tobias
Lieber Tob., wir haben noch keinen Plan, wo es hingehen soll. Ich müsste dir zu viel erklären und Oma macht gerade Druck, dass sie loswill. Wir sind ein bisschen auf der Flucht (keine Angst) und wollen eigentlich nur ans Meer. Kss zrck.

»Also, Oma, was ist jetzt? Was gebe ich hier ein? Italien?«

»Moment.«

Sie blättert vor und zurück und wieder vor, legt den roten Faden in eine Seite und ist wieder auf der anderen Seite.

Ich lasse sie blättern und gucke im Handy nach. Iiiiiitaaaalien. Hmmm.

»Also, ich schlage vor, wir fahren erst mal nach Luzern. Wenn der Maßstab hier stimmt, sind das 680 Kilometer. Schaffen wir das?«

Sie legt den Zeigefinger quer über die Karte. Ich lasse das Handy sinken und gucke sie mit offenem Mund an.

»Und dann fahren wir durch den Gotthardtunnel nach Mailand. Da bleiben wir eine Nacht und dann … hmm … Pisa? Dann kommt schon das Meer.« Sie blättert zum roten Faden zurück. »Ja, Eva, und dann fahren wir nach Elba!«

»Elba?« Ich fasse es nicht. Oma hat es drauf. »Woher ähm … also, wie …«

»Elba. Da hat sich Napoleon auch versteckt. Das ist genau das Richtige für uns. Also: A1, A3, Freiburg, Schweiz, Luzern.«

Sie guckt mich stolz an. Ich lege das Handy zur Seite und will den Motor starten.

»Nein, gib mir das Dings mal. Schadet nicht, das damit zu machen. Wo muss ich denn da drücken?« Oma greift nach dem iPhone.

»Mooooment! Also, da musst du erst mal den dicken Knopf hier unten berühren.« Ich entsperre das Telefon und gebe den Code ein.

»Und jetzt musst du hier auf die App drücken …«

»Worauf?« Sie hämmert auf das Display wie auf die Tasten einer Schreibmaschine. »Das geht nicht.«

»Nur sachte mit der Fingerkuppe antippen, Omi.«

Sie drückt den Zeigefinger durch und plötzlich tanzen alle Apps und kleine schwarze x sind zu sehen.

»Haaaalt! Du löschst alles.«

»Hm, also … wie jetzt?« Sie gibt mir das Telefon zurück und ich gebe Luzern ein. 645 Kilometer.

»Nicht schlecht geschätzt. Wieso kannst du das?«

»Ich gucke viel Fernsehen. Das macht schlau. Was ist jetzt? Fahren wir los oder nicht?«

»Jawoll, Abfahrt.« Endlich.

»Fahren wir jetzt wirklich ans Meer?« Oma dreht das Telefon hin und her und vergleicht die Karte auf dem Display mit der Karte auf dem Atlas, der auf ihrem Schoß liegt.

»Pass mal auf, in spätestens hundert Kilometern hast du deine erste SMS geschrieben und wenn wir in Luzern sind, habe ich plötzlich Facebook auf dem Handy.«

»Du hast kein Facebook?«, fragt Oma entsetzt.

»Woher kennst du Facebook?«, entgegne ich noch entsetzter. »Ah, Fernsehen. Ich verstehe.«

Sie lächelt das Handy in ihrer Hand an und sieht in der dicken Winterjacke nicht so aus, als würde sie bis ans Meer fahren. Es wirkt eher, als wolle sie an der nächsten Ecke aussteigen.

Der Begriff »Aussteigen« trifft im Prinzip ja auch zu. Nur mit der nächsten Ecke wäre es für uns nicht getan.

Wir fahren ans Meer. Wir fahren jetzt wirklich ans Meer.

Antenne Unna spielt Rihanna mit *Shine bright like a diamond* – ich hätte mir einen cooleren Soundtrack für die Reise gewünscht.

»Also wenn wir gut durchkommen, dann könnten wir gegen neun Uhr in Luzern sein.« Ich drücke den Fuß durch.

Irgendwann rauscht Antenne Unna nur noch.

Oma nestelt an einem Mantelknopf, der nur noch an einem Faden hängt. Wahrscheinlich würde sie den jetzt gerne schnell annähen. Vielleicht guckt sie aber auch aus anderen Gründen so traurig.

»Wir sind fast in Hagen. Wenn du dich unwohl fühlst, dann sag Bescheid, wir können jederzeit umkehren.« Ich meine es ernst. »Niemand wird denken, wir hätten gekniffen, weil ja eigentlich niemand weiß, dass wir ans Meer wollen.«

»Hast du Johannes gesagt, was wir vorhaben?«

»Nein«, antworte ich schmallippig.

Stille.

»Ach, Eva lass mal. *So genau* wollte ich es gar nicht wissen«, bohrt sie.

»Oma, willst du nicht einen anderen Radiosender einstellen? Das ist Aufgabe der Kopilotin. Was meinst du?«

»Eva, was ist da los mit Johannes?«

Ich halte mir die Nase zu: »Achtung, Achtung! Da ist sie wieder: die Stasi-Oma.«

Kann mir mal einer sagen, woher diese alten Menschen das nehmen? Woher weiß die das denn schon wieder?

»Willst du nichts dazu sagen?«

»Wozu? Es ist alles dufte, Omi. Wir zwei machen jetzt einen tollen Trip. Darum geht es doch, oder? Guck mal, ist unser Pott nicht schön grün?« Astreines Ablenkungsmanöver.

»Du tauchst an einem Montag bei mir auf und wir fahren Hals über Kopf zusammen weg. Eva, wenn du mit Sack und Pack vor meiner Tür stehst, ist entweder Weihnachten oder irgendein Junge hat dir den Laufpass gegeben.«

Manöver gescheitert.

»Wusstest du, dass man in Hagen mal Überreste eines Steinzeitmenschen gefunden hat?« Ich gebe nicht auf.

»Mein Kind, ich kenne dich.«

»Ich meine, wo haben die gesucht? In der Fußgängerzone?«

»Als du zu uns gezogen bist, mitten in der Nacht, hast du deinen Puppenwagen gepackt, mit allem, was dir wichtig war. Dein kleines Kofferradio, deinen Schlafanzug, eine Mütze und Kuhno. Du hast gesagt: ›Ist besser für uns alle‹ und bist vorweggegangen.«

Ich kenne die Geschichte und bin mir nicht sicher, ob ich mich an die Nacht erinnere, oder ob ich es nur so oft erzählt bekommen habe, dass ich glaube, es sei Teil meiner eigenen Erinnerungen. Dass Papa in dieser Nacht im Krankenhaus lag, weil er sich das Leben nehmen wollte, habe ich damals noch nicht gewusst.

»Das hast du dir früh antrainiert. Wenn es Probleme gibt, erst mal Sachen packen und weggehen.«

Das Auto hinter mir blendet immer wieder auf und ab. Ist wohl kein Fan davon, dass ich 80 fahre.

»Du klärst die Dinge, indem du sie dir erst einmal mit Abstand anschaust. So bist du – und ich weiß das. Also, was ist mit dir und Johannes?« Oma legt mir eine Hand aufs Bein. »Wir können auch gleich in Köln abfahren, niemand wird wissen, dass wir gekniffen haben«, sagt sie. Ich greife nach ihrer Hand.

»Oma, wir zwei kneifen nicht. Wir nicht. Wir haben uns. Und schon ganz bald das Meer.«

»Du hast so recht, Evakind. Wir zwei haben schon ganz andere Dinge geschafft.«

Oma fummelt am Radio herum und sucht WDR4. Das machen wir manchmal sonntags, wenn uns langweilig ist. Dann fahren wir mit dem Auto rum und hören Schlager.

Damals bin ich wirklich über Nacht zu Oma gezogen. Ich

war keine fünf Jahre alt. Opa arbeitete schon nicht mehr und Oma ging nur noch vormittags in den Supermarkt, damit sie zu Hause war. Für mich.

Jetzt fahren wir zusammen ans Meer.

Die erste Grenze passieren wir noch ganz unaufgeregt. Das »Tschüss in Nordrhein-Westfalen«-Schild saust an uns vorbei. Oma muss Pipi und wir fahren raus. Ich warte ans Auto gelehnt auf sie und es fühlt sich an, als läge ein schweres Gewicht auf meiner Brust. Ich traue mich nicht, aufs Handy zu gucken. Was kann da stehen? Eine Nachricht von Johannes, der jetzt langsam aus der Schule kommen und den Zettel finden müsste. Eine Nachricht von Tobias, der von nichts, von wirklich gar nichts eine Ahnung hat. Oder eine Nachricht von mir: »Eva, du bist ein feiges Schwein. Die einzige Lösung, die dir einfällt, ist Abhauen. Regel das. Geh zu ihm und erkläre es.«

Aber was? Und wem? Ich trete vor den Reifen und hocke mich hin, lege den Kopf auf die Knie und mache mich ganz klein. Scheiße. Wie konnte das passieren? Vor einer Woche um diese Zeit war die Welt doch noch in Ordnung. Zumindest dachte ich das.

Vor mir tauchen zwei Füße in ausgelatschten weinroten Schuhen auf.

»Was ist los, Evakind?« Oma schaut besorgt zu mir herunter.

»Nix. Ich dehne mich nur.« Ich stehe zu schnell auf und mir wird schwarz vor Augen. Aber das kenne ich gut, es geht in ein-zwei-drei Sekunden wieder weg. Oma merkt nichts. Ich hätte es gern noch etwas länger schwarz gehabt.

Wir brauchen noch eine Unterkunft in Luzern. Aber um mich darum kümmern zu können, müsste ich aufs Handy schauen. Später.

Nach einigen Hundert Metern leuchtet es plötzlich hellrot vor uns auf.

»Huuuch! Was war das denn«, fragt Oma erschrocken.

»Ich fürchte, das war unser erstes Urlaubsfoto. Elzer Berg. Nur Vollidioten werden hier geblitzt. Mist! Das weiß man doch.«

»Seit wann werden Schnecken geblitzt? Du fährst doch nur 80?« Oma beugt sich zu mir, um einen Blick auf den Tacho werfen zu können.

»Auf der rechten Spur ist 60. Und wenn dir das zu langsam ist, liebe Oma, dann fahr doch selbst.« Ich schmolle und frage mich, wie teuer das wird. »Aber aaach – ich vergaß: Du hast ja gar keinen Führerschein.«

»Habe ich wohl.«

»Hast du nicht!«

»Hab ich wohl. Liegt in der Nachttischschublade unter den Taschentüchern. Opa hat mich halt nie fahren lassen«, sagt sie. »Wohin auch?«, schiebt sie leise hinterher.

»Das habe ich nicht gewusst.«

»Ist ja auch egal. So bin ich eben immer eine gute Beifahrerin gewesen.«

Und tatsächlich erinnere ich mich daran, dass Oma beim Busfahren oft ganz vorne saß und dem Fahrer ansagte, wenn rechts frei war.

Als hätte er das nicht sehen können.

»Und du bist wirklich nie selbst gefahren?«

»Die praktische Prüfung war meine letzte Autofahrt.«

Sie nimmt ein Colabonbon aus der Dose und schaut auf die Straße. Dass sie im Auto nicht rauchen darf, trägt sie mit Fassung. Irgendwie wirkt sie damit schon sehr beschäftigt: rausschauen, lutschen, den Atlas auf dem Schoß und das Handy in der Hand halten.

Hätten wir jetzt noch eine Capri-Sonne dabei, könnte man meinen, sie sei auf Klassenfahrt und gespannt, wie die Jugendherberge wohl aussehen wird.

Shine bright like a diamond, singt Rihanna mal wieder, diesmal bei SWR3 und Oma muss wieder aufs Klo. Kurz vor der Schweizer Grenze kaufe ich eine Vignette.

»Gleich für ein ganzes Jahr?«, frage ich irritiert. »Wir fahren doch morgen schon weiter nach Italien.«

»Das tut mir leid«, sagt die Verkäuferin. »Ich bekomme 33 Euro. Dafür sind in der Schweiz alle Autobahnen für die weitere Reise kostenfrei. In Italien bezahlen Sie alle fünfzig Kilometer Maut.«

Ich lege noch Kekse und eine kleine Flasche Cola dazu und schiebe meine Kreditkarte über die Theke.

»Haben Sie noch einen *Sanifair*-Bon?«, fragt die Frau freundlicherweise.

»Ach, das ist eine gute Idee. Oma?« Ich drehe mich zu ihr um. Sie blättert gerade in einer *Frau im Spiegel*.

»Ja?«

»Du müsstest doch jetzt schon einen ganzen Block von den *Sanifair*-Bons haben, kann ich die mal haben? Dann können wir damit die Vignette zahlen.«

»Was?«

»Die BONS, die da aus dem Drehkreuz vorm Klo kommen. Von denen müsstest du jetzt doch schon einige gesammelt haben.«

»Die Kassenbons? Die habe ich weggeworfen. Brauchen wir die noch?«

»Gutes Stündchen noch, dann haben wir es geschafft«, mutmaßt Oma. Die Vignette klebt hinterm Rückspiegel in der

Mitte der Windschutzscheibe. Wenn Johannes und ich in den Skiurlaub gefahren sind, haben wir die Autoscheibe vorher mit Labello eingeschmiert. Dann konnten wir die Vignette auf der Rückreise problemlos abmachen und auf einem Parkplatz vor der Grenze verkaufen.

So etwas liebt Johannes. Mir war es manchmal etwas peinlich. Ob wir wohl noch mal zusammen in die Berge fahren werden?

Luzern ist schon seit einiger Zeit ausgeschildert. Es ist nach acht Uhr. Oma sieht nichts mehr im Atlas. Ich sollte jetzt mal das Roamingdings ausschalten, aber dafür müsste ich aufs Handy gucken.

»Wo schlafen wir eigentlich, Eva?«

»Ach, keine Ahnung. Irgendwo in einem Hotel in Bahnhofsnähe. Da gibt es immer irgendwas«, beruhige ich sie und konzentriere mich auf die Straße. Meine Augen spüren die 500 Kilometer, die sind das gar nicht gewohnt. Ich bin noch nie weiter als 200 Kilometer an einem Tag gefahren.

»Aber können wir da einfach hin? Die wissen doch gar nicht, dass wir kommen.«

»Omi, vertrau mir. Wir werden schon ein Bett finden. Sonst schlafen wir im Auto.«

Sie holt tief Luft und bevor sie wieder ausatmen kann, erlöse ich sie: »Scherz.« Ich lege meine Hand auf ihr dünnes Bein. »Wir schaffen das.«

Oma vertraut mir anscheinend und döst ein. Kein Wunder, die Gute hat die vergangenen Nächte auf dem alten Sofa verbracht. Da ist so ein Beifahrersitz nicht viel unbequemer.

Gegen neun Uhr erreichen wir Luzern.

»Kam nicht mal *Verstehen sie Spaß?* aus Luzern?«, fragt Oma und mustert die Ausfahrt, erstaunlich wach dafür, dass sie gerade aufgewacht ist.

Wir haben beide keine Ahnung, wo wir hier gelandet sind. Ich habe allerdings eine sehr präsente Ahnung davon, wie voll meine Blase ist.

»Zur Abwechslung muss ich jetzt mal Pipi, und zwar dringend. Ich stelle das Auto hier ab und suche mir ein Restaurant. Du wartest im Auto, ja? Dann können wir danach entspannt ein Hotel suchen.«

Oma ist einverstanden und nickt zuversichtlich.

»Guck mal, Eva, da drüben können wir gleich zu Abend essen«, sie deutet aus dem Fenster.

»Das ist ein Dönerladen!«

»Wie zu Hause!«

»Nein, erst Pipi, dann Hotel, und dann sehen wir weiter.« Ich stelle das Auto an der Straßenseite ab. Es sind Buchten markiert, also wird das passen. Ich kann kaum aussteigen, so sehr tut mir die Blase weh. Ich habe mal gelesen, dass sie niemals platzen kann, eher pinkeln wir uns ein.

»Soll ich den Schlüssel stecken lassen?« Oma nickt mit großen Augen. »Aber nicht, dass du ohne mich weiterfährst?«

Vor ein paar Stunden wäre das noch ein Knallergag gewesen, jetzt sind wir beide einfach nur müde.

Es ist kälter als gedacht und ich bin ohne Jacke los. Auf der anderen Straßenseite sehe ich eine Kneipe: *Anker* – da kann ich bestimmt kurz die Toilette benutzen. Ich drehe mich um, Oma sitzt im dunklen Auto. Hoffentlich wird es ohne Heizung nicht zu kalt.

Leider habe ich kein Glück, der *Anker* hat heute Ruhetag. Spitze! Ich kann nicht mehr. Wie üblich ist es wohl, sich in der feinen Schweiz einfach zwischen zwei Autos zu hocken?

»Hallo, Schweiz, mein Name ist Eva Ludwig und ich pinkle hier.«

Johannes hätte nicht verstanden, warum ich nicht vorher gegangen bin. »Wie ein kleines Mädchen«, höre ich ihn meckern. Der könnte sich hier einfach irgendwo hinstellen und pinkeln. Ich müsste mich mit nacktem Po in die Kälte hocken.

Auf der anderen Straßenseite ist ein Thai-Restaurant: *BambooGarden*. Das klingt doch super: in einem Bambusgarten Pipi machen.

Der Vordereingang ist geschlossen: »Bitte nutzen sie den Seiteneingang«! Wollt ihr mich ärgern? In Köln würde ich einfach durchmarschieren – aber hier? Am Eingang begrüßt mich ein zwei Meter großer goldener Siddharta. Alter, du bist entspannt – aber du musst ja auch nicht aufs Klo. Mir kommt eine kleine zierliche Frau in einem sehr engen bodenlangen Kleid entgegen. Sie hat auffällig große Brüste. Wahnsinn, was ich mit meiner auffällig großen Blase noch so alles feststelle.

»Grüüüezi. Was kann ich für Sie tun?«

Thailändisch klingt anders. Sie spricht ein astreines Hochdeutsch.

»Haben Sie reserviert?«

»Guten Abend. Ehrlich gesagt nicht … ich brauche eigentlich nur mal eine …« Ich mache einen lächerlichen Mädchen-Move mit zusammengedrückten Beinchen und kleinem Knicks und flüstere das letzte Wort: »… Toilette?«

Diese Körpersprache ist international verständlich und die Thai-Schweizerin wird das hoffentlich verstehen.

»Aber natürlich, gehen Sie bitte hier den Gang entlang.« Sie zeigt an Siddartha vorbei, »dann die Treppe hinab« – bitte keine Treppe – »durch das Restaurant am Wasserfall entlang« – macht die Scherze? – »die Stufen noch mal hoch und da«, –

»… ist die Toilette?«

»Nein, da biegen Sie links ab zu den Toiletten. Ganz einfach.«

Okay, großartig, ich sehe Oma die ganze Nacht im Auto sitzen und morgen wird sie von der Polizei befragt und sagt dann aus: »Meine Enkelin wollte nur Pipi machen.«

Ich mache im Gehen schon mal den Gürtel auf, hier kennt mich ja keiner. Ich überlege noch mal kurz, ob ich es nicht einfach schon am Wasserfall erledige, aber mit ein paar Tröpfchen in der Unterhose schaffe ich es dann doch aufs *Bamboo-Garden*-Klo.

Danach klopfe ich Siddharta zum Abschied auf die goldene Schulter und frage mich, wie der das da den ganzen Tag aushält. Auf der Straße sehe ich, dass sich direkt neben dem *Anker* eine *City-Toilette* befindet. Egal, Blase leer, Eva entspannt.

Aber was klemmt da für ein Zettel unter dem Scheibenwischer? Oma hat sich offensichtlich nicht bewegt und ich halte ihn ihr von außen hin: »Ein *Knöllchen*???« Sie kann vielleicht meine Stimme im Auto nicht hören, hat aber anscheinend durchaus verstanden, was ich sagen will. Ich öffne die Tür und sie guckt mich groß an.

»Warst du auch weg?«, frage ich sie.

»Wo soll ich denn gewesen sein?«

»Aber wieso haben wir ein Knöllchen?«

Sie zuckt mit den Schultern und ihr Hörgerät fiept.

»Ich war nur acht Minuten weg und habe jetzt einen Zettel am Auto. Wer war das? Was ist passiert?«

Fiiiiep.

»Ommmaaaaa!« Ich werde wütend.

»Häääh?«

»Du verstehst mich sehr gut!«

»Ja, da war so einer … der hat so eine Handbewegung gemacht.« Oma macht die Bewegung nach und ich erkenne, dass der Mann sie gebeten haben muss, die Scheibe herunterzukurbeln. Gibt's noch Autos, wo man kurbeln muss? Egal.

»Und dann?«

»Nix und dann.« Fiiiep.

»Ja, wie? Hat er einfach ein Knöllchen geschrieben?«

»Ja, woher soll ich denn wissen, was der schreibt? Er ist einmal ums Auto gegangen und hat dann was geschrieben.«

»Wieso hast du nicht gesagt: Meine Enkelin ist nur kurz auf die Toilette.«

»Ja, aber ich spreche doch seine Sprache nicht.« Fiiiep.

Ich lache hilflos. Ja, woher soll sie … ? Das hätte sie wissen können. Fiiep.

»Bist du jetzt sauer?«

»Nein. Ja. Nein. Ist schon okay.« Ich frage mich, wie lange der Brief wohl nach Hause braucht und was Johannes denkt, wenn er Post von der Schweizer Polizei bekommt, die an mich adressiert ist. »Komm, wir suchen ein Hotel.«

Wir fahren durchs winterliche Luzern. Das Thermometer im Auto zeigt minus acht Grad an.

»Ach, guck mal, Oma, die haben einen See.« Ich bin verblüfft. »Kannst du mal mitgucken, ob hier irgendwo der Bahnhof ausgeschildert ist?«

Oma ist auf dem Sitz nach vorne gerutscht und guckt abwechselnd durch die Windschutzscheibe und durch ihr Seitenfenster. Luzerns Straßenbeleuchtung ist gelb und warm und irgendwie sieht es wirklich nach Schweiz aus. Alte Häuser, die von Schnee bedeckt sind. Und irgendwie kommt es einem hier etwas feiner vor als zu Hause.

»Oma! Bahnhof?«, frage ich noch mal nach.

»Jaja. Eva, guck mal: Die haben einen See.«

»Ach!« Ich verdrehe belustigt die Augen. Es rührt mich, wie sie gerade die Welt entdeckt. Vor ein paar Stunden sind wir noch im Totalgrau gestartet und jetzt ist ihre Welt schon gelb.

»Aaaaaaahhhhh!«, sagen wir beide gleichzeitig, als wir die Brücke überqueren, über die ein Netz aus Lichterketten gespannt ist.

Die Lichter spiegeln sich im See wider und vor uns liegt tatsächlich der Bahnhof.

»Oma, wollen wir noch mal über die Brücke fahren?«

»Haben wir WDR4?«, fragt sie lächelnd.

»Nein, ich habe aber bestimmt noch eine gute CD in dem Fach in deiner Tür. Guck mal nach.«

»Ist egal, Evakind. Geht auch so.«

Ich wende das Auto und wir fahren noch mal in die andere Richtung durch die Glitzerhöhle über den See.

»Guck mal, wie Brillanten.« Oma fühlt sich gerade, als würde sie über diese Brücke in eine andere Welt fahren. Prinzessinnenmäßig.

Schein brreeeit leik ä däimännd, singe ich Rihanna nach.

Fiiiep.

Wir fahren auf eine Kirche zu, deren Dach unter einer Schneedecke eingekuschelt liegt.

Ich wende noch mal, damit wir wieder zum Bahnhof kommen. Gleich daneben sehe ich ein Hotel, da könnte ich nachfragen, ob noch etwas frei ist.

»Ich geh mal eben rein und frage, ob die ein Zimmer für uns haben.« Das Auto stelle ich wieder am Straßenrand ab. »Und, Oma: Sollte da wieder ein Mann kommen … ist klar, oder?«

Das Zimmer kostet 130 Franken für uns beide. Das ist in Ordnung. Ich bin mal gespannt, ob das Auto noch da ist, wenn ich wieder draußen bin. Nicht, dass Oma sich gleich hat mit abschleppen lassen.

Durch die Drehtür des Hotels kann ich erkennen, dass das Auto an Ort und Stelle steht. Als ich näher komme, sehe ich, dass Oma nicht drinsitzt. Verdammt! Das kann nicht wahr sein! Sie musste sicher aufs Klo. Ich renne über die Straße und sehe, dass die Tür offen ist und der Schlüssel noch steckt. Sechs Minuten war ich weg. Wie erkläre ich das meinem Onkel? Ich will gerade eine Frau ansprechen und überlege, wie ich Oma beschreiben könnte, da sehe ich sie auf einer Bank sitzen und Passanten freundlich zunicken. Es scheint ihr egal zu sein, dass es kalt ist. Sie wollte wohl einfach ein wenig Luft schnappen. Ich setze mich zu ihr und nehme ihre Hand. Wir schweigen und gucken gemeinsam die Leute in Luzern an.

Plötzlich sehe ich einen uniformierten Mann, der um mein Auto herumschlendert und einen Block zückt. Egal. Fiiiep.

Oma ist müde. Sie hat ihren Döner bekommen und wollte sich dann hinlegen. Das letzte Mal war ich mit Tobias in einem Hotel. Geschlafen haben wir nicht. Jetzt werde ich mir mit Oma das Doppelbett mit der weißen Bettwäsche teilen. Sie hat ihr Nachthemd angezogen und den Schlüpfer aus. Das konnte ich als Kind schon nicht: ohne Unterhose schlafen.

Oma meint, das Schlüpfergummi quetsche den Bauch ein und dann kämen die bösen Träume. Ich nehme die bösen Träume in Kauf, wenn nur mein Po warm bleibt. Auf der Nachtablage liegen ihr Hörgerät und ein Heimatroman.

Der ist heute nicht gefragt, denn vor dem Bett hängt ein riesiger Flachbildschirm. Oma ist ganz aufgeregt: im Bett fernsehen. Ihre Zähne liegen im Glas und Kuhno in der Mitte des Bettes. Fehle nur noch ich.

»Ich gehe noch mal eine Runde um den Block. Ist das in Ordnung? Kann ich euch zwei allein lassen?«

»Bist du gar nicht müde, Evakind?« Oma klingt etwas besorgt.

»Ich habe den ganzen Tag nur im Auto gesessen, etwas frische Luft wird mir guttun.«

»Was?«

»Ich habe den ganzen Tag im Auto gesessen, etwas Luft wird mir guttun.«

»Was?«

Ach, das Hörgerät.

»Luft«, rufe ich.

»Ach so. Du hast den ganzen Tag im Auto gesessen. Ja, das verstehe ich.«

Ich gebe ihr ein Küsschen auf die Stirn und entscheide mich, das Handy mitzunehmen. Irgendwann muss ich ja mal draufschauen.

Luzern schläft schon. Der Schnee schluckt alle Geräusche. Das Hotel liegt direkt am Bahnhof und der könnte die Kulisse für eine dramatische Liebesszene sein. Die Gleise sind menschenleer. Der Zug rollt ein: Sie ist die Einzige, die auf dem Gleis steht.

Wäre mein Leben eine vorweihnachtliche romantische Komödie, würde er da jetzt aus dem Zug springen. Es liefe irgendwas von *One Republic* und wir würden uns einfach festhalten.

Aber ich bin nicht Nora Tschirner, es ist Anfang Januar und die Frage ist doch: Wer soll da eigentlich aus dem Zug springen? Johannes? Tobias? Til Schweiger?

Ich bummle durch das stille Luzern. Die Schwäne auf dem

See sind auch noch wach und paddeln durch das schwarze Wasser. Der Glitzertunnel auf Omas neuer Lieblingsbrücke erleuchtet das Wasser. Schwanensee. Für ein Instagram ist es zu dunkel und dafür müsste ich mich auch erst einmal trauen, auf das Handy zu schauen.

»Eeeey! Wer bist du denn?«, rufen zwei Typen hinter mir. »Kommst du mit in den Irish Pub?«

Ich erschrecke. Das passt jetzt gar nicht: zwei grölende, betrunkene Typen in dieser Stille. Ich drehe mich um und habe das Gefühl, zu erblinden: so viele Farben! Zwei Pudelmützen grinsen mich an: Eine ist pink, die andere blau. Dazu tragen die beiden riesige Skibrillen auf der Stirn. Die pinkfarbene Pudelmütze trägt eine grüne Jacke und eine türkisfarbene Hose, die blaue Mütze trägt eine rote Jacke mit einer gelben Hose. Es liegt auf der Hand: Die Jungs kommen nicht vom Golfplatz. Mit hochroten Gesichtern gucken sie mich an und wanken hin und her, als würden sie noch auf dem Snowboard stehen.

»Wir feiern hier eine After-Après-Ski-Party. Kommst du mit? Wir machen auch den Flieger.«

»I am so sorry. I don't speak your language«, ich zucke mit den Schultern.

»Was hat sie gesagt?«, fragt die pinkfarbene Pudelmütze den bunten Vogel daneben, ohne mich aus den Augen zu lassen.

»Sie hat gesagt, dass sie gerne mitkommen möchte.«

Ich zucke weiter mit den Schultern und gucke sie verwirrt an.

»Sorry, guys. I can't help you.«

»Alter, ist die scheiße, oder was? Was redet die denn da?« Der blau Bemützte rückt die Skibrille zurecht, holt tief Luft und kippt dabei fast nach hinten um. In letzter Sekunde fängt er sich auf seinem imaginären Snowboard – Profi eben.

»Plies. Komm wiss as in se …«, er rudert mit den Armen. »Was heißt denn jetzt Irish Pub auf Englisch?« Sein Kumpel dreht sich einmal im Kreis und antwortet: »Ey, lass das. Die nehmen wir nicht mit. Die ist voll anstrengend.«

»Okay, guys, have a good time. Goodbye.«

Ich drehe mich um und verschwinde Richtung Altstadt. Die hätten mir jetzt noch gefehlt. Ich frage mich, an welcher Stelle der letzten Abfahrt die Vögel falsch abgebogen sind. Ob sie wissen, dass Luzern nicht Ischgl ist? Ich stapfe in Richtung der Kirche, die so süß vom Schnee zugedeckt ist. Nicht, dass ich damit gerechnet hätte, hier Menschen zu treffen, aber diese Leere ist trotzdem sehr verblüffend. Vor der Kirche steht noch die Krippe von Weihnachten. Die haben einen richtigen Stall aufgebaut. Alle sind da: Maria und Josef, die Heiligen Drei Könige mit ihren Geschenken – aus Holz –, alle so groß wie ich. Ich könnte mich einfach zu ihnen stellen. Mein Kopf fühlt sich auch so an, als wäre er aus Holz; ich würde einen super Esel abgeben. Neben der Kirche liegt das Standesamt und über dem Eingang baumelt ein riesiger Mistelzweig. Direkt gegenüber entdecke ich eine kleine Weinbar, das Kerzenlicht schimmert warm aus den beschlagenen Fenstern. Ach, da haben sich die Luzerner verkrochen. Habe mich schon gewundert. Ob ich dazukommen darf? Darf ich mit euch spielen? Auf dem Weg zur Bar sehe ich, dass das Christkind vergessen hat, seinen Briefkasten an der Kirche abzuschrauben. Eine rote Box mit goldenen Sternchen: Wahrscheinlich war sie voller Wunschzettel. In Köln würden die Kinder ganze Media-Markt-Prospekte reinwerfen. Ob es hier gemalte Briefe sind? Ich habe meine Wünsche immer gemalt und bei Oma in die Küche gehängt. Ich dachte, wenn das Christkind vorbeikommt, schmiert es sich bestimmt ein Butterbrot, weil es so erschöpft ist, und dann muss es ja den Wunschzettel finden:

einen Kaufladen, Wachsmalstifte, ein neues Kleid für Kuhno. Einmal habe ich meine Mama gemalt, da war sie schon einige Jahre tot. Das Christkind hat mir ein Fotoalbum unter den Weihnachtsbaum gelegt. Ich könnte ja hier auch einen Wunschzettel einwerfen. Aber was schreibe ich drauf?

In der Weinbar sitzen nur Paare, dafür habe ich einen Blick. Im ersten Moment fühlt es sich doch fremd an, allein in eine Bar zu gehen. Woher soll ich das auch kennen? Entweder habe ich Johannes dabei, oder aber – und das ist häufiger der Fall – meine Mädels. Anscheinend finde nur ich das komisch, denn die anderen Gäste registrieren mich gar nicht. Ich setze mich an die Theke.

»Haben die Schweizer Wein?«, frage ich die Bedienung überraschend gut gelaunt.

»Ja«, kommt es knapp zurück. Hut ab: Dazu nicht mit den Augen zu rollen, zeugt von einer ausgezeichneten Körperbeherrschung.

Da sitze ich nun, allein an einer Bar irgendwo in der Schweiz. Ich versuche mir vorzustellen, wie es wäre, wenn Johannes nur kurz zur Toilette wäre. Wir säßen hier zusammen. Bei einem Ostschweizer Blauburgunder für 6,50 Schweizer Franken. Er wäre damit beschäftigt, den Preis des Weines exakt umzurechnen – im Kopf. Das ist sein Sport. Tobi würde sicher behaupten, dass sein Wein besser schmecke und mir zum Beweis einen Futterkuss geben. Futterkuss versus Kopfrechnen. Unfair. Im ersten Jahr sind alle kitschig. Es ist nicht eine einzige weitere SMS gekommen. Das ist vielleicht sogar ein gutes Zeichen. Ich weiß es nicht so genau. Was weiß ich eigentlich?

11. Januar

»Eva! Die haben in der Dusche Shampoo an der Wand. Das musst du dir anschauen, glaubst du nicht.« Oma kommt topfit und fertig angezogen aus dem Bad. »Dass sie hier überhaupt eine Dusche haben! Wie schön! So was würde ich mir für meine neue Wohnung auch wünschen.«

»Guten Morgen.« Ich ertrage so früh noch nicht so viel Text. »Bekommst du doch in der neuen Wohnung.«

»Und dann haben die auch einen Föhn. So ein schickes Hotel. Steh jetzt mal auf, Evakind. Es ist schon spät.«

Ich muss nicht auf die Uhr gucken, um zu wissen, dass es zwischen sieben und acht ist. Ich kenne Oma. Sie geht zum Fenster, als sie die Vorhänge wegzieht, entfährt ihr ein Schrei: »Eva!«

»Was ist passiert?«

»Eva, da sind die Berge.«

Als wir gestern angekommen sind, war es schon dunkel.

»Das ist wunderschön. Guck doch mal.«

»Oma, du hast doch schon Berge gesehen. Jede Woche beim *Bergdoktor*.« Als Antwort darauf wirft sie mir ein Kissen ins Gesicht:

»Komm, steh auf!«

Beim Frühstück bleibt sie sich treu und fragt nach einer Cola. Ich habe keinen Hunger.

»Wollen wir direkt weiter, oder magst du die Stadt ansehen?«, frage ich sie, in der Hoffnung, dass sie auch schnell wieder ins Fluchtauto steigen will.

»Nöööö, wir gucken uns mal die Stadt an. Ich will Schweizer Schokolade essen.«

»Aber bis Mailand sind es nur noch 250 Kilometer, wir könnten da schon am Nachmittag sein.«

Oma lächelt mich kauend an. Sie hat sich für kleine Bratwürstchen zum Frühstück entschieden.

Keine Ahnung, wo sie das hinsteckt. Dick ist Oma nicht. Okay, sie hat eine kleine Plauze, aber sie ernährt sich hauptsächlich von Döner, Kroketten, Cola und Zigaretten. Ihre Beine sind ziemlich dünn und ihre Füße erinnern an U-Boote, sie sind ganz lang und schmal und laufen vorne spitz zu. Ich fand es immer witzig, wenn der halbe Vorderfuß aus ihren ausgelatschten Schlappen guckte. Dafür war dann hinten noch viel Platz frei – man hätte sie durchaus kleiner kaufen können. Heute trägt Oma weinrote Alte-Leute-Schuhe mit angedeuteter Kroko-Optik. Die haben wir zusammen gekauft und Oma hat die ganze Zeit im Schuhladen gekichert wie ein Teenager auf Shoppingtour.

»Eva, holst du uns noch ein Würstchen? Warum isst du nichts?«

»Oma, das ist hier ein *Frühstück*, keine Grillparty.«

Sie guckt aus dem Fenster und kneift die Augen zusammen, als wolle sie jemanden scharf stellen.

»Oma?« Sie reagiert nicht. Okay. Noch ein Würstchen.

Es ist kalt und feucht in Luzern und das Kopfsteinpflaster bereitet Oma Schwierigkeiten. Wir gehen in einen Souvenirshop. Postkarten kaufen? Nein. An wen sollten wir die schon verschicken? Wir suchen uns jede ein Luzerner Schnapspinnchen aus, Oma eins mit Bergen und ich eins mit Edelweiß. Vor den Plaketten für Wanderstöcke bleibt sie länger stehen. Sie guckt sich die gewölbten Metallplättchen genau an. Erst eins mit dem weißen Kreuz auf rotem Untergrund, dann hält sie eine Plakette mit einem Bernhardiner in den Händen.

»Oma, willst du so eine Plakette haben? Du hast doch gar keinen Spazierstock.«

Sie antwortet leise: »Daran konnte ich immer sehen, wo er gerade wieder im Urlaub war. Ohne mich.«

»Opa?«

»Er hat mir immer gesagt, er fahre auf Kur, von der Knappschaft genehmigt. Wenn er zurückkam, hatte er wieder eine Plakette mehr auf seinem Stock.« Sie greift nach dem Plättchen mit der Schweizer Flagge. »Manchmal war das Schildchen schon drauf und manchmal hämmerte er es zu Hause drauf. Ganz feine Nägelchen waren das. Ganz vorsichtig. Toktoktok.« Ihre Hände hämmern imaginär etwas fest.

»Ich vermute, du bringst ihm keine Plakette mit?«

Sie guckt mich an, als hätte ich sie geweckt.

»Ich bringe ihm die Kuhglocke hier mit.« Sie greift nach einem anderen Souvenirschlager in dem Laden, dem »alten Ochsen«.

Wir spazieren zum See und machen die Entdeckung des Jahres: ein Kuchenschiff.

»Oma, das müssen wir ausprobieren!« Wir sind ganz aufgeregt. Sonntags fährt das Brunch-Boot, freitags ein Raclette- und Fondueschiff und täglich das Tortenschiff. Wir studieren die Programmtafel am Steg. Leicht vergilbte Fotos zeigen fröhliche Senioren und ein Kuchen- und Tortenbuffet. Auf einem Foto hält ein Mann in Konditorkostüm stolz eine Schwarzwälder Kirschtorte in die Kamera. Oma studiert die Fotos, ich den Text.

»Das Sahneschiff legt erst um 15 Uhr ab. Das könnte etwas zu spät für uns sein«, sage ich mit klarem Subtext.

»Wirklich? Wie lange fährt das Boot denn?« Oma wendet den Blick nicht von den Fotos ab.

»Komm, Italien wartet. Vielleicht auf dem Rückweg.« Ich nehme sie in den Arm und ziehe sie von der Programmtafel weg.

Sie schaut mich an: »Wir kommen nicht zurück.«

»Weißt du nicht«, entgegne ich eher beiläufig.

»Stimmt, weiß ich nicht. Aber so macht das Leben keinen Spaß, immer nur vielleicht. Hast du nicht gesagt, dass wir es einfach machen sollen? Wenn wir jetzt auf dem Kuchenschiff fahren wollen, dann lass uns das doch machen. Wartet irgendwer in Italien auf uns?«

Ich bin überrascht über Omas Lebensplädoyer. Woher kommt das denn jetzt geflogen?

»Ja, wir werden erwartet. Vom Meer. Und von der Sonne. Und die Italiener haben ganz sicher auch Kuchen.«

»Auch ein Kuchenschiff?«

»Na klar! Die Italiener haben sogar Nudel- und Pizzaschiffe.«

Oma lacht wieder und klammert sich fest an meinen Arm.

Vielleicht weil der Weg so rutschig ist, Schnee, Regen und Kopfsteinpflaster, vielleicht aber auch einfach nur, um sich oder mich oder uns zu halten.

Auf dem Weg zum Auto kaufen wir Oma noch einen warmen lilafarbenen Fleece-Pulli bei C&A für 15 Franken. Der ist fast so gut wie das Kuchenschiff. Mir kaufen wir einen Kaffee zum Mitnehmen. Das findet Oma blödsinnig. »Wenn man nicht mal mehr Zeit für eine Tasse Kaffee hat, wofür denn dann?«

»Ich mag das sehr gerne«, rechtfertige ich meinen Kuchenschiffersatz und halte die Nase über die Miniöffnung im Deckel. »Das riecht so lecker.«

Sie rümpft die Nase und findet es witzig, dass ich freiwillig aus einer Schnabeltasse trinke.

Im Auto versucht Oma, den besten Weg von Luzern nach Mailand herauszufinden. »Wir fahren jetzt am Vierwaldstätter See vorbei und dann durch den Gotthardtunnel, oder …«, sie erzählt es sich selbst, »… oder über den Berg?« Ich ziehe eine Augenbraue hoch, da beantwortet sie sich die Frage selbst: »Tunnel.«

»Tunnel?«

»Tunnel!«, bestätigt sie. Sie blättert im Atlas vor und zurück und legt immer wieder den Zeigefinger auf die Karte.

»… also ich vermute … Moment.« Sie legt die Fingerkuppe jetzt auf Mailand. »Also, ich vermute, es sind 250 Kilometer. Guckst du mal in dein Dings?«

»Versuch mal selbst. Drück auf die Navi-App und dann tippst du Mailand ein.«

»Neeee, Eva, lieber nicht. Ich mach dir das nur kaputt.«

»Quatsch, probier's doch mal.« Sie drückt wieder zu fest auf das Display. »Keine Schreibmaschine, Omi. Ganz sanft. Jetzt schieb mal da unten den Pfeil nach rechts.«

Sie guckt das Handy ratlos an. »Einfach mit dem Zeigefinger auf den Pfeil und dann … hm … streichel das Handy.«

Klack. Oma hat es geschafft.

Sie fixiert das Handy und hält es in der Hand, als würde es auf einem Silbertablett liegen. »Und jetzt?«

»Jetzt schiebst du … also streichelst du noch mal über das Display …«

»… die Scheibe?«

»Genau. Du streichelst von rechts nach links über die Scheibe und dann erscheint da gleich so ein grau-orangefarbenes Viereck. Und da drückst du sanft drauf. Du tippst es kurz an.«

Sie macht es genau so und drückt dabei ihre Zungenspitze an die Oberlippe. Die App öffnet sich. Ich versuche, mich auf die Straße zu konzentrieren.

»Und jetzt?«

»Na, schau mal … was steht denn da?«

»Adresse. Und da tippe ich jetzt Mailand hin?«

Ihre Finger suchen nach den Buchstaben. »Oh!«

»Da oben rechts in der Ecke ist ein X. Damit kannst du den falschen Buchstaben löschen.«

Ihre Zungenspitze drückt noch fester an die Oberlippe. Sie ist jetzt erst mal beschäftigt. Wir rollen aus Luzern raus, der Tunnel ist gut ausgeschildert. Wahrscheinlich brauchen wir das Navi gar nicht, aber ich will ihr den kleinen Spaß nicht nehmen. Schade nur, dass sie den Vierwaldstätter See jetzt gar nicht richtig wahrnimmt.

»Ähm, Eeevaa?«

»Du drückst dann oben rechts auf ›Navigation starten‹.«

»Nein, Eva, da steht jetzt etwas anderes …« Sie guckt mit großen Augen auf das Display.

»Was denn? Wahrscheinlich musst du noch ›Italien‹ eingeben.«

»Baby! Ich schiebe in Gedanken deinen witzigen Teenie-BH hoch und küsse deine wunderschönen Brustwarzen. Du hast die …«

»Oh nein, Oma, gib her. Wie peinlich!«

»… schönsten Brustwarzen der Welt.« Sie guckt zu mir rüber und vervollständigt: »Ich vermisse dich so sehr. Dein Tob.«

»Tobias, sein Name ist Tobias«, sage ich leise und tue so, als müsste ich mich gerade ganz intensiv auf die Straße konzentrieren.

»Ist schon gut, musst du der Oma ja nicht erzählen. Wir sind um vier Uhr in Mailand, sagt das Dings.«

Ich mache das Radio an, dann wieder aus. Ergibt keinen Sinn im Tunnel, es wird nur rauschen. Wir werden rauschen. Ich versuche, nicht an Tobias zu denken. Nicht an Johannes. Johannes!

Lieber Johannes, wir fahren gerade durch die Schweiz nach Italien. Was machst du? Wo bist du? Hast du eine Jugendherberge für die Klassenfahrt gefunden? Ich vermisse dich. Verlieren wir uns gerade? Jo, ich habe Angst. Schau uns an: Es ist okay, aber ist es schön? Ich will dir nicht wehtun, und du …

»Evchen, bist du sauer auf mich?«

»Was? Wieso?« Ich schrecke aus meinen Gedanken auf.

»Ich will mich nicht einmischen.« Sie legt ihre Hand auf meinen angespannten Oberschenkel. Erst da merke ich, dass ich das Gaspedal durchdrücke und viel zu schnell fahre. Ungewöhnlich für mich, normal für eine Flucht. Die SMS von Tobias ist so wundervoll und gleichzeitig darf sie nicht sein: Ich gehöre doch zu Johannes.

»Ist schon in Ordnung, Oma. Es ist alles so verworren und ich weiß gerade gar nicht, wo ich hingehöre. Es ist so …

so …«, ich ramme mir ein imaginäres Messer ins Herz und schlage mir dabei auf die Brust. »Verstehst du? Ich würde mich am liebsten übergeben. Ich fühle mich wie vergiftet und weiß nicht, wie ich das Gift aus meinem Körper bekommen soll.« Noch immer halte ich das Messer in meiner Brust fest und simuliere Harakiri. »Ich fühle mich wie ein Schwein.«

Oma hält das Handy weiter wie auf einem Silbertablett und schweigt. Ich fahre langsamer. Auf den Bergen liegt Schnee, alles ist hellblau und weiß und die Sonne strahlt hinter einem transparenten Vorhang.

Ich bin mir nicht sicher, ob ich Oma sagen kann, dass ich Johannes betrogen habe, vermutlich denkt sie sich das schon. Was sollte ich auch sagen: Ich hatte großartigen Sex mit Tobias, außerdem nimmt er mich so schön in den Arm und hat ein tolles Kind, das ich auch gern hätte. Nein.

Sex ist kein Thema, das man mit älteren Menschen bespricht. Ich bin mir sicher, dass Sex ab 40 einfach nicht mehr so wichtig ist. Danach kommt sicher was anderes. Liebe? Freundschaft? Wenn ab 40 Freundschaft kommt, dann brauche ich nicht mehr lange zu warten und Johannes ist wieder perfekt für mich. Wir sind ziemlich gut in Sachen Freundschaft. Wir waren auch mal gut in Sachen Sex. Falsch. Wir waren gut im Miteinanderschlafen.

Vor mir tut sich ein großes schwarzes Loch auf: der Tunnel.

»Aufregend, oder, Oma? Wir fahren jetzt durch den Berg.« Sie schweigt noch immer. Nein, sie schläft. Ihr Kopf lehnt am Gurt und ihre Unterlippe hängt schlaff herunter. Das Silbertablett liegt auf ihrem Schoß. Auf dem Navi kann ich erkennen, dass es jetzt 15 Kilometer dunkel bleibt. Dann wird's wieder hell. Es wird immer irgendwann wieder hell. Das Bild ist selbst mir zu kitschig.

Je tiefer wir in den Tunnel hineinfahren, desto wärmer wird es. Das Thermometer im Auto zeigt plötzlich 14 Grad an. Haben die Schweizer nicht auch mal ihre Waffen hier gelagert? Mist, Omapedia schläft, das war bestimmt schon mal eine Frage bei *Wer wird Millionär?* – Oma sieht sich jede Folge an.

17 Grad.

Es gibt Leute, die haben im Tunnel Angst. Ich nicht. Bislang kannte ich Angst gar nicht. Wovor sollte ich mich fürchten? Das Schlimmste, was passieren kann, ist passiert: Mama ist gestorben und Papa hat sich mit einer anderen Frau für einen Neustart entschieden. Da war ich so klein, ich habe gar nicht gemerkt, dass das schlimm ist. Ich bin überrascht, wie hell es jetzt doch in diesem Tunnel ist. Oder haben sich meine Augen an die Dunkelheit gewöhnt? Gewöhnt man sich am Ende an alles?

21 Grad.

Wenige Autos fahren mit mir durch den Tunnel. Es gibt für jede Richtung nur eine Spur. Überholverbot. Wendeverbot. Immer nur geradeaus? Umkehren ausgeschlossen. Ich kann nicht mal abbiegen. Die einzige Chance, die ich hier habe, ist weiterzufahren. Ich kann nicht einmal das Tempo bestimmen, denn der Citroën vor mir hält sich an die vorgeschriebenen 80 km/h. Anhalten? Ist keine Option. Hinter mir tuckert ein Passat. Ist bestimmt ein Lehrer. Johannes?

27 Grad.

»FUCK!« Ich haue aufs Lenkrad und bin erschrocken über meine eigene Stimme.

»Was?« Oma schnaubt aus ihrem Dämmerzustand. »Oh, wir sind im Tunnel. Ich bin wohl …«

»Ja, ist doch super. Im Auto dösen ist spitze.« In der Hoffnung, dass sie meinen kleinen Ausbruch nicht bemerkt hat, texte ich sie zu: »Ist dir gar nicht warm? Hier wird es immer wärmer. Am Ende des Tunnels sind es bestimmt 35 Grad und Sonnenschein und bella Italia.«

»Jaaa?«

»Quatsch!« Ich schäme mich, dass ich sie aufs Glatteis geführt habe. Woher soll sie es auch wissen. Bei *Wer wird Millionär?* werden sicher keine Klimazonen abgefragt.

»Aber sag mal, Eva, wie ist es am Meer? So wie an der Eder?«

»Hmmmm, ja, schon vergleichbar.« Wir waren früher manchmal am Edersee in Nordhessen. Eigentlich immer dann, wenn uns der Möhnesee zu provinziell war. »Ja, fast, doch.« Ich überlege, wie ich es ihr sagen kann, ohne die Eder schlechtzumachen. »Vielleicht nicht so grau und etwas salziger und heller. Am Meer ist es sehr hell und windig. Wenn es gut läuft, bekommt man eine Gänsehaut. Und dann muss man immer wieder über die Lippen lecken – die schmecken salzig. Wie die kleinen Fische, die wir manchmal beim Fernsehen knabbern.«

14 Grad.

»Am Edersee war es sehr schön«, stellt Oma fest und nickt zu ihrer eigenen Bestätigung mit dem Kopf. »Wir hatten da immer diese Ferienwohnung und du bist den ganzen Tag allein unterwegs gewesen. Wir haben dich kaum gesehen und nur manchmal gehört, wie du mit den anderen Kindern durch die Siedlung gerannt bist. Immer vorneweg. Und immer mit einem Stock in der Hand.«

»Und einem Kopftuch«, ergänze ich.

»Du bist nie ohne Kopftuch aus dem Haus. Das hast du

geliebt. Manchmal hast du auch zu Hause Mütze getragen. Dann wussten wir, dass du die Mama vermisst. Das hat dir wohl eine Geborgenheit gegeben, die wir dir nicht geben konnten.«

»Ich mache das heute noch«, sage ich zu mir selbst.

»Sie fehlt mir manchmal sehr«, sagt Oma – auch eher zu sich.

»Mir auch. Dabei weiß ich gar nicht, wie das ist, eine Mutter zu haben. Aber immer, wenn ich mich nicht vollständig fühle, denke ich, dass sie es ist, die fehlt. Es ist wie ein Puzzlespiel …«

»… das nicht vollständig ist«, vervollständigt Oma.

Acht Grad.

Wir sehen den Ausgang und ich weiß, dass dieses Gespräch zu Ende sein wird, wenn wir den Tunnel hinter uns gelassen haben. Oma und ich haben uns angewöhnt, nicht in der Sonne über Mama zu sprechen. Auch ich denke meist an sie, wenn es dunkel ist. Eine von vielen Regeln, die wir nie laut formuliert haben. Vielleicht weil wir sie verloren haben, als die Sonne schien. Danach wurde es für Oma erst einmal dunkel. Ich war noch zu klein.

Licht!

Es ist ein schönes Gefühl, aus dem Tunnel zu kommen. Wie morgens die Augen zu öffnen, nachdem man ausgeschlafen hat, wie Duschen nach einem langen Tag, wie kaltes Wasser trinken nach dem Sport.

»So hoch!«, staunt Oma. »Guck mal, Eva, die Berge. Können wir anhalten? Ich möchte die Luft mal riechen.«

Tatsächlich kommt ein Parkplatz und ich fahre raus. Oma schnallt sich ab und steigt für ihre Verhältnisse schwungvoll aus. Sie schließt die Augen und atmet tief ein und wieder aus.

»Ach, Eva! Ist das schön. Jetzt weiß ich, warum der *Bergdoktor* nicht in die Stadt ziehen will.«

»Oma?« Ich bin mir nicht sicher, ob sie das ernst meint.

»Ja?« Sie guckt, nein, sie blinzelt sonnengeblendet zu mir rüber und scheint es ernst zu meinen.

»Schon gut! Hast recht. Der *Bergdoktor* auch.« Oma geht zur Toilette und ich nutze die Zeit, um übers Handy via *Airbnb* ein Zimmer für uns zu finden. Ein Hotel wird in Mailand sicher teuer sein.

Ich schalte in meinem Handy »Mobiles Netz« ein. iMessages, WhatsApp-Nachrichten und Mails tauchen auf. Komisch. Hat mir alles gar nicht gefehlt.

Anne hat mehrfach geschrieben. Ich werde sie später anrufen. Bei den Mails sind die täglichen Newsletter dabei, die mir super Angebote machen: Töpfe, Strümpfe, Kleider.

Zwischen der ganzen Werbung, ich hätte es fast übersehen, ist eine Mail von Jo. Betreff: Kuhno ist weg!

Mein Herz bleibt stehen. Da stehe ich in der frischen Januarsonne jenseits des Gotthardtunnels, jenseits der Alpen, jenseits von Johannes und traue mich nicht, die Mail zu öffnen. Was er wohl schreibt? Ich lehne mich an mein rotes Auto, die Schultern zu den Ohren hochgezogen. Ob er sauer ist? Ob er traurig ist? Ob er mir schreibt, dass er ausgezogen ist?

»Eva, die hatten kein Drehkreuz«, ruft Oma über den leeren Parkplatz. »Ich habe keinen Kassenbon bekommen.«

Ich gucke hoch und registriere, dass sie sehr krumm läuft. Aber das kommt gerade nicht zu mir durch. Alle wichtigen Nervenbahnen sind verstopft.

»Das war ganz sauber da. Willst du nicht auch noch eben gehen?«

Sie klingt, als würde sie in ein Kopfkissen sprechen. Ich höre nur die große Stille im Kopf.

Sie stößt mich an.

»Om… Ich … Ich gucke gerade nach einer Unterkunft in Mailand.«

»Was ist los mit dir? Gib Oma mal das Ding, ich mache das schon.« Sie lacht in sich hinein. Ich mache die App auf und nehme das erste Angebot. Zimmer, Mailand, 30 Euro pro Nacht. Ich tippe auf Anfrage.

Vielleicht lese ich doch schnell die Mail von Johannes? »Kuhno ist weg« hat er die Mail genannt. Kuhno ist hier bei mir. Sie ist mit auf der Flucht. Wenn weder Kuhno noch ich da sind, ist Jo ganz allein in der großen Wohnung. Ich habe ihn im Stich gelassen. Wenigstens Kuhno hätte ich ihm dalassen sollen. Langsam kriecht die kalte Bergluft unter meine Haut. Ich friere, wahrscheinlich schon ein paar Minuten, ich habe es nur nicht gemerkt. Oma sitzt schon im Auto und ich steige dazu. Sie isst ein Bratwürstchen.

»Wo hast du das denn her?«

»Das hab ich beim Frühstück geklaut. Willst du auch?« Sie hat eine Serviette mit vielen kleinen Bratwürstchen auf dem Schoß liegen.

»Bist du verrückt?« Meine fast 80-jährige Oma klaut beim Frühstück im Hotel Bratwürstchen.

»Ja, ganz schön blöd – ich habe den Senf vergessen.« Sie lacht laut und dabei spritzen ihr kleine Wurststückchen aus dem Mund. »Hier!« Sie hält mir eine kalte Beutewurst hin. Ich greife zu, stecke sie mir wie eine Zigarre in den Mund und starte das Auto.

Im Rückspiegel sehe ich Kuhno auf der Rückbank sitzen. Sie ist natürlich angeschnallt. Was für eine durchgeknallte Reisegruppe.

Am Comer See steht die Wintersonne schon wieder flacher. Der Tag bereitet sich auf den Feierabend vor. Das Radio spielt *Lover of the light* von Mumford and Sons: »But I'd be yours. If you'd be mine«, singt der Mann und es folgt ein Gitarrensolo, das mir das Herz aufgehen lässt. Ich atme aus und merke, wie meine Schultern nach unten sinken. Heute Abend werde ich Johannes anrufen. Das alles war ein Fehler.

»Oma, bereust du eigentlich manchmal, dass du jetzt ausziehen wirst?«

»Hä?«

»Wie bitte!«, belehre ich sie automatisch. »Ob du es bereust, dass du ausziehst?«

Sie guckt mich irritiert an.

»Wieso sollte ich das bereuen? Ich habe es ja noch nicht gemacht. Das Einzige, was ich bereue, ist, dass ich das erst jetzt mache.« Sie guckt schräg hoch, als würde sie überlegen. »Ich hätte es schon vier Jahre eher tun sollen. Aber es hat eben gedauert, bis ich begriffen habe, dass ich allein schöner einsam sein kann.«

»Vier Jahre?«

»Ich habe viele Jahre gedacht, so ist die Ehe eben, so ist Liebe. Ich kannte das ja nur aus Büchern und später aus Filmen, wenn die Frauen so aufgeregt waren. Ich war nicht aufgeregt. Bei uns in der Siedlung war niemand aufgeregt. Also dachte ich, dass das so ist, dass wir uns aneinander gewöhnen werden. Dann ist Mama gestorben und du kamst zu uns und da war alles anders.«

»Meinetwegen?«, entgegne ich erschrocken.

»Wir hatten plötzlich wieder ein fünfjähriges Kind. Du warst zwar vorher auch schon oft bei uns, aber als dein Vater nicht mehr für dich sorgen konnte, haben wir dich ja dann ganz zu uns genommen. Dass es endgültig vorbei ist, habe ich erst vor vier Jahren gemerkt. Da hatte Opa den Herzinfarkt und es war mir egal.« Oma erzählt das alles sehr gleichmütig.

»Was wäre, wenn du anfangen würdest, ihn zu vermissen?«

»Was ist vermissen?«

Hat sie es wirklich nicht verstanden, oder meint sie das philosophisch?

»Ja, na, das Zusammensein …«

»Waren wir nicht«, grätscht sie dazwischen.

»Dann die lange Zeit, die ihr schon zusammen seid. Treue und so was. Das ganze Programm … Wird dir das nicht fehlen?«

»Tja, ›das ganze Programm‹ … was ist das schon? Gemeinsam frühstücken, zum Tanzen gehen, den Garten pflegen und abends zusammen ins Bett gehen?« Sie seufzt laut auf. »Das ganze Programm. Sag mal, kommt nicht jetzt langsam mal die Grenze? Müssen wir da wieder so einen Aufkleber kaufen?«

»Nein, für Italien brauchen wir keine Plakette. Da zahlen wir für jeden Autobahnabschnitt extra.« Ich akzeptiere ihren Wunsch, das Gespräch zu beenden. Das können wir beide ganz gut: Wenn es unangenehm wird, einfach ein neues Thema anschneiden.

Oma kramt in meinem Handschuhfach herum und findet CDs, Handcreme und ein plattes Snickers:

»Oh! Das ist da schon etwas länger drin, vermute ich.«

Ich muss lachen, denn ich kann mir eigentlich nicht vorstellen, wie Schokolade in diesem Auto so lange überlebt haben kann. Ich brauche sonst keinen Kilometer, da ist so ein Riegel verputzt. Sie wirft mir einen strafenden Blick zu.

»Was suchst du überhaupt?«, frage ich sie.

»Och, bloß mal gucken.« Sie hält einen BH hoch.

»*Da* ist der!« Das ist der mit den weißen Punkten. »Bei dem ist der Bügel an der Seite rausgekommen und das piekte mich so, dass ich ihn beim Fahren ausgezogen habe. Johannes hat das Lenkrad gehalten.«

Oma kramt weiter, ihr Unterarm verschwindet jetzt vollständig im Fach und sie scheint etwas zu ertasten, was ihr Freude bereitet. »Na? Irgendjemanden gefunden?«, frage ich sie. »Johannes vielleicht?«

Sie lacht. »Nein, aber eine Brille.« Sie setzt sie auf.

»Ach du Scheiße. Die ist noch vom Après-Ski.«

Nach einem Sturz bin ich schon mittags auf die Hütte gegangen. Als Johannes nach Liftschluss dazukam, habe ich auf dem Tisch gestanden und *Schlischlaschlappi* gesungen und diese Brille von einem Engländer geschenkt bekommen. Neonpink.

»Steht mir die?« Oma guckt sich im Spiegel unter der Sonnenblende an. Sie dreht den Kopf zur Seite und wühlt sich durch die grauen Haare. Dabei lacht sie über sich selbst und wirkt befreit. Das Lachen klingt wie ein Husten, der sich gerade löst.

»Du siehst super aus.« In diesem Moment möchte ich vor Rührung weinen, ich bin sehr stolz auf sie. »So, Brillenoma, da ist schon die Grenze. Bist du bereit? Hast du deinen Ausweis?«

»Na klar, dafür sind wir doch losgefahren. Wo ist denn Italien?«

»Da vorne.« Ich zeige auf die Autoschlange vor uns.

»Kommen die alle aus Deutschland?« Oma nimmt die Sonnenbrille ab.

»Los, Omi, fahr mal dein Fenster runter. Wir machen jetzt ein bisschen Cabrio-Feeling.«

Ich öffne mein Fenster. Eigentlich ist es für diese Aktion zu kalt, aber wenn das Auto aus dem Schatten rollt, lässt die

Sonne uns für einen Moment erahnen, was Italien bedeuten könnte. Das Blau am Himmel ist definitiv ein Januarblau. Im Juli sähe es anders aus. Konjunktiv – den benutze ich in Italien einfach nicht mehr, nehme ich mir vor. Der Januarhimmel ist perfekt.

Wir rollen langsam Richtung Grenzübergang. Oma hält sich am Griff der Seitentür fest, als hätte sie Sorge, dass jemand die Tür von außen aufmachen und sie aus dem Auto ziehen könnte, so kurz vor Italien, so kurz vor dem Ziel.

»Eva, was passiert denn jetzt?«

Wahrscheinlich wundert sie sich, weil wir die Schweizer Grenze ohne anzuhalten passieren konnten.

»Ich habe keine Ahnung. Eigentlich müssten wir ohne Probleme durchfahren können, ist ja Europa.«

Ich habe ihren Personalausweis in der Hand. Oma sieht auf dem Foto aus wie eine gut frisierte Schwerverbrecherin. Lächeln verboten. Wir haben das Foto vor ein paar Jahren im Passbildautomaten bei Karstadt gemacht. Danach haben wir uns zusammen in die Box gesetzt und ich habe ihr in dem Moment, als der Auslöser losging, ins Ohr gebissen und sie hat laut aufgelacht. Wir haben auf dem Amt versucht, dieses Foto für den neuen Personalausweis zu nehmen. Die Beamtin fand die Idee sehr lustig, hat uns dann aber überzeugt, doch das spaßbefreite Foto zu nehmen.

Das Öhrchenbild haben wir beide im Portemonnaie.

Noch zwei Autos vor uns.

»Oma, setz die coole Sonnenbrille auf, wir machen jetzt ein amtliches Fluchtfoto von uns mit dem Handy.«

Ich nehme ihr das Telefon aus der Hand und klicke die Navifunktion aus.

»Wir müssen verwegen aussehen«, sage ich an, während ich das Handy umständlich über unseren Gesichtern justiere.

»Wie sieht denn verwegen aus?«, fragt Oma.

»Ja … so fluchtmäßig eben.« Ich drücke den Auslöser und wir prüfen sofort das Ergebnis. Oma ist nur halb drauf. Neuer Versuch. »Gefährlich gucken halt.«

»Aha«, kommentiert sie trocken. Dieses Mal ist nur sie drauf. Das Auto hinter uns fordert uns hupend auf, weiterzufahren.

Wir sind dran.

Der Grenzer sieht schon einmal sehr italienisch aus: schwarze Haare, dunkle Uniform, gelangweiltes Gesicht, Flieger-Sonnenbrille. Aber Oma sieht cooler aus. Wir lupfen gleichzeitig die Sonnenbrillen und grinsen ihn an. Es ist dieses »Wir-haben-nix-gemacht«-Lächeln, das ihn eigentlich stutzig machen müsste. Ich halte ihm unsere Ausweise hin, aber er will die linke Hand wohl nicht aus der Jackentasche nehmen und winkt uns mit der rechten weiter.

Buon giorno, Italia!

»Wie? Das war es?« Oma klingt enttäuscht.

»Ja, das war's«, bestätige ich und lenke unser Fluchtfahrzeug durch den Grenzbereich. Rechts wurde ein Auto rausgewinkt, zwei Polizisten wühlen im Kofferraum herum. »Wir sind in Italien, Oma!«

Sie klatscht in die Hände und sagt immer wieder, dass ich eine verrückte Nudel sei.

»Pasta, hier sagt man Pasta.«

»Dann bist du eben eine verrückte Pasta.«

»Los, wir hören italienisches Radio, such uns mal einen Sender!«

Oma nestelt am Radio herum und der Suchdurchlauf endet bei schnellem Gequatsche. Wir erschrecken uns beide.

»Was ist denn da los?«

»Klingt witzig. Worüber die wohl reden?«

»Sie erzählen, dass seit zehn Minuten eine verrückte Oma und eine verrückte Pasta in Italien sind.«

»Echt?« Oma guckt mich wahrscheinlich mit großen Augen an. Die Gläser der Après-Ski-Brille sind so dunkel, dass ich ihre Augen kaum erkennen kann.

»Jaaaaklaaar, Oma! Sie sagen: Die beiden Hühner – die sagen da piatscheeereee – das heißt Hühner – sind abgehauen, weil sie von den Typen die Schnauze voll haben, und«, ich tue so, als würde ich den Radioleuten zuhören und simultan übersetzen, »jetzt wollen sie ans Meer.«

Omas Mund verzieht sich zu einem diebischen Lächeln und sie ergänzt: »Stoppen Sie diese Frauen besser nicht!«

»Nein, Omi, uns stoppt hier niemand.« Ich lege meine Hand auf ihr Knie. Wir lassen die Radioleute weiterplappern und ich möchte diesen Moment auf meiner Lebensfestplatte speichern. Es fällt mir schwer, denn der Rechner ist gerade schwer mit Virenscan und Systemupdate beschäftigt.

»Dieses Italienisch ist aber stressig …«, bemerkt Oma.

Formatieren und neu booten wäre angebracht.

Ich klinge wie Johannes – vielleicht bin ich ihm ähnlicher, als ich immer dachte.

Es fühlt sich an, als wären wir schon mehrere Tage unterwegs, dabei sind wir gestern erst los. Ich frage mich, was Johannes geschrieben hat, und muss gleich mal einen guten Moment finden, um seine E-Mail zu lesen.

»Nicht schon wiiiieder«, Oma beschwert sich. »Scheinbreitleikädeimänt!«

Ah, Rihanna.

»Ja, die fährt irgendwie auch mit nach Italien. Ich kann uns auch eine CD anmachen.«

»Haben die nicht so was wie WDR4?« Oma tippt den Senderdurchlauf an, aber der stoppt konsequent immer wieder bei Rihanna. »Zwei kleine Italiener …«, fängt sie an zu singen.

»Oma?«

»… die träumen von Napoli. Von Tina und Marina, die warten schon lang auf sie. Zwei kleine Italiener, die sind so allein.« Sie wiegt den Oberkörper und wippt mit den Füßen. »Eine Reise in den Süden ist für andere schick und fein … doch …«

»Oma, du siehst so spitze aus mit der Brille, wenn du dabei noch singst! Wer ist das?

»Zwei kleine Italiener«, singt sie einfach weiter. »Das ist Conny Froboess.«

»Ist das die Rihanna der Sechziger?«

»Ach, das war immer schön. Im *Knappenhof* war manchmal Tanz und da sind wir hingegangen.«

»Du und Opa?« Ich muss den Moment nutzen, sie erzählt wenig von früher.

»Ja, auch. Manchmal. Wir haben Wodka getrunken und dann waren da diese Puschkinkirschen drin, an so …« Oma tanzt mit den Händen und zeigt mir mit Daumen und Zeigefinger eine imaginäre Kirsche, »… bunten Stäbchen und die haben wir uns dann immer in die Haare gesteckt.«

»Die Kirschen?«

»Neeein!« Sie lacht laut auf. »Die Stäbchen. Und einmal hatte ich 40 Stäbchen im Haar.« Sie guckt schräg hoch und genau jetzt steht sie wieder im *Knappenhof* und tanzt zu Rihanna Froboess. Allein dafür hat es sich gelohnt, die Geschichte zum zwanzigsten Mal zu hören und je öfter sie sie erzählt, desto mehr Puschkinstäbchen werden es.

»Da habe ich mit meiner Freundin Karin getanzt, die Männer tanzten ja selten mit ihren Frauen, die standen meistens an der Bar und haben sich wichtige Dinge zu erzählen gehabt. Opa immer laut mit dabei. Da war er der große Zampano und hat Reden geschwungen, die auch nur er geglaubt hat.«

Ich fahre von der Autobahn ab in Richtung Mailänder Innenstadt.

Sie bläst sich auf, um Opas Haltung zu imitieren.

»Und dann haben wir begriffen, wie wir die Musikbox austricksen konnten.«

Sie schunkelt ein wenig, während sie das erzählt.

»Da war unten links so ein Loch, hinten an der Rückwand stand ein Pöttchen mit dem Kleingeld. Das ist da reingefallen und dann haben wir unsere 50 Pfennig immer rausgeholt und wieder reingeworfen. Der Wirt war ja selbst sein bester Gast und hat das gar nicht gemerkt«, sie stockt. »Horst, Horst hieß der. Dem ist die Frau dann irgendwann weggelaufen.«

»Wie, weggelaufen?«, hake ich nach.

»Ja, die ist abgehauen. Ich meine, mit dem Koch. Wir hatten ja sowieso die Vermutung, dass der Horst auch mal zuhaut, wenn er knülle ist.«

»Was? Er hat sie geschlagen? Und was habt ihr dazu gesagt?«

»Ja, was sollten wir denn da sagen?« Sie guckt mich an.

»Na ja, du kannst doch nicht zugucken, wie da ein Mann seine Frau verprügelt!«

»Aber das ging uns doch gar nichts an«, schnappt sie zurück.

»Hat der Opa dich auch geschlagen?«, frage ich vorsichtig nach.

»Das hätte er ja mal probieren können. Da wäre ich sofort weg gewesen.«

Das glaube ich sogar.

»Komm, Oma, bevor wir zu der Frau fahren, bei der wir

schlafen, trinken wir erst einmal einen Begrüßungs-Espresso in Mailand.«

»Aber im Sitzen! Nicht aus der Schnabeltasse, dafür bin ich noch zu jung.«

»Alles, was du willst!« Ich fahre durch Mailand wie bei meiner ersten Fahrstunde. »Wie wir hier einen Parkplatz finden sollen, ist mir allerdings schleierhaft.«

Oma hält das Handy fest in der Hand. »Das sieht schon etwas anders aus als bei uns, oder, Eva?«

Ich habe keine Ahnung, wo wir hinsollen. Die Straßen sind verdammt eng und plötzlich überholt uns ein Roller auf der rechten Seite.

»Eva, wer hätte gedacht, dass wir mal …«

»Oma!«, unterbreche ich sie. »Ich muss mich konzentrieren. Achte bei den Schildern bitte mal auf den Kreis mit einem schwarzen Punkt in der Mitte. Das ist das Zentrum. Du musst jetzt mithelfen.«

Ich traue mich nicht eine Sekunde, zu ihr rüberzuschauen. Herzlich willkommen im Mailänder Feierabendverkehr! Wobei: Es ist halb vier. Okay – das ist nicht der Feierabendverkehr. Ich möchte nicht wissen, wie voll es dann wird.

»Oma?« Ich höre sie leise schluchzen. Sie knetet ihre Hände. Weint sie? Ich kann nicht gucken, außerdem hat sie immer noch die blöde Après-Ski-Brille auf. »Oma? Alles klar?«

»Ich will dich nicht nerven, wirklich nicht.«

»Du nervst nicht. Ich kann dich jetzt aber auch nicht trösten. Wir müssen aufpassen. Guck mal da rechts. Ist da frei?« Ich versuche sie bei ihrer Beifahrerehre zu packen.

»Da kommt ein Zug«, sagt sie leise und zieht die Nase hoch.

»EIN ZUG?«

Tatsächlich stehen wir mitten auf Gleisen und von rechts

kommt eine orangefarbene Straßenbahn und vor mir stehen Autos. Was nun?

In Köln bleibt man gelassen, die Bahn bimmelt und hält dann an. Aber wie reagiert der italienische Zugführer?

»Eva … was machen wir denn jetzt?«

»Ich komme hier nicht raus.« Mir läuft Schweiß den Rücken herunter. Scheiße!

»Eva?«

»OMA! Jetzt sei mal STILL!« Ich schließe die Augen: gute Strategie. Eine schrille Klingel von rechts, ein Hupen von hinten. Dann: Stille.

»Ach, wie nett«, sagt Oma. »Der winkt.«

Tatsächlich ist die Bahn ein paar Meter vor uns stehen geblieben und der Fahrer winkt uns entspannt zu und mein Kopf fällt aufs Lenkrad. Mein ganzer Körper ist so angespannt, dass ich zittere. Mir schießen Tränen in die Augen: Was ist, wenn das alles eine Nummer zu groß ist? Mailand, Italien, mit Oma durchbrennen, Johannes, Tobias. Was mache ich hier eigentlich?

»Evchen, ist gut, komm. Ist doch nichts passiert.« Oma legt mir die Hand auf den Hinterkopf. »Beruhig dich, aber du musst weiterfahren.«

Ihre Stimme dringt wie durch Watte an mein Ohr. Ich schaffe das nicht, ich will nach Hause zu Johannes.

»Eva? Eeeva! Du musst weiterfahren! Bitte.«

Ich will schlafen, einfach nur schlafen. In mir zieht sich alles zusammen und ich möchte mich am liebsten übergeben. Was habe ich nur getan?

Erst spüre ich die Feuchtigkeit zwischen dem Kunststoff des Lenkrades und meinem Gesicht und dann, dass Oma mich heftig schüttelt und ruft: »EVA! Fahr weiter! Die Bahn kommt nicht durch.«

Der Fahrer hat begonnen, die Warnschelle zu betätigen und hinter mir hupt es laut und aggressiv. Der Motor ist aus, abgewürgt. Und jetzt will er einfach nicht anspringen. Ich reiße den Schlüssel immer wieder rum und trete das Gaspedal durch. Einmal, zweimal, er springt an. Wir fahren weiter. Ich kann Mailand gar nicht wirklich sehen, so verklebt sind meine Augen. Meine Schultern sind erschöpft nach unten gefallen: Mich überkommt ein Gefühl, von dem ich nicht weiß, ob es Müdigkeit oder Gleichgültigkeit ist.

Nach einigen Minuten tut sich eine Parklücke auf. Ich halte an, stelle das Auto ab und lasse den Kopf nach hinten gegen die Kopfstütze fallen. Meine Hände tun weh – ich muss das Lenkrad fast aus der Halterung gerissen haben.

»Tut mir leid, Oma, ich habe keine Ahnung, was da passiert ist«, sage ich, ohne sie dabei anzuschauen.

»Ist schon gut«, entgegnet sie leise. »Guck mal, da ist eine Nachricht für dich gekommen.« Oma gibt mir das Handy, schnallt sich ab und nimmt den Griff über der Tür in die Hand.

»Willst du aussteigen?«

»Ja, nur kurz«, sagt sie. »Ich komme gleich wieder.«

»Omi, es tut mir wirklich leid.«

»Eva, ich hab dich lieb.«

Ihr erster Schritt auf Mailänder Boden, ohne mich. Sie kommt klar und ich bin zu erschöpft, um ihr hinterherzulaufen.

SMS von Tobias

Liebste Ev, wo bist du wohl? Ich muss pausenlos an dich denken und vermisse dich. Eigentlich muss ich den Kostenplan für eine Ausstellung erstellen und eine

Sammlerin kontaktieren: Aber viel lieber wäre ich bei dir. Thore ist bei seiner Mutter. Ich sende dir einen vorsichtigen Kuss.

Ich bin zu leer, um eine lange Antwort zu schreiben und tippe mit meinem Daumen einen Punkt ins Antwortfeld.

SMS von Anne:
Na? Puppe? Wie ist es auf Juist? Scheißekalt, hm? Kannst du dich bitte mal melden, ich mache mir Sorgen.

SMS an Anne
Nicht Juist, Italien. Mehr später.

SMS von Tobias
Ein Punkt? Wie süß. So wie das Pünktchen auf deinem Körper. Ich küsse es in Gedanken und freue mich über jedes Zeichen. Geht es dir denn gut? (Ein Punkt: ja! Zwei Punkte: nein!)

SMS an Tobias
.

Ich muss lächeln. Kaum abgeschickt, kommt sofort eine Antwort.

.

Es klopft an der Seitenscheibe. Oma steht vor dem Auto und hat zwei Kaffeebecher in der Hand.

Ich steige aus. »Oma? Was ist das denn? Wo warst du?«

»Ich dachte, das macht dich wieder glücklich.«

Ich laufe um das Auto herum und nehme sie in den Arm. Fiiiiep.

»Aber … wie hast du …«

»Na, ich bin in so einen Laden und habe ›Kaffee‹ gesagt. Die hat dann so geredet wie die aus dem Radio und ich habe einfach noch mal ›Kaffee‹ gesagt und dass ich gerne zwei hätte.«

Sie hält Daumen und Zeigefinger in die Luft. »Dann habe ich ihr zehn Euro auf die Theke gelegt und gezeigt, dass ich den Kaffee in so einer Schnabeltasse haben möchte.« Oma sieht sehr stolz aus. »Ich habe keine Ahnung, was wir da jetzt bekommen haben. Milch ist, glaube ich, auch drin.« Sie zuckt mit den Schultern und ich bin sprachlos. Als ich den Deckel hebe, steigt mir ein warmer Duft in die Nase, vermutlich ist es Cappuccino. Erst jetzt bemerke ich, dass wir ohne Jacke im Freien sind und es gar nicht kalt ist.

Wir lächeln uns an und trinken an der Motorhaube stehend unseren ersten italienischen Kaffee. Hallo, Mailand, hier sind wir.

»Wo schlafen wir eigentlich?«, fragt Oma.

»Ach, das ist eine gute Frage.« Ich hole mein Handy aus der Hosentasche. »Lass uns mal gucken, ob wir eine Antwort auf unsere Anfrage bekommen haben.« Ich schalte das Datenroaming ein, es braucht immer einen kleinen Augenblick und dabei fällt mir wieder die Mail von Johannes ein, die noch auf mich wartet.

»Tatsächlich, wir dürfen kommen. Bella.«

»Heißt so das Hotel?«, fragt Oma das Handydisplay.

»Nein, wir wohnen in einem Privathaushalt. Die Frau bietet ein günstiges Zimmer an.«

»Wie?« Oma guckt mich überrascht an. »Kennst du die?«

»Nein, sie hat in ihrer Wohnung ein Zimmer und hat das im Internet angeboten und wir mieten es für eine Nacht.«

»Und wo ist die Frau?«

»Ja, auch zu Hause.«

»Aber wir kennen die gar nicht. Wir können doch nicht einfach zu fremden Leuten gehen.«

Ich sehe ein, dass das alles etwas viel ist gerade. Smartphone lernen, Coffee to go trinken lernen und jetzt auch noch *Airbnb* lernen.

»Das ist schon in Ordnung, das macht man jetzt so.« Ich kopiere die Adresse aus der Mail in die Navi-App und verwerfe den Gedanken, ihr zu erklären, was ich gerade mache, noch bevor ich ihn gefasst habe.

Oma schnauft – das ist der Sound, wenn der Rechner in ihrem Kopf arbeitet.

»Fremde Frau«, sagt sie noch ein paarmal zu sich selbst.

Bella wohnt nur zwei Kilometer vom Mailänder Dom entfernt in einer sehr engen Gasse. Die Häuserreihen sind alt und hübsch verwittert. Der italienische Parkgott meint es gut mit uns und so können wir nur fünf Minuten Fußweg von ihrer Wohnung entfernt das Auto abstellen.

»Hier stehen ja gar keine Namen an der Klingel«, stellt Oma fest. Sie guckt auf das Ziffernfeld aus Messing.

»Ja, das ist in manchen großen Städten so. Die Leute möchten nicht, dass jeder weiß, wer hier wohnt.« Ich habe mir die Ziffern aus der Mail in die Notiz-App kopiert und stelle fest, dass mir Tobias noch vier weitere SMS geschickt hat. Die lese ich gleich.

»Und woher weiß der Postbote, wo er die Briefe einwerfen soll?«, fragt sie.

»Sì?«, dröhnt es blechern durch die Gegensprechanlage. Ja, klar. Italienisch.

»Hello! Eva is speaking. Are you Bella?«

»Ist sie nicht da?«, fragt Oma.

»Ja, klar! Hallo, Eva. Ich komme.«

»Guuuhuuut!«, flöte ich in die Wand. »Was?«

»Ist keiner da?«, fragt Oma wieder. Hofft sie das etwa?

»Doch, klar. Sie kommt«, antworte ich knapp.

»Bitte?«, fragt Oma nach.

Ach ja, das Hörgerät.

»Doch, sie kommt.«

»Bitte?«, fragt sie wieder.

»Ach, Omi. SIE KOMMT! Hast du das Ding nicht an?«

»Ah.«

Ich sehe durch die Milchglasscheibe eine Silhouette, die uns entgegenkommt. Wie spannend! Die Tür öffnet sich und vor uns steht eine Frau mit dunklen, schulterlangen Locken. Jeans, Pulli, ungeschminkt. Hausschuhe. Sie lacht uns an: »Buon giorno. Willkommen in Milano. Hallo.«

»Hallo, Bella. Schön, dass das so spontan geklappt hat. Du sprichst Deutsch? Das ist ja super.«

Sie schaukelt mit dem Kopf nach links und rechts und zeigt mit Daumen und Zeigefinger an, wie viel Deutsch sie spricht. »Wir versuchen es. Kommt rein.«

Oma sagt keinen Ton. Fremdelt sie?

»Oma, alles in Ordnung?«, flüstere ich, während wir in den Hausflur eintreten, der sich als Hofeinfahrt entpuppt. Sie reagiert nicht auf meine Frage. Es ist nicht ganz klar, wer hier gerade nicht funktioniert: das Hörgerät oder Oma.

Wir gehen in einen Hof, der aussieht wie eine kleine grüne

Oase. Der Januar in Italien ist wahrscheinlich so wie unser Mai. Auf dem Boden haben Kinder mit Kreide ein Hüpfkästchen gemalt. Die Zahlen eins bis sechs sind noch sehr unsicher gezeichnet. Zwei Fahrräder liegen daneben. Was kommt als Nächstes? Gummitwist? Wir gehen auf ein mehrstöckiges Backsteinhaus zu. Als Bella ein Holztor zur Seite schiebt, stehen wir vor einer Terrassentür und können in ein Wohnzimmer schauen. Die Leute sitzen auf dem Sofa und gucken uns gleichgültig an. Ich nicke grüßend, Oma blickt auf den Boden.

»Wie war die Fahrt?«, fragt Bella, während wir weitergehen.

»Danke, sehr gut.« Was soll ich auch sagen: »Wir sind auf der Flucht, weil Oma mit meinem Opa Schluss gemacht hat und ich meinen Freund betrogen habe und mich nicht entscheiden kann, ob ich den behalte oder den neuen Typen nehme, der aber bereits eine Ehe vor die Wand gefahren hat?«

Wir passieren ein weiteres Schiebetor und stehen wieder vor einer Glasfront, hinter der eine alte Frau auf dem Sofa sitzt.

»Hier ist es«, sagt Bella und vollführt eine einladende Geste. Wir gehen durch die Terrassentür direkt ins Wohnzimmer.

Ich drehe mich nach Oma um, die sich nicht so richtig traut hochzuschauen und stelle Omas Reisekarton und die Tasche ab, die ich über die Schulter gehängt habe.

»Oh, hübsch. Sollen wir die Schuhe ausziehen?«

»No, no«, winkt Bella ab. »Das ist Nonna, meine Mutter, und daneben sitzt Finola, meine Tochter.«

»Hallo, guten Tag«, sage ich etwas schüchtern.

»Oh nein«, lacht Bella. »Sie sprechen nur Italienisch.« Nonna hat einen grauen Mittelscheitel und einen dicken Knoten im Nacken. Klassisch. Um das Gesamtbild abzurunden, trägt sie eine große Brille und ein feines schwarzes Kleid, dazu eine schwarze Strickjacke. Außerdem eine schwarze Nylonstrumpfhose, durch die eine Thrombose-Bandage schimmert. Ihre Füße stecken in Schlappen, wie sie meine Oma auch tragen könnte. Ich gebe ihr und Finola die Hand.

»Finooola?«, frage ich nach.

»Sì! Fini«, lacht sie mich an. Sie müsste ungefähr sieben Jahre alt sein und trägt Jeans mit einem rot-pink-gestreiften Pulli. Ich vermute, dass Fini ein wenig größer ist als Thore.

Oma steht regungslos in der Tür und hat anscheinend aufgehört zu atmen.

»Oma? Alles gut? Sag doch mal Ciao«, versuche ich sie zu ermuntern.

»Hallo.«

»Okay, das ist vielleicht gerade etwas viel«, lächle ich Bella entschuldigend an.

»Ach, das ist in Ordnung«, sagt sie. »Ich zeige euch euer Zimmer.« Wir gehen durch das geflieste Wohnzimmer. Auf dem Sofa haben locker vier Leute Platz und im Fernseher läuft ein Disneyfilm. Die Holzmöbel sehen vintage aus, ich kenne solche aus einem Möbelladen in Köln, der auch Buddhas und Teakbänke verkauft. Auf einer Anrichte steht ein künstlicher Weihnachtsbaum. Er ist mit einer bunten Lichterkette geschmückt, die mir eine Spur zu hektisch blinkt.

Das Wohnzimmer geht über in eine offene Küche. Der große Küchentisch bildet den Mittelpunkt des Raumes und wurde anscheinend im selben Laden gekauft wie die anderen Möbel.

An der Wand hängen gerahmte Kinderzeichnungen. Bella öffnet eine weitere Terrassentür und wir gehen in einen zweiten Hinterhof. Sie legt ein strammes Tempo vor: Ich muss sehen, dass ich Oma nicht verliere.

»Das ist euer Zimmer«, sagt Bella.

»Hübsch, danke«, sage ich und meine es auch. Das Zimmer hat einen schlauchförmigen Schnitt. An der Seite steht ein Bett, das für Oma und mich reichen wird. Bei den Möbeln bleibt sich Bella auch im Gästezimmer treu. Auf dem Nachttisch liegen zwei Handtücher, zwei kleine Flaschen Wasser und zwei Mandarinen.

Bella steuert das andere Ende des Raumes an: »Hier ist ein kleines Badezimmer.« Darin befinden sich ein Klo, eine Dusche und sogar eine Waschmaschine.

Es ist etwas dunkel, aber ganz gemütlich. Oma steht noch in der Tür, als würde sie das Zimmer nur kurz besichtigen.

»Ich lasse euch mal allein, bis gleich.« Bella geht an Oma vorbei und durch die Fensterfront sehe ich, wie sie in ihre Küche verschwindet.

Oma atmet aus.

»Was ist denn los mit dir?«, frage ich sie entgeistert. »Hat es dir die Sprache verschlagen?«

»Mit meiner Sprache könnte ich hier gar nichts anfangen«, schnappt sie. »Also, Eva, wir können doch nicht einfach bei fremden Leuten schlafen.«

»Doch! Das ist eine Art …«, ich suche ein Wort, mit dem sie mehr anfangen kann als *Airbnb* oder *Couchsurfen* – »Fremdenzimmer. Ja, ein Fremdenzimmer. Wir bezahlen ja dafür.«

»Ich würde das nicht wollen, dass ich auf meinem Sofa sitze und dann kommen da fremde Leute durch mein Wohnzimmer.«

Sie setzt sich aufs Bett und macht nicht den Eindruck, bleiben zu wollen.

»Aber es ist doch nett hier und sauber.« Ich setze mich zu ihr. »Hm, Omi? Wollen wir bleiben? Zieh doch mal deine Jacke aus.«

Fiiiep!

Ich knie mich auf den Boden und helfe ihr aus den Schuhen. Sie sitzen sehr fest, ihre Füße sind geschwollen, aber Oma wehrt sich nicht.

»Evakind, Oma ist müde.« Wenn sie anfängt, in der dritten Person von sich zu reden, geht es ihr meistens nicht gut.

»Dann schlaf doch ein wenig. Wir haben heute nichts mehr vor.« Ich streife ihr auch den zweiten Schuh ab und gucke zu ihr hoch. Ihr Blick ist leer, sie ist wirklich müde. »Nur müsstest du dafür auch deine Jacke ausziehen. Ich helfe dir. Dann legst du dich hin, hm?«

»Hier?«

»Ja, klar. Ich lege mich dazu und wenn wir wach sind, erobern wir die Stadt.«

Sie lässt sich die Jacke ausziehen und legt sich hin. Kuhno sitzt in der Handtasche und ich nehme sie mit ins Bett und so liegen wir drei in einem Hinterhofzimmer in Mailand. Omas Atem wird sehr schnell sehr gleichmäßig. Ich würde auch so gerne schlafen, kann aber nicht richtig abschalten.

Es ist spät am Nachmittag. Die Mail von Johannes wartet auf mich. Ob ich jetzt einfach aufstehen und in die Stadt gehen kann? Oma wird sicher fest schlafen. Ich stehe vorsichtig auf und schreibe ihr einen Zettel:

Liebe Oma,
ich gucke mich mal um und komme gleich zurück.
Versprochen. Ich habe dich lieb.
Deine Eva.
Kuss

Ich schleiche mich aus dem Zimmer und klopfe von außen an Bellas Küchentür. Sie winkt mich herein.

»Hallo, Eva. Ist alles in Ordnung?« Im Hintergrund läuft noch der Zeichentrickfilm.

»Ja, danke. Oma ist erledigt. Sie schläft jetzt und ich gehe mal in die Stadt. Das würde sie heute nicht mehr schaffen. Wieso sprichst du eigentlich so gut deutsch?«

»Mein Exmann kommt aus Deutschland. Wir haben lange in Hannover gewohnt und ich habe es ganz gut gelernt. Ich freue mich immer, wenn ich es mal sprechen kann.«

Bella wirkt trotz der Fröhlichkeit etwas müde, sie hat tiefe Schatten unter den Augen.

»Wie lange hast du denn in Deutschland gelebt?«

»Fast zwölf Jahre, dann haben wir uns getrennt und ich bin zurück nach Mailand. Das ist jetzt drei Jahre her.«

Sie schaut nach rechts unten, die Erinnerung daran scheint ihr wehzutun. Überhaupt wirkt ihre Schulterpartie sehr angespannt. Berufskrankheit. Haltung sagt viel mehr über die Seele aus, als viele glauben wollen. Ich bin da selbst gerade ein gutes Beispiel.

»Das tut mir leid.«

»Ist schon in Ordnung. Wirklich.«

»Sag mal, hast du vielleicht einen Stadtplan für mich?«

»Klar, schau her. Alles vorbereitet.« Sie greift nach einer bunt beklebten Schachtel mit Stadtplänen und Zeitungsausschnitten.

Offenbar vermietet sie das Zimmer häufiger an Touristen. »Was willst du machen? Il Duomo ist nicht weit weg.« Sie faltet einen Stadtplan auf, in den schon diverse Kringel gemalt sind.

»Duomo?«

»Der Mailänder Dom. Das sind nur zehn Minuten von hier.«

»Ehrlich gesagt würde mir ein hübsches Café gerade reichen. Die große Besichtigungstour mache ich dann morgen mit Oma.«

Bella guckt mich nachdenklich an. Sie schaut rüber zu Nonna und Finola, die wiederum auf den Fernseher starren. Sie seufzt tief und ihr Blick wandert zurück zu mir:

»Darf ich mitkommen?«

Sie sieht aus, als hätte sie gerade etwas Verrücktes beschlossen. Willkommen im Club!

»Ja, natürlich.«

Ich habe es noch nicht ausgesprochen, da hat sie schon eine orangefarbene Strickmütze auf dem Kopf und ihre Jacke in der Hand. Bella ist sehr schlank und ich schätze sie auf Anfang 40. Wenn sie schon eine längere Ehe hinter sich hat, könnte das hinkommen.

Durch eine fremde Stadt zu spazieren fühlt sich so viel besser an, wenn man von jemandem begleitet wird, der eine Ahnung davon hat, was hinter der nächsten Ecke auf einen wartet. Kann ich so jemanden nicht für mein ganzes Leben bekommen? Ich finde mich gerade cool. Kaum bin ich in Mailand, schon habe ich eine italienische Freundin. Bella geht mit mir durch einen kleinen Park.

»Wenn mir alles zu viel wird, gehe ich hierhin und rauche heimlich. Rauchst du?«

»Nur, wenn ich fürchterlich betrunken bin«, sage ich freundlich und mache klar, dass sie in dieser Hinsicht in mir leider keine Verbündete findet.

Sie steckt sich eine Zigarette an und lässt die Schultern fallen.

»Was machst du beruflich?«

Bella geht gleich viel langsamer und atmet den Rauch raus.

»Ich bin Osteopathin und habe mich auf Kinder spezialisiert.«

»Osteo… ? Was ist das?«

Ich lege meine Hand auf ihren Nacken, drücke sanft durch den Schal und sage: »Ich mache Menschen locker – verkürzt ausgedrückt.«

Sie seufzt laut auf: »Oh! Das könnte ich gut brauchen.«

»Ja, das glaube ich. Sieht man.«

»Ja? So schlimm?« Sie tritt die Zigarette aus. »Aber du siehst auch nicht besonders fit aus«, stellt sie fest.

Wie lange kennen wir uns? Hier herrscht Freundinnenstimmung. Wir verlassen den Park und Bella unterbricht ihre Geschichte alle zwei Sätze, um Passanten »ciao« und »come stai« entgegenzurufen. Schließlich erreichen wir ein Café, das dank Neonröhren an der Decke taghell ist.

»Hier gibt es den besten Kuchen der Stadt, aber Touristen gehen grundsätzlich vorbei«, freut sie sich und ich freue mich auch, denn das sind die Geschichten, mit denen man nach der Rückkehr angeben kann. »Ich kenne ein tolles Café in Milano« – wichtig: Die Stadt ab sofort immer kennermäßig auf Italienisch benennen.

Bella stellt sich an die Theke und erklärt mir, man trinke Espresso im Stehen an der Theke: »Wenn du dich setzt, ist der Kaffee gleich teurer. Deswegen stehen alle. Was möchtest du trinken?«

»Latte Macchiato, bitte.«

Sie schaut auf ihre Uhr: »Es ist eigentlich schon etwas spät dafür. Cappuccino und Latte trinken wir nur morgens. Ab mittags dann nur noch Kaffee.« Per Handzeichen bestellt sie zwei Espresso.

»Wo wollt ihr eigentlich hin?«

»Wir fahren ans Meer«, entgegne ich stolz.

»Im Januar? Da ist dort doch nichts los. Kommt im Juni wieder.«

»Nein, wir mussten abhauen, sofort. Ich habe meinen

Freund betrogen und mich in einen Mann mit Kind verliebt. Das war gar nicht geplant und macht mich gerade fertig. Und ich habe nicht einfach nur mit ihm geschlafen, ich habe mich verliebt. Dabei liebe ich Johannes. Wir sind schon so lange zusammen und ich habe das nie infrage gestellt und dann kommt Tobias und verdreht mir den Kopf.«

»Hmmm, verstehe.« Bella schippt einen Löffel Zucker in den Espresso.

Moment, halt, ich schüttele verstört den Kopf und halte meinen Espresso an seinem kleinen Henkel steif in der Hand.

»Ich verstehe überhaupt nicht, warum ich dir das erzähle. Wir kennen uns gar nicht. Das habe ich nicht einmal meiner Oma erzählt.« Ich stocke. »Und ehrlich gesagt, dass ich mich in Tobias verliebt habe, habe ich bis gerade eben noch nicht einmal mir selbst erzählt.«

»Hast du es deinem Freund gesagt?«, hakt Bella nach.

»Ich bin einfach abgehauen. Und es tut mir so leid. Ich vermisse ihn. Ich vermisse ihn, weil ich traurig bin, und wenn ich traurig bin, will ich nach Hause und er ist doch mein Zuhause. Aber ich bin ja seinetwegen traurig und da … verstehst du?« Ich gucke sie fragend an.

»Ich verstehe das gut. Du willst ihn nicht verlassen, weil du nicht ahnen kannst, ob Thorsten …«

»Tobias.«

»… ob Tobias es ernst meint.«

»Möglicherweise ist das ein Punkt, ja.«

»Möglicherweise? Was ist, wenn er nach drei Wochen oder einem oder zwei Jahren sagt: ›Nö, doch nicht.‹ Dann hast du deine Beziehung aufgegeben. Eine Beziehung – wie lange seid ihr zusammen? Egal. Eine Beziehung, die okay ist, aber auch nicht die Wucht.«

»Bella, wie hast du das so schnell geblickt? Das ist alles genau so. Ja, ich habe Angst. Ich habe einfach nur Angst.«

Sie lächelt bitter. »Ich bin 46 Jahre alt. Ich kenne das. Ich bin damals bei meinem Freund geblieben, wir haben ein Kind bekommen und plötzlich hat er entschieden, dass es nicht mehr so schön mit uns ist und er hat sich von mir, von uns getrennt. Dann bin ich zurück nach Mailand und nun eine alleinerziehende Mutter, die mit ihrer alten Mutter in einer zu kleinen Wohnung wohnt.«

»Wie? Das verstehe ich nicht.«

»Genau wie bei dir. Ich habe mit Anfang 30 einen Mann getroffen, Mario aus Pisa, der aufregend war und mir ein Leben in Aussicht gestellt hat, von dem ich immer geträumt hatte. Wir hatten eine Affäre, ich wurde von ihm schwanger. Eigentlich ein Wunschkind. Aber das hätte ich meinem Freund nicht antun können. Ich habe das Kind wegmachen lassen und bin bei Phillipp geblieben. Wir haben ein Kind zusammen bekommen, geheiratet und sind dann nach Deutschland gegangen. Irgendwann dachte ich, es hätte sich ja alles gut gefügt. Heute bereue ich, dass ich nicht bei Mario geblieben bin. Dann hätte ich jetzt eine Familie und wäre nicht verlassen worden.«

»Aber das weißt du nicht, Bella. Vielleicht hätte Mario dich auch verlassen.«

»Der nicht. Da bin ich mir sicher. Der war nicht so. Und jetzt streite ich mich mit meinem Ex über das Sorgerecht und Geld. Alles hässlich. Und ich denke noch immer 16 Jahre zurück: hätte, hätte, hätte.«

»Hast du noch Kontakt zu Mario?«

»Nein, ich habe Mario mal mit seiner Frau gesehen – das habe ich nicht gut verkraftet.«

Ich atme tief ein und wieder aus.

»Was soll ich tun?«, frage ich sie und hoffe ernsthaft, dass diese fremde Italienerin in diesem Mailänder Café eine Lösung für mich hat. Bella trinkt ihren Espresso aus und schaut mich an.

»Du musst dich entscheiden. Dir muss klar werden, was du willst. Danach kannst du gucken, welcher Mann zu dir passt. Nicht andersherum.«

»Verstehe ich nicht.«

»Im Moment sind da zwei Männer und du überlegst, zu wem du passt. Das ist nicht richtig. Schau, welcher Mann zu dir passt. Dafür musst du aber erst mal wissen, was du willst.«

Sie setzt ihre Mütze auf, legt drei Euro auf die Theke und sagt: »Ich muss zurück. Kommst du mit?«

»So habe ich es noch nicht gesehen. Ich komme gleich nach.«

»Okay.«

»Kannst du vorsichtig nach Oma schauen? Wenn was ist, meine Handynummer steht ja in der Reservierungsmail. Ich bleibe aber nicht mehr lang.«

»Alles klar. Den Weg findest du? Einfach durch den Park und dann links rein. Ciao, Eva.« Sie winkt dem Kellner noch einmal fröhlich zu. Kaum zu glauben nach der Geschichte, die sie mir eben erzählt hat.

Wer passt zu mir? Es wird Zeit für die Mail.

Betreff: Kuhno ist weg

Meine liebe Eva,
ich mache mir etwas Sorgen, daher schreibe ich dir. Natürlich möchte ich dich nicht beunruhigen, aber Kuhno ist weg.
Als ich aus der Schule kam, saß sie nicht mehr im Bett, wo sie sonst immer sitzt. Ich dachte zunächst, sie hockt mit Nutellaglas vor dem Fernseher und guckt *Pinguin,*

Löwe & Co im Fernsehen. Da war sie aber auch nicht. Dann dachte ich, sie wird zum Sport gegangen sein – findet nicht montags immer der »Bauch-Beine-Kuh«-Kurs statt?
Als Kuhno abends immer noch nicht zurück war, ist mir der Kuhcktail-Gutschein in ihrer Handtasche eingefallen: Sie ist feiern. Leider ist sie auch am nächsten Morgen nicht zurück gewesen.
Als du zuletzt nach dem Feiern morgens nicht zurückgekommen bist, habe ich noch geschmunzelt und gedacht: Ach, klar, wir feiern echt zu wenig, soll sie mal machen. Beim nächsten Mal sumpfe ich mit.
Ich verstehe das alles nicht.
Was ist passiert? Was habe ich nur falsch gemacht? Ich würde so gern mit der Person darüber reden, die mir am wichtigsten auf der Welt ist. Die mir am nächsten ist. Mit der ich eine Sprache spreche und auf die ich mich immer verlassen konnte. Wenn es Kummer gab, dann hat sie mich in den Arm genommen und gesagt: »Jo, wir sind ein Team. Und wir sind unschlagbar. Schaffen wir schon.«
Was ist aus unserem Team geworden, Eva?
Dein Zettel liegt hier neben mir und ich lese ihn immer wieder.
»Die Schwerkraft ist überbewertet. Man braucht sie gar nicht, wie man ja wohl im Weltraum sieht.« Du zitierst Peter Licht. Ich frage mich, was du mir damit sagen willst.
Mein Herz! Wenn du Zeit und Raum brauchst, dann nimm dir beides. Gib uns nicht auf. Ich liebe dich. Und ich küsse dich,
Dein Jo.

PS: Und wenn du Kuhno triffst, kannst du ihr sagen, dass es ohne ihr Pupsen im Bett ganz schön kalt ist? Das wäre lieb.

Okay, Entscheidung: Wir fahren wieder nach Hause. Morgen. Oma wird das verstehen. Ich nehme sie mit nach Köln, bis ihre Wohnung fertig ist, und ich kläre das mit Johannes. Ich gebe uns nicht auf.

Zu jedem »Warum« gibt es auch ein »Darum« und wir werden diese »Warums« klären müssen und – da bin ich mir jetzt wirklich mal sicher – auch können.

Warum berührt Johannes mich so sehr? Warum bin ich mit Tobias mitgegangen? Mehr Klarheit und mehr Wahrheit: Das ist die Lösung.

Durch den Park und dann links, hat Bella gesagt. Hoffentlich ist Oma nicht sauer auf mich. Dass ich sie nicht mitgenommen habe und dass ich sie hängen lassen werde, weil ich unsere Flucht nun beenden muss.

Bella hat mir den Gästeschlüssel gegeben, der Anhänger ist eine kleine Salamipizza aus Gummi.

Ich schleiche mich durch den ersten Eingang vorbei an der Fensterfront mit den fremden Leuten und gelange in Bellas Hof. Von draußen könnte man meinen, dass da Oma auf dem Sofa sitzt. Finola macht die Glastür auf und ich traue meinen Augen nicht. Das gibt's doch nicht! Oma sitzt neben Nonna.

»Eva!«, sagt Oma vergnügt. »Ich bin aufgewacht und habe dich gesucht.«

»Ähm … ich war Kaffee trinken. Was machst du hier?«

Nonna guckt mich durch ihre große Brille an. Sie scheint zu verstehen, was ich frage, und deutet auf das Fernsehen.

»Wir gucken *Wer wird Millionär?*«, sagt sie stolz und zeigt mir ihre Füße, die in dicken Wollsocken stecken.

»*Chi vuol essere milionario?*«, sagt Nonna.

Abgesehen davon, dass der italienische Moderator pummliger aussieht als Günter Jauch, ist im Fernsehen tatsächlich alles wie bei uns.

Wie sag ich es Oma?

»Ah«, ruft sie laut und Nonna klatscht in die Hände und ruft ebenfalls:

»Sììì! Aaaaa!«

Der Kandidat hat sich für C entschieden. Es geht um 32 000 Euro. Nonna schimpft: »Stupido!« und Oma wiederholt »Stupido«. Sie guckt Nonna an. »Stupido! Das heißt doch Dummkopf, oder? Stupido.«

Nonna wirft den Kopf vor Lachen nach hinten: »Stupido! Dummkopf! Stupido.« Die beiden verstehen sich.

Bella sitzt in der Küche und brütet mit Fini über einem Heft. Sieht schwer nach Hausaufgaben aus.

»Oma, wollen wir mal was essen gehen?«, frage ich vorsichtig, es ist mir unangenehm, die beiden zu stören.

Die Damen sind still geworden, denn der Stupido hatte mit C recht. Egal.

»Ach, das wäre eine hübsche Idee. Ich gucke das nur noch zu Ende.«

»Aber du verstehst doch gar nichts.«

»Na und?«

Ich schüttle lachend den Kopf: »Okay, dann ratet mal weiter. Wenn es vorbei ist, höre ich das ja«, sage ich, denn die Fernseherlautstärke lässt darauf schließen, dass Oma und Nonna noch mehr gemeinsam haben als ihre Vorliebe für *Wer wird Millionär?*.

Ich nutze die Zeit, um Anne anzurufen. Mal fragen, wie die

Lage ist. Sie ist im Handy unter AAAAnne gespeichert, damit ich sie nicht lange suchen muss, und nicht »André« ganz oben steht. Den kenne ich von … woher eigentlich? Egal! Die Verbindung wird aufgebaut.

Schon allein das ungewohnte Freizeichen verrät, dass ich nicht in Deutschland bin.

»Aaaach! Die Perle – hallo Eva!«, meldet sich Anne.

»Hast du schon frei?«, frage ich, weil ich mir denken kann, dass sie meine Patienten übernommen hat.

»Ja, Herr Raphael ist gerade raus. Mobi, einfach.«

»Ich weiß.«

»Wo steckst du denn, sag mal.«

»Mailand.«

»What?«

»Oma und ich sind in Mailand und wollten eigentlich nach Elba.«

»Wollten?«

»Ich hab heute eine Mail von Jo bekommen, er ist völlig am Ende, und jetzt gehe ich zu ihm zurück.«

»Ach, Mist: Jetzt war die Verbindung so schlecht, dass ich doch glatt verstanden habe, dass du zu Johannes zurückgehen willst.«

»Ja, habe ich auch gesagt.«

»Aha. Sicher?«

»Ja.«

»Thore war heute mit seiner Mutter in der Praxis, Tania. Die ist schwanger, wusstest du das?«

»Ja, sie hat eine neue Beziehung und erwartet ein Kind. Hübsch ist sie, oder?«

»Sehr. Tolle Frau. Weißt du, warum sie nicht mehr zusammen sind?«

»Klar, ich habe ihn gefragt, als ich gerade auf ihm saß.«

»Krass, echt?« Anne ist plötzlich topfit.

»NEIN! Natürlich nicht, ich weiß es nicht. Wie geht's Thore?«

»Er hat nach dir gefragt und erzählt, dass ihr zusammen Lego gespielt habt und du das gleiche Hemd hast wie sein Papa.«

»Was? Das hat er erzählt? Und seine Mutter?«

»Hat sehr cool reagiert und gelächelt und dann einen netten Gruß ausrichten lassen. Willst du wirklich umkehren?«

»Ja.«

»Was sagt Johannes denn?«

»Ich soll mir Zeit nehmen.«

»Dann mach das doch. Fahr mit deiner Oma weiter zum Meer. Hier läuft alles super. Die Chefin hat Verständnis. Überleg es dir noch mal, ich habe wirklich den Eindruck, dass du jetzt weitermusst – und wenn du es für deine Oma machst.«

»Ach, Anne.«

Wir schweigen am Telefon. Ein teures Schweigen. Aber das ist nicht der Grund, weshalb das Schweigen so wertvoll ist. »Ich denke drüber nach. Das muss ich alles sacken lassen.«

»Eva, immer wenn du das sagst, habe ich den Eindruck, dass du zu faul bist zum Weiterdenken und mir eigentlich sagen willst: ›Halt die Klappe‹ – niemand hat behauptet, dass das eine einfache Situation ist. Aber man kann es auch übertreiben. So verstockt kenne ich dich gar nicht, am liebsten würde ich dich schütteln.«

»Du hast ja recht. Aber jetzt muss ich wirklich Schluss machen, Oma und ich gehen essen.«

»Gibt's in Italien etwa Döner?«, fragt sie trocken, denn sie kennt Omas Speiseplan.

»Döner-Pizza!« Ich habe etwas Angst, dass es das wirklich gibt. »Tschüss Annemaus! Danke.«

»Klar. Grüß Oma und pass auf dich auf.«

»Ja, mache ich.«

»Eva?«

»Ja?«

»Egal was du tust, ich bin immer auf deiner Seite.«

»Du bist die Beste! Mach's gut!«

»Die Nonna ist auch allein«, erzählt Oma, während sie an meinem Arm eingehängt neben mir geht. »Nur da hat es der liebe Gott geregelt, ich musste es selbst machen.«

»Wie meinst du das?« So bitter kenne ich sie gar nicht.

»Na, der ist tot. Die Nonna ist Witwe.«

»Woher weißt du das? Ihr sprecht doch gar nicht dieselbe Sprache.«

Oma lacht überlegen auf: »Das verstehst du nicht, Kind. Ehrlich.«

»Quatsch. Natürlich verstehe ich das.«

Sie antwortet nicht.

Fiiep!

Wir gehen stumm durch die Via San Marino, Bella hat uns eine nette Pizzeria in der Gegend empfohlen. »Geradeaus durch, die große Straße passieren und nach ein paar Metern rechts.« Ich hätte gerne eine Wegbeschreibung für mein Leben, und wenn ich mir Oma an meinem Arm anschaue, würde sie dazu auch nicht Nein sagen. Das eint uns. Wo geht's lang?

In der Pizzeria ist es hell, zu hell für ein Abendessen. Neonlicht. Kleine Tische mit karierten Plastiktischdecken. Eine gläserne Kühltheke mit einer traurigen Auswahl Antipasti und ein großer weiß verputzter Pizzaofen nehmen den hinteren Teil der Pizzeria ein. Der Pizzabäcker sieht original so aus wie der auf dem Pizzakarton zu Hause, wenn Johannes und ich bestellen: schwarze Haare, lächerliche Mütze, Schnauzbart und das weiße T-Shirt spannt über dem dicken Bauch. Über der Schulter liegt ein Trockentuch, mit dem er ab und an die Ablage abwischt, zwischendurch auch mal den Schweiß.

Oma steuert auf den erstbesten Tisch zu.

»Moment, wir müssen erst fragen«, halte ich sie am Arm zurück.

»Wen?«

Der Kellner kommt auf uns zu und redet auf Italienisch auf mich ein. Wie antworte ich denn jetzt? Englisch?

»Sì!«, höre ich Oma sagen.

Der Kellner lächelt, geht vorweg und deutet auf einen guten Tisch am Fenster.

»Oma? Was war das denn jetzt?«, flüstere ich ihr energisch zu, in der Hoffnung, dass »Luigi« mir meine Überraschung nicht anhört.

»Na, was wird der gefragt haben? ›Wollen Sie essen oder brauchen Sie einen Tisch für zwei?‹«

Was ist denn hier los? Die neue Oma: Sie wirkt ausgeruht und fit und irgendwie auch größer als noch vor ein paar Tagen. Schwungvoll setzt sie sich an den Tisch und schiebt das Besteck, das etwas schräg vor ihr liegt, in die richtige Position. Dann nestelt sie an der Plastiktischdecke, ihr Lächeln deutet an, dass ihr Material und Design zusagen.

Der Kellner kommt schnell zurück und fragt wieder etwas auf Italienisch. Er denkt wohl noch immer, dass wir seine Sprache sprechen. Oma guckt ihn groß von unten an und sagt wieder: »Sì.«

Er quittiert mit »Va bene« und legt uns Speisekarten auf den Tisch.

Oma sagt »Pizza Salami«, er sagt wieder »bene« und ich sage nichts.

Als der Kellner weiterspricht, wirft Oma schnell »Cola« ein. Wie lange will sie das noch durchziehen?

»Va bene.« Er guckt mich fragend an.

»I am sorry, I need more time for my choice.«

»Spielverderberin«, zischt mich Oma an.

Er nickt und geht.

»Wieso hast du das gemacht?« Oma schiebt das Besteck hin und her und scheint sauer zu sein.

»Weil ich – im Gegensatz zu dir – kein Italienisch kann.«

»Ach, der hätte das nicht gemerkt.«

Oma glaubt wirklich, dass das nicht aufgeflogen wäre, wie süß.

In dem Restaurant sitzen sehr viele Menschen in ihrem Alter und uns fällt auf, dass sie alle sehr schick aussehen. Ein Herr sitzt allein am Nebentisch. Er trägt einen feinen Anzug mit kleinen Karos. Sein dünnes graues Haar ist ordentlich nach hinten gekämmt und auf dem Stuhl neben ihm steht eine Aktentasche. So hat jeder sein Liebstes neben sich. Einen Tisch weiter sitzt eine Dame ebenfalls ganz allein am Tisch. Sie isst Nudeln und ein kleines Glas Rotwein steht vor ihr auf dem Tisch. Auch sie ist schick angezogen. Ihr Kleid hat die gleiche Farbe wie der Wein in ihrem Glas, eine glitzernde Brosche prangt an ihrer Brust. Ich sehe ganz genau, dass Oma das alles eingehend beobachtet. Sie hat ihre schwarze Hose mit dem Gummizug an und trägt einen leichten Pullover. Gedankenverloren reibt sie sich die Hände und fummelt an ihrem Ehering herum.

»Was ist los, Oma? Alles in Ordnung?«

»Guck mal, die Frau sitzt da allein und der Mann auch«, sagt sie leise.

»Ja, und?«

»Die könnten doch zusammensitzen, oder? Allein im Restaurant zu sitzen ist doch unangenehm.«

»Aber die kennen sich doch gar nicht, warum sollten sie sich zusammensetzen?«

»Ich meine ja nur«, erwidert sie abwesend, während sie sich weiter umschaut. Ihr Blick verharrt an einem Tisch, an dem drei alte Damen sitzen. Sie sind alle sehr elegant angezogen und lachen laut. Irgendwas läuft da zwischen ihnen und dem Pizzabäcker. Der singt zum Tisch rüber, aber die Damen winken ab.

»Der Hund«, kommentiert Oma das Geschehen kichernd.

»Sag mal, Omi: Flirtet man noch mit 79?«

»Was?«

»Ob man mit 79 noch schäkert …«

»Ich weiß, was flirten ist, Eva«, unterbricht sie mich.

»Wie macht ihr das?«

Sie ignoriert meine Frage und lässt ihren Blick weiter über die Gäste im Restaurant schweifen.

»Guck mal, die Frau hat ganz rote Haare, so wie die Loren.« Sie kneift die Augen zusammen: »Das *ist* die Loren!«

»Quatsch, das ist doch nicht Sophia Loren.« Oder doch? Wir starren zu der Frau hinüber. »Sophia Loren« sitzt auch allein am Tisch. Sie hat tatsächlich rote Haare und eine leicht eingetönte Goldrandbrille.

»Doch, das ist sie!« Oma ist sich sicher.

»Nein!« Ich bin mir auch sicher. Und sie ist es tatsächlich nicht, aber wenn Oma das glauben möchte, ist es eben so. Wie sage ich ihr denn jetzt nur, dass ich morgen wieder nach Hause fahren möchte?

»Mit Blicken«, sagt Oma aus dem Nichts. »Zwinkern.«

»Hm?« Ich bin noch immer mit »Sophia Loren« und dem

Mädelstisch beschäftigt und merke, dass mir meine Freundinnen fehlen. Anne, Sinni, Kati, Sylvie, Andrea. Sie wären so wichtig – könnten sie nicht einfach hier sein? Sie wüssten bestimmt, was zu tun und noch besser: was zu lassen ist.

»Wenn ein Mann mich nett findet, dann schaut er anders, länger. Er guckt ein, vielleicht zwei Sekunden länger als normal«, referiert Oma.

»Wie bei uns!«, stelle ich fest.

»Ja, warum denn auch nicht wie bei euch?«, fragt Oma gespielt entrüstet. »Du musst nicht glauben, dass wir Alten hinterm Mond leben.«

»Das habe ich nie gesagt …«

»Aber gedacht hast du es, mein Kind.« Oma wird streng.

»Wie machst du es denn, wenn dir ein Mann gefällt, Oma?« Jetzt sortiere ich das Besteck vor mir.

Oma guckt mich an. Sie fummelt an ihrem Hörgerät rum. Fiiiiep.

»Jetzt komm mir nicht mit ›Dein Hörgerät ist Mist‹. Du hast mich sehr gut verstanden.«

»Nein, das ist es nicht. Ich überlege nur …« Sie guckt nach oben und spitzt ihren Mund, als wolle sie ein Lied pfeifen. Das macht sie immer, wenn sie sich konzentriert. »Nein, kann ich nicht sagen.«

»Was genau kannst du nicht sagen?«

»Wie ich flirte, keine Ahnung.« Sie schüttelt langsam den Kopf, so als würde ihr gerade ein Licht aufgehen, als würde eine Erkenntnis in ihren Körper fahren.

»Aber du hast doch bestimmt mal einen Mann angebaggert? Also einen anderen als Opa.«

»Ich glaube nicht, nein.« Sie guckt auf ihr Besteck.

»Ich kann mir gar nicht vorstellen, wie es ist, nicht zu flirten.«

»Damals bin ich von Opa ausgesucht worden und mitgegangen. So viele Möglichkeiten gab es dann auch nicht.«

»Nie? Du bist nie von einem Pizzabäcker angesungen worden?«

»Vielleicht habe ich einfach nicht darauf geachtet.«

»Du warst Opa immer treu? Die ganzen 60 Jahre lang?« Ich kann das nicht fassen, wo ich Johannes schon nach so wenigen Jahren betrogen habe. Und Tobias war nicht die erste Möglichkeit.

»Nein«, sagt sie knapp.

»Pizza Salami«, sagt der Kellner ausgerechnet jetzt.

»Sì!«, antwortet Oma in ihrem perfekten Einwort-Italienisch. Mir fällt auf, dass ich vergessen habe zu bestellen, aber ich bin sowieso nicht sehr hungrig.

»Ach, du hast den Opa betrogen, aber nicht geflirtet?«

»Guck mal, Eva, die Pizza ist gar nicht richtig rund.« Sie sägt beherzt in den Teig.

»Oma?«

»Das ist ein Ei, wie witzig.«

»Willst du mich veräppeln? Jetzt sag schon.«

Sie fummelt an ihrem Hörgerät rum. Fiiiep!

»Was heißt denn Treue?«, fragt sie, während sie die Pizza in lauter kleine Stückchen schneidet und den Teller in die Mitte schiebt, so, wie sie es früher mit den Butterbroten gemacht hat.

»Na ja, Treue eben, keinen anderen Mann gleichzeitig haben.«

»Ist das die einzige Form von Fremdgehen?«

»Was gibt es denn da noch?« Ich schiebe mir mit den Fingern die kleinen Pizzastücke in den Mund.

»Ach, wir haben doch bloß noch so nebeneinanderhergelebt. Wir hatten uns nie viel zu sagen, und das wurde dann so extrem, dass wir gar nicht mehr miteinander geredet haben.«

»So weit würde ich es in meiner Beziehung niemals kommen lassen.«

»Bei euch ist das auch anders. Ihr habt ja viel mehr Möglichkeiten.«

»Aber was ist mit Liebe?«

»Wir hatten für so etwas Kompliziertes wie ›Liebe‹ gar keine Zeit. Ich konnte nicht einfach sagen, dass ich abhaue, allein weil ich kein Geld hatte.« Sie schiebt mir noch mehr Stückchen rüber.

»Du bist wegen der Kohle geblieben!« Ich lasse mein Pizzastückchen auf den Tisch sinken. »Was ist das denn für ein beknacktes Argument?«

»Ich habe doch nur eine kleine Rente, wie soll ich denn Miete zahlen und all das? Natürlich ist das ein Argument, Eva, auch jetzt noch. Ich werde aufhören müssen zu rauchen: Das kann ich mir nicht mehr leisten.«

Daran habe ich noch gar nicht gedacht. Dass sie wegen des Geldes bleibt, das beide – wenn ich das richtig überblicke – gar nicht haben, denn reich sind sie nicht.

»Das ist doch das Gute bei dir, du kannst dich selbst versorgen und bist unabhängig.«

Ich bin unabhängig? Das würde ich so jetzt nicht sagen.

»Das stimmt nicht, mein Lebensglück hängt von der Frage ab, wie es weitergeht. Und vor allem, mit wem?« Ich komme mir selbst kitschig vor, so wie ich es sage.

»Das denkt man wahrscheinlich so mit 33«, lächelt Oma. »Manchmal ist es eben doch gut, dass man schon alt ist.«

Eigentlich wäre jetzt eine gute Möglichkeit ihr zu sagen, dass ich zurückfahren möchte. Aber der Kellner hat uns einen gelben Schnaps auf den Tisch gestellt und ich möchte diesen

Abend lieber mit dem süßen Geschmack von Limoncello beenden als mit der bitteren Information, dass unsere Reise vorzeitig enden wird.

12. Januar

»Eva? Eeevchen!«

Oma streichelt mir über die Wange. Sie ist schon wieder angezogen und gewaschen. »Aufstehen, Milano wartet.«

»Meine Augen gehen nicht mehr auf«, murmle ich in das Kissen und hoffe, dass das topfitte Monster von mir ablässt.

»Ich habe im Telefon schon nachgeschaut, wo wir hingehen können.«

Augen auf! Ich bin schlagartig wach.

»In meinem Handy?«

Oma lächelt mir ins Gesicht.

»Du gemeine alte Frau hast mich hochgenommen.« Ich

lasse mich wieder fallen und ziehe die Decke über den Kopf. Ihre Stimme dringt dumpf in meine Höhle.

»Ich will rote Haare haben, wie Sophia Loren.«

»Auf den Trick falle ich nicht rein!«, rufe ich.

»Das ist kein Trick. Ich will rote Haare, und zwar heute noch.« Oma klopft auf mein Höhlendach. Interessant, dass sie mich trotz der Decke hören kann. Sie lupft das Bettzeug und guckt mich an.

»Rote Haare! Wie Sophia Loren!«

»Echt jetzt?«

»Ja! Wie die Loren.«

Ich schlage die Decke zurück und setze mich auf. Oma hat einen Latte Macchiato in der Hand.

»Hat mir die Dingens für dich gegeben.«

»Wer ist denn Dingens?« Wenn ich vorher gewusst hätte, dass es Kaffee gibt, wäre ich herzschonender aufgestanden.

»Ja, die … du weißt schon.« Oma deutet mit dem Kopf in Richtung Küche, und ich nehme an, dass sie Bella meint.

»Wie kommst du denn jetzt auf den Trichter mit den roten Haaren?«, frage ich sie, während ich in den Kaffee puste.

»Das wollte ich schon immer mal ausprobieren, aber Opa hat zu Rothaarigen ›Hexe‹ gesagt, deshalb habe ich mich nie getraut. Dabei finde ich das sehr elegant.«

»Du willst also zum Friseur und dir die Haare rot färben lassen?«

»Ja, und wenn ich dann schon mal da bin, können sie mir auch gleich eine Krause machen.«

»Oma, im Prinzip finde ich die Idee super, aber ich muss dir noch was sagen …« Ich sitze mit meinem Kaffee im Bett und Oma sitzt auf dem Rand.

»So traurig?« Sie guckt mich mit dem international bekannten Oma-macht-sich-Sorgen-Gesicht an.

»… Ich habe eine Mail von Johannes bekommen und glaube, dass es gut wäre, wenn ich jetzt bei ihm sein könnte und daher wollte ich dir sagen, dass …«

»… er nach Elba kommt?«

»… dass wir zurück nach Köln fahren.«

»Zurück?« Oma lächelt mich warm an und legt ihre Hand an meine Wange: »Zurück, mein Kind, kann keine von uns beiden wollen. Wir müssen nach vorne schauen. Das ist dein Weg zu Johannes und vorne ist Elba.« Sie steht auf und sagt beim Rausgehen eher zu sich selbst: »Und nach vorne ist auch der Friseur.«

»Oma? Ich würde wirklich gerne nach Hause fahren«, rufe ich ihr hinterher, aber sie ist schon über den Hof in die Küche zu ihrer neuen Freundin Nonna.

Aus dem Duschkopf rieselt es. Das hasse ich, so bekomme ich die Haare nicht richtig gewaschen und merke, dass ich mit dem falschen Bein aufgestanden bin.

Vielleicht haben ja alle recht: erst einmal raus aus der Situation, Abstand gewinnen und weiter nach Elba fahren – aber mir passt nicht, dass es alle besser wissen als ich.

Das Handtuch ist groß und kuschelig, Oma muss es mir schon vorher auf die kleine Heizung gelegt haben. Ich trockne mich ab und verwickle mich in Gedankenspiele: Wann antworte ich Johannes? Ist er in der Schule und auf den Unterricht konzentriert oder gedanklich bei uns? Schaut er ständig ins Mailfach, was sonst so gar nicht seine Art ist? Bei diesen Überlegungen stelle ich fest, dass der Mann, der mir so vertraut schien, plötzlich fremd ist. Ich weiß schlicht nicht, wie er in solch einer Situation reagiert. Das gibt es doch gar nicht! Ich weiß, wie er seinen Kaffee trinkt (schwarz), wie er seine CDs sortiert hat (alphabetisch nach Bands und chronologisch nach Erscheinungsjahr) und wie er die seltenen Kurzmitteilungen beendet (lgJo). Aber die wirklich wichtigen Dinge weiß ich nicht. Ist es das, was Oma gesagt hat? War er vielleicht all die Jahre nur irgendwie anwesend? Oder ich?

Heute erst einmal volle Aufmerksamkeit für Oma: Sie will die Haare rot haben, wie die Loren. Das sollten wir hinbekommen.

Wir sitzen in der Straßenbahn Richtung Mailänder Dom, zu Fuß ist es zu weit für Oma. Die Wintersonne scheint und sie trägt die neonfarbene Skibrille aus meinem Auto. Sie fühlt sich sehr italienisch und Nonna hat ihr noch einige Wörter beigebracht. So sagt sie nun zu allen Fahrgästen: »Buon giorno« und »grazie«. Sie ist ganz aufgekratzt. Meinen Wunsch wieder nach Hause zu fahren, erwähnt sie mit keinem Wort. Wahrscheinlich hat sie recht – bislang konnte ich mich immer auf sie verlassen.

»Rechts ist frei«, sagt sie laut und lacht, weil sie weiß, dass der Tramfahrer sie nicht verstehen kann.

»Du hast Spaß, oder?« Sie ist wirklich ansteckend. »Was willst du dir denn noch ansehen? Gehen wir in die Kirche?«

»Nein.«

»Nein?«

»Was soll ich denn da? Da darf man nicht einmal rauchen.«

Ich merke: Oma hat eine Mission.

»Wo ist jetzt der Friseur?«

Bella hat einen Termin bei einem Friseur in der Stadt gemacht.

»Rosso Haare! Machst du mit?«

»Ich? Nein, mach du mal. Ich brauche keine neue Frisur. Ich bin ja nicht frisch getrennt.«

»Noch nicht«, fügt sie an, und als ich sie traurig anschaue, streichelt sie mir über den Arm und sagt: »Kopf hoch, Evakind!«

Der Friseursalon sieht aus wie eine Eisdiele: zu viel Gold, zu viel Apricot. Der Laden könnte *Venezia* heißen, oder *Rialto*, aber auf dem Ladenschild steht *Giacomo* – ich versuche es mit Englisch. Keine Chance. Ich sage das vereinbarte Codewort: »Bella.«

Es riecht nach Haarspray und billigem Parfum.

»Ah, sì, la nonna, benvenuto«, sprudelt es aus der kleinen dicken Frau, die an der Kasse steht und uns erwartungsvoll anschaut. Sie hilft Oma aus dem Mantel, spricht einfach weiter und schiebt sie auf den Frisierstuhl.

Oma ist nicht die einzige Kundin: Der Laden ist voll und laut. Und wieder sind es eher ältere Damen, auf die wir hier treffen. Zwei von ihnen sitzen unter Hauben, die laut rauschen, was die beiden keineswegs davon abhält, sich weiter zu unterhalten. Eine andere hat den Kopf in ein Waschbecken gelegt und bekommt die Augenbrauen gezupft, auch sie redet ohne Unterlass.

Der Einzige, der schweigt, ist der Fernseher oben rechts in der Ecke. Dabei wird da wahrscheinlich gesungen: Leicht bekleidete Damen hüpfen langbeinig um einen kleinen Mann im Anzug.

Die Friseurin redet weiter auf Oma ein und gibt ihr einen Polyesterumhang. Sie lässt das alles über sich ergehen und sagt hin und wieder »sì«.

Das finde ich mutig: Wenn ich bei meinem Friseur immer nur »sì« sagen würde, hätte ich jetzt bestimmt eine Trendfrisur.

Die Friseurin wühlt in Omas grauen Haaren und plappert und plappert und plappert.

Mein Telefon klingelt – unbekannter Teilnehmer.

»Ich geh mal ran, ja?«

Niemand reagiert. Die beiden sind hoch konzentriert.

»Hallo?«

»Wie schön! Du gehst ran.«

»Tobias!« Ich freue mich. »Das ist ja eine Überraschung. Unterdrückte Nummer?«

»Bin im Museum, Süße, geht's dir gut? Ich vermisse dich.«

Wow, das ist direkt. Ich wende mich von Oma und der Friseurin ab und sehe mich suchend um, aber eine ruhige Ecke werde ich in dem Soundclash aus Föhn und hohen Stimmen nicht finden.

»Mmmm, ja, geht gut. Wir sind in Mailand. Und du?«

»Ich sitze im Museum auf der Treppe und sehe mir Richters ›Ema‹ an und denke an dich.«

»Weil das fast so heißt wie ich?«

»Weil es eine wundervolle Frau zeigt, die nackt die Treppe runtergeht. Sie ist so schön, und so wie Richter sie gemalt hat, konnte nur er sie sehen. Ja, und weil es fast so heißt wie du: M statt V«, schiebt er noch hinterher.

»Das will ich mal sehen, bring es doch mit«, kichere ich ins Telefon. »Ich weiß natürlich, dass dieser Richter irre berühmt ist und so ein Bild bestimmt 5000 Euro oder so kostet. Der hat ja auch das Kirchenfenster im Dom gemacht.«

»5000? Ein Richter?«, Tobias hustet. »Süße, pass auf: Ich muss ja ein Gemälde nach Florenz begleiten und dort eine Sammlerin treffen.«

»Wie? Du musst ein Gemälde begleiten?«

»Es ist aus unserer Sammlung und wir leihen es einem Museum in Florenz. Und weil es sehr wertvoll ist, begleite ich es und schaue, dass es gut ankommt und ordentlich gehängt wird.«

»Wie wertvoll? Wertvoller als mein Klimt?«

»Nein, ich denke nicht, dass das Gemälde *so* wertvoll ist. Und eigentlich fahre ich auch nur mit, weil ich auch nach Italien will, um dir eine bunte Tüte vom Büdchen zu bringen.«

»Das wäre eine ausgezeichnete Idee.« Ich lächle so breit, dass meine Wange ans Telefon stößt.

Ich höre, wie Oma sagt »Wie Sophia Loren« und die Friseurin lacht. »Tobi, ich rufe dich gleich zurück. Ich muss mich gerade um Oma kümmern.«

»Wo seid ihr denn?«

»Beim Friseur. Oma kriegt die Haare rot.«

»Was? Ihr seid ja lustig. Ich freue mich, wenn du anrufst.«

Ich beende das Gespräch und gucke mich um.

»Omi, geht's dir gut? Alles in Ordnung?« Vielleicht hätte ich ihr doch abraten sollen. Das ist ein Blindflug: im Ausland zum Friseur.

Sie reagiert nicht und hängt an den Lippen der Friseurin, die sie zu den Waschbecken führt. Dort legt sie den Nacken an den Beckenrand und lässt sich abbrausen. Als der Wasserschwall über das Haar strömt, schließt sie die Augen. Ob sie sich entspannen kann? Die Chancen stehen gut, denn ich höre, wie sie gut gelaunt »sì« sagt, als sie etwas gefragt wird, vermutlich nach der Wassertemperatur.

Wenn Oma mir in der Badewanne im Keller die Haare gewaschen hat, habe ich genauso dagelegen. Das Wasser musste sie in einem Boiler warm machen. Statt in einer kühlen Waschbeckenmulde lag mein Nacken in ihrer warmen Hand. Immer hat sie das Wasser auf die richtige Temperatur gebracht und mir dann den Schaum aus den Haaren gespült, nie ist Seife in die Augen gekommen.

Wie gern würde ich jetzt ihren Nacken in den Händen halten, statt sie da in dem Waschbecken liegen zu sehen! Ich habe das Gefühl, sie allein zu lassen. Mit nassen Haaren sieht sie gebrechlich aus: Ihr Kopf ist ganz klein und an den Schläfen hat sie hellbraune Flecken.

Oma ist alt geworden und ich habe es nicht gemerkt.

Die Friseurin pumpt Shampoo aus einer Flasche und verteilt es auf Omas Kopf. Erst jetzt sehe ich, dass Oma die Hände zu Fäusten ballt – sie ist doch nervös. Ich hocke mich an ihre Seite und halte ihre Hand. Die Kundin am Waschbecken daneben bemerkt mich und lächelt.

Die Friseurin massiert Omas Kopfhaut und summt ein Lied. Völlig klar, wer von beiden entspannter ist. Dann wickelt sie ihr ein Handtuch um den Kopf und führt sie zurück zu ihrem Platz. Oma ist ganz still. Am Platz steht eine Cola. Woher wussten die das?

»Omi?«

»Ist schon gut«, sagt sie leise, aber bestimmt, »lass mich mal. Das ist doch jetzt langweilig für dich. Möchtest du nicht in die Stadt gehen?«, fragt sie mich, in den Spiegel blickend.

»Nein, ich bleib bei dir, es ist nicht langweilig. Oder soll ich gehen?«

»Geh ruhig«, sie versucht, an die Cola zu kommen, ich bin schneller und gebe sie ihr.

»Okay.«

Ich greife nach meiner Jacke, die über dem Nebenstuhl hängt, und drücke ihr noch einen Kuss auf die Wange. Die Friseurin schaut mich an.

»Passen Sie bitte auf meine Oma auf?«, sage ich ihr und sie wirkt, als hätte sie verstanden.

»In deiner Handtasche ist doch noch der Zettel mit meiner Telefonnummer. Wenn was ist, dann …«

»Eva, geh!«, sagt sie in den Spiegel.

»Okay, ich komme in einer Stunde wieder.« Ich atme tief aus und verlasse den Laden.

»Hallo, Mailand! Jetzt nur wir zwei. Was geht?«, begrüße ich die Stadt laut.

Bella hat mir ihren Besucherstadtplan gegeben. Wäre ja ganz spannend: einmal den Spuren fremder Leute zu folgen. Was haben die sich angeschaut? Wo waren sie? Fände ich die Sehenswürdigkeiten auch schön?

Es ist Anfang Januar und es riecht nach Frühling. Vielleicht ist es doch besser, nicht zurück nach Köln zu fahren.

Die Luft ist so klar, wie ich es gerne wäre. Der Himmel ist eisblau und zwischen den Häuserfronten knallt die Sonne in mein Gesicht.

Genau hier will ich bleiben, für immer in dieser Wärme. Ich setze mich auf die Stufen eines Hauseingangs. Die Sonne gibt alles und ich suche das Telefon:

»Hallo, Tobi. Ich bin's.«

»Eva, wie schön. Ich hatte Angst, du würdest nicht zurückrufen.«

»Doch, es hat mich selbst überrascht, wie sehr ich mich gefreut habe, dich zu hören.«

»Schön.«

Wir schweigen. 21-22-23-24-25.

»Sag mal, Eva, wie stehst du eigentlich zu uns?«, fragt er klar und geradeaus. »Für mich war das nicht einfach eine Suffnacht. Ich weiß, ich habe ein Kind und ich war schon mal verheiratet. Aber …«

»… ich habe einen Freund, Tobias.«

26-27-28-29-30-31.

»Das habe ich mir fast gedacht«, sagt er leise. »Schade. Aber ich kann auch nicht davon ausgehen, dass du …«

»Tobi, seit einer Woche ist alles anders und ich habe einfach Angst. Ich bin verwirrt. Meine Grenzen sind verschwunden, ich hatte einen Lebensplan und weiß nicht, ob der noch gilt.«

»Ich kenne das Gefühl gut – das wollte ich nicht.«

»Ich weiß, ich auch nicht.«

»Weiß er von mir?«

»Ich habe es ihm Sonntag gesagt.«

»Was soll ich tun, Eva? Soll ich dich in Ruhe lassen? Das kann ich nicht, das will ich nicht. Dich in meinem Hemd mit Thore auf dem Bauteppich zu sehen, das war so richtig. Ich will dich nicht überfordern oder dir …« 32-33-34-35-36, »wehtun oder … ach, ich weiß nicht. Egal, ich kann an nichts anderes mehr denken, Eva – ich habe mich in dich verliebt.«

»Ich mich auch in dich.« Huch! »Ja, ich habe mich in dich verliebt. Ich habe mich in den Sonntag mit dir und Thore verliebt. Aber ich liebe Johannes und weiß nicht, wer ich gerade bin und was ich gerade will.«

»Das verstehe ich. Soll ich kommen? Ich kann auch den Gemäldetransport absagen und ins Flugzeug nach Mailand steigen.«

»Und dann?«

37-38-39-40.

»Eva?«, fragt er leise nach.

»Gemein, dass du gerade alles richtig machst.« Mir fällt auf, wie sehr ich das brauchen würde. »Ich kann nicht mehr. Meine Oma sitzt gerade allein beim Friseur und lässt sich die Haare rot färben. Ich fahre mit ihr quer durch Italien und ich habe das Gefühl, in einem Zug zu sitzen, der immer schneller rollt. Ich kann ihn nicht mehr stoppen und abspringen kann ich auch nicht.«

»Ändere das Bild«, sagt er.

»Was?«

»Sag nicht ›schneller Zug‹. Ich habe keine Ahnung, was mit deiner Oma ist und warum ihr nach Italien gefahren seid. Aber wenn du das anders formulierst, geht's dir auch besser. Versuch es mal.«

»Ich habe keine Ahnung, wie du das meinst. Mir fliegt hier alles um die Ohren, meine Beziehung, die Ehe meiner Großeltern, alles, woran ich geglaubt habe. Meine Oma hat nämlich mit meinem Opa Schluss gemacht …«

»Oh, was ist passiert?«

»… und zu Hause bleiben konnte sie nicht und ich auch nicht, und weil Oma noch nie am Meer war und wir einen warmen Ort gesucht haben, sind wir einfach abgehauen. Wir wollen nach Elba. Ob wir da ankommen …?«

»Nach Elba? Es ist Januar …«, sagt er zögerlich.

»Daran haben wir, ehrlich gesagt, nicht gedacht … wir sind einfach abgehauen … wollten in die Sonne.«

»So *Eat-Pray-Love*-mäßig?«

Ich muss lachen.

»Du glaubst nicht, wie toll ich dich finde.«

»So toll kann ich nicht sein … ich bin eine Betrügerin auf der Flucht.«

»Da! Schon wieder negativ formuliert. Du bist zauberhaft!«

41-42-43-44-45.

»Tobi, ich leg mal auf. Ich melde mich, ja? Danke.«

»Eva? Ich meine das alles ernst. Ich küsse dich.«

»Ja und ich glaube, ich muss mir mal ein Beispiel an Oma nehmen.«

»Du willst auch rote Haare?«

»Nein, manchmal muss man Dinge einfach durchziehen.«

»Ich denke an dich. Bis bald.«

»Entschuldigung? Sind Sie Sophia Loren?«

Oma bekommt gerade die Augenbrauen gezupft und liegt mit ihrem Kopf zwischen den Brüsten der Friseurin.

»Sophia Loren! Sììì!«, ruft sie und rupft an Omas Augenbrauen rum.

»Haha! Du Nudel, du wirst Augen machen, ich sehe toll aus.«

»Du siehst bestimmt granatenstark aus.«

Die Friseurin entlässt Oma aus ihrer Umklammerung.

»Wow! Ooooomaaaaa! Bist du es?«

Ihre Haare sind wesentlich kürzer und tatsächlich kastanienrot. Natürlich hat Sophia Loren in Wahrheit eine viel längere Mähne, aber das muss Oma ja nicht stören. Sie strahlt mit den Haaren um die Wette.

»Und?«, fragt sie. »Findest du das gut?«

»Besser als die echte Loren«, flachse ich.

»Bellissima, la nonna!« Die Friseurin feiert ihr Werk.

Ich helfe Oma aus dem Stuhl. So alt und gebrechlich wie sie mit den nassen Haaren im Waschbecken aussah, so frisch sieht sie jetzt aus. Sie dreht den Kopf immer wieder nach rechts und links und betrachtet sich im Spiegel.

89 Euro kostet der Sophia-Loren-Spaß. Ich habe keine Ahnung, wie es mittlerweile auf meinem Konto aussieht. Aber was soll's, Sophia Loren wird man eben nicht umsonst.

»Eva, mir ist es etwas peinlich, dass du immer alles bezahlst.«

»Quatsch, ist doch egal. Sophia Loren redet auch nicht über Geld.«

»Na dann – Sekt?«, fragt Oma, als wir den Laden verlassen.

»Was sagst du? Habe ich Sekt verstanden?«

»Komm, Evchen, wir trinken ein Piccolöchen.«

»Darf ich daran erinnern, dass du dir die Haarfarbe von Sophia Loren geborgt hast und nicht ihren extravaganten Lebensstil?«

»Ist doch egal. Lass uns Sekt trinken und essen gehen, ich habe Hunger.«

»Das ist eine gute Idee.«

»Gibt's hier Döner?« Wieder muss Oma lachen.

»Oma du benimmst dich, als hättest du schon einen Sekt gehabt«, sage ich. »Moment! Du hattest wirklich schon einen Sekt!«

»Nein«, sagt sie, macht eine Pause und fügt an: »Zwei.«

»Beim Friseur? Vielleicht sollte ich zurückgehen und mir noch kurz den Pony schneiden lassen.«

»Das kann ich dir auch machen.«

»So angetütert wie du bist? Auf keinen Fall!«

Oma schneidet mir seit jeher den Pony. Mit der Nagelschere. Manchmal besser, öfter schlechter. Ich musste 18 werden, um zu erfahren, was man eigentlich mit einer Nagelschere schneidet.

Wir gehen in die Stadt und Oma kramt aus ihrer Handtasche meine Après-Ski-Brille und setzt sie auf. Sie guckt mich an:

»Diva?«

»Granatenstark«, sage ich trocken.

»Evchen! Wir sind in Italien«, stellt sie fest. »Ist das nicht wunderbar? Wir sind einfach mal losgefahren – so fühlt sich Freiheit an, oder? Wieso haben wir das nicht schon früher gemacht?«, fragt sie sich selbst und ich habe den Eindruck, dass sie wie auf Wolken geht.

»Denkst du eigentlich manchmal an Opa?«

»An wen?« Sie lächelt.

»Okay, verstehe«, lächle ich zurück.

Wir gehen in Richtung Dom und kommen an vielen kleinen Geschäften vorbei. Oma liegt mit dem Sonnenbrillentrend gar nicht daneben, die meisten Menschen auf der Straße tragen eine.

An einer Drogerie bleibt Oma stehen.

»Evchen, meinst du, die haben Haftcreme?«

»Was denn für eine Haftcreme?«

»Für die Zähne, wofür sonst?« Sie reckt den Hals, um einen Blick in das dunkle Geschäft werfen zu können.

»Wir können mal gucken. Hast du denn keine mehr?«

»Da war nicht mehr viel drin in der Tube.«

Der Laden steht noch im Zeichen des Weihnachtsgeschäfts. Die Kerzen und Kugeln, die vor dem Fest niemand wollte, sind nun um 50 Prozent reduziert. Oma guckt sich genau um. Auf einem überfüllten Tisch im Eingangsbereich sind Lippenstifte im Angebot. Oma betrachtet schüchtern die Auslage. Ich greife direkt zu einem für 4,99 Euro.

»Komm, Oma! Wir kaufen uns einen knallroten Lippenstift.«

»Ach, quatsch, nein.« Sie nimmt einen in die Hand und öffnet vorsichtig die dunkelblaue Kappe.

»Warum denn nicht? Die Loren hat auch einen roten Lippenstift.«

Ich kann mich tatsächlich nicht daran erinnern, dass Oma jemals Lippenstift getragen hätte. Da wäre knallrot natürlich ein gewagter Einstieg. Sie dreht den Stift raus und betrachtet ihn still. Dann hält sie ihn sich an die Nase und riecht dran.

»Der ist unbenutzt«, sagt sie.

»Ich will es hoffen«, lache ich und schnappe ihn ihr weg. »Den kaufen wir uns, den können wir gemeinsam benutzen.«

Wir gehen weiter und bummeln durch den Drogeriemarkt, als sei er eine feine Parfümerie. Wir benutzen die Tester bei den Cremes, schnuppern an italienischen Weichspülerflaschen und finden tatsächlich Haftcreme. »Crema Adesiva per Protesi Dentali«, 7,69 Euro. Das müsste es sein. Die Sicherheit dafür gibt uns eher das Foto der Zähne auf der Schachtel als der Produktname.

»Ist das richtig, Oma?« Ich nehme die Packung in die Hand und versuche zu lesen, was die winzigen Schriftzeichen auf der Rückseite bedeuten. Problem: Nicht einmal auf Deutsch würde ich das entziffern können. »Bei den Lippenstiften kenne ich mich besser aus. In dieser Abteilung bist du die Expertin. Klebt das auch fest genug?«

»Ich will es hoffen. Schade, dass sie nicht meine Creme haben.«

»Vielleicht schmeckt die italienische Haftcreme nach Limoncello? Na, Omi Loren, das wäre doch ein Fest.«

Sie lacht: »... Das wäre fein.«

Ich wundere mich darüber, dass die Schwangerschaftstests bei den Haftcremes liegen.

»Ist das in Deutschland auch so?«, frage ich ins Regal hinein.

»Evchen, in der Abteilung solltest du dich besser auskennen als ich.«

»Ja, ich wünschte auch, es wäre so.«

Wir zahlen Lippenstift und Haftcreme und sind bestens gerüstet für ein schickes Mittagessen.

Der Platz vor dem Mailänder Dom ist voller Menschen. Viele Besucher lassen sich vor dem Gebäude mit dem Smartphone fotografieren. Statusbilder, die kurz drauf geliked werden wollen. Ich entscheide mich, genau diese Leute zu fotografieren, da stellt sich Oma schon auf und bittet mich, sie mit ihrer neuen Frisur vor dem Dom zu fotografieren. Dom, Oma, Frisur – alle drei glitzern in der Sonne.

Mir fällt auf, dass ich bislang kein einziges Bild auf dieser Reise geknipst habe.

»Jetzt du!«, ruft Oma mir zu.

Ich mag diese Art Urlaubsfoto nicht. Posieren vor einem Bauwerk. Ich möchte lieber ein Instagram von hier machen. Von oben, nur unsere Füße. #fromwhereistand #milano #omaloren #beautifulday. Aber ich lasse es lieber, es ergibt keinen Sinn.

»Los, jetzt komm, ich mache das Foto mit dem Dings.«

»Kannst du das denn?« Ich gehe ihr entgegen.

»Ach, ich kann ab sofort alles.« Sie schnappt sich das iPhone. Selbst den Code hat sie sich gemerkt. »Jetzt?«

»Jetzt auf mich halten und auf die kleine Kamera tippen.«

»Was für ein verrücktes Ding! Ein Fotoapparat, mit dem man auch telefonieren kann.«

Ich betrachte das Foto und erschrecke: Das soll ich sein? Ich sehe eine hektische, unsympathische Frau, die aussieht, als wäre sie auf dem Sprung – jederzeit bereit wegzulaufen.

»Los, Eva! Wir fragen jemanden, ob er uns fotografieren kann.« Sie gibt mir das Telefon. Das ist wohl meine Aufgabe.

Tatsächlich erklärt sich eine junge Mutter bereit, uns zu fotografieren. Ihre kleine Tochter, die in Thores Alter sein müsste, fegt mit einem Einhorn-Luftballon am Faden über den großen Platz. Wie lange sie ihn wohl noch festhält? Immer ein kleiner Abschiedsschmerz, wenn Ballons im Himmel verschwinden.

Das kann doch nicht das Gesicht sein, was wir sehen, wenn wir uns eines Tages voller Stolz unsere Urlaubsbilder ansehen und uns sagen: »Das war der Tag, an dem Oma sich die Haare hat färben lassen wie Sophia Loren.« Wir wollen doch lachen, wenn wir die Bilder anschauen. Vielleicht werde ich die Fotos mal meinem Kind zeigen: »Schau mal, da war die Mama mit der Ur-Omi in Italien.« Seit Mama tot ist, weiß ich, wie wertvoll Bilder sind, auf denen man glücklich und zufrieden aussieht.

»Wie sieht's aus, Oma? Wollen wir den Dom besichtigen?«

»Nööö, geh du mal, ich warte hier. Ist nicht mein Verein.«

»Muss doch nicht dein Verein sein, es reicht auch, wenn man einfach nur das schöne Bauwerk anguckt.«

»Hast du eine Kirche gesehen, hast du alle gesehen. Ich beobachte lieber die Leute.« Sie nimmt meine Hand und bedeutet mir, dass sie sich setzen will.

»Hast du noch Kippen?«, frage ich sie.

»Was denkst du denn? Natürlich.«

Und so sitzt Oma Loren alleine mitten in Mailand, raucht ein Kippchen in der Januarsonne und studiert das Leben. Und ich? Möchte ich mir wirklich das Bauwerk anschauen?

Ruhe gibt es hier nicht und Dom ist Dom, da hat Oma schon recht. In Köln ist im Dom auch immer ein Verkehr wie in der Fußgängerzone. Wenn ich in der Stadt Ruhe suche, meide ich den Dom und gehe in die Kirche Sankt Kolumba – Madonna in den Trümmern, wie sie auch genannt wird.

Die kleine Kirche war nach dem Zweiten Weltkrieg völlig zerbombt, aus dem Schuttberg ragte lediglich die Madonna mit dem Jesuskind. Seitdem ist sie für die Kölner ein Symbol der Hoffnung. Ich sitze dort oft, um einfach mal abzuschalten, den Lärm der Stadt draußen zu lassen und eine Kerze anzuzünden.

Hier in Mailand bin ich eine von vielen Touristen und schiebe mich durchs Portal. Was heißt eigentlich Fußgängerzone auf Italienisch? Alle gucken automatisch in das Deckengewölbe des Doms. Mir fällt ein bunter Fleck an einer Säule auf. Die Sonne strahlt durch die bunten Kirchenfenster und zeichnet zauberhafte leicht psychedelische Muster auf die Steine – wie ein Mandala: rot, lila, pink, gelb, blau. Sie fließen ineinander, als hätte es eine Überschwemmung im Wasserfarbkasten gegeben. Ich bleibe stehen und bewundere die tanzenden Farbverläufe. Ein Tourist rempelt mich von hinten an. »Scusi.« Ich bin nicht die Frau auf dem Foto. Das kann nicht sein. Aber wer bin ich?

Mein Name ist Eva Ludwig, ich bin 33 Jahre alt und Physiotherapeutin. Meine Mutter starb an einem sonnigen Tag an einem Wespenstich. Ich lag im Bett und schlief. Mein Vater fand meine Mutter; davon hat er sich nicht erholt und ist gegangen. Er hat sie so sehr geliebt, dass er nicht mit mir, ihrer kleinen Kopie, leben wollte. Ich kam zu Oma. Daran erinnere ich mich nicht. Das ist eine Geschichte, die mir erzählt wurde. Sie hat den gleichen Effekt auf mich wie die Geschichte der *Kleinen Hexe* oder *Ronja Räubertochter*: ein bisschen gruselig, aber am Ende sind die Mädchen die Heldinnen.

Dies hier ist keine Geschichte und am Ende bin ich nicht die Heldin.

Also, wer bin ich?

Ein Mann ist so sehr damit beschäftigt mit seinem iPad die Decke zu filmen, dass er mich nahezu umrennt. Ich lächle ihn beschwichtigend an und lasse mich mit der nächsten Menschenwelle aus dem Dom spülen.

Oma sitzt mit ihrer Sonnenbrille auf der Nase auf dem Sockel eines Denkmals. Sie sieht sehr entspannt aus und braucht kein Bauwerk und keine Kerze zum Runterkommen.

»Na Omi? Bist ja noch da? Kam kein hübscher Italiener vorbei?«

»Quatsch, den einen Kerl bin ich gerade erst los, da soll ich mir schon den nächsten ans Bein binden – nein danke!« Sie winkt ab. Das hätte auch ein Satz von Anne sein können.

»Was machen wir jetzt?«, frage ich sie. »Da hinten in der Passage sind feine Geschäfte. Prada, Gucci und so.«

»Ach, das ist gut. Ich muss nämlich mal aufs Klo, vielleicht haben die bei Prado eine Kundentoilette.«

Sie hält mir die Hand entgegen und ich ziehe sie hoch.

»Klar, und die haben bestimmt auf dem Kundenklo ein *Sanifair*-Kreuz, wo es einen 50-Cent-Bon gibt, der beim Einkauf angerechnet wird.«

»Ja?«

»Wie wäre es, wenn wir uns ein Restaurant suchen und was essen?«

»Döner?«

»Natürlich Döner. Sophia Loren liebt auch Döner.«

»Ja, davon bin ich ausgegangen«, sagt sie trocken.

Oma entscheidet sich für das *Menu Kebab* mit Panino Kebab und einer Cola für fünf Euro.

»Sagst du ihm ›mit allem‹?«, bittet sie mich. Ich habe leider keine Ahnung, was das auf Italienisch heißt und mit Englisch brauche ich es gar nicht erst zu versuchen.

Es ist ein Schnellimbiss wie zu Hause. Das Fleisch dreht eine Runde nach der anderen, die scharfe Sauce steht in der Kühltheke neben der hellen Sauce. Aber als Oma von der Toilette zurückkommt, stellt sie sich als Erstes vor den Spielautomaten.

»Eva, ich habe die Bingokarten nicht kontrolliert. Vielleicht sind wir jetzt schon reich.«

Dass sie das vergessen hat! Diese Routine gibt ihr sonst jeden Tag Halt. Plötzlich scheint das alles nicht mehr wichtig. Ich bewundere sie dafür.

»Und weißt du was, Eva? Ich nehme doch keinen Döner, ich esse die Nudeln da auf dem Bild.« Sie zeigt auf die Fotografie neben der Theke, ein Teller Pasta Pomodori. Das Original, das Momente später über die Theke geschoben wird, hat kein Basilikum als Deko dabei.

»Meine größte Angst ist, dass er mir fehlen wird«, platzt es unvermittelt aus mir heraus. »Wenn ich Johannes verlasse und zu Tobias gehe – dass mich niemand mehr so lieb ›Nutellamonster‹ nennen wird. Und ich rieche Johannes so gerne, morgens. Er riecht so wundervoll hinterm Ohr. Dort riechen Menschen, wie sie eigentlich riechen, hast du mir immer gesagt.«

Oma isst seelenruhig ihre Nudeln und nickt.

»Ich dachte immer, Johannes wäre mein Mann und dass er bislang nur noch nicht wusste, dass ich seine Frau bin. Jetzt stelle ich fest: Ich bin seine Frau, aber ich weiß nicht mehr, ob er mein Mann ist. Weißt du, was ich meine?«

Sie legt die Gabel ab und tupft sich seelenruhig den gespitzten Mund mit der dünnen Papierserviette ab. »Ach, Eva, das sind natürlich so Fragen, die lassen sich leicht mal stellen.« Oma nimmt einen Schluck aus der Coladose.

»Aber ist das nicht auch Liebe? Einander riechen zu können? Wenn ich plötzlich blind wäre oder keine Hände zum Streicheln mehr hätte, wenn ich seine Stimme nicht mehr hören könnte, weil meine Ohren alt geworden sind, dann könnte ich ihn noch immer riechen.«

»Vielleicht ist da was dran«, überlegt sie laut. »Ich konnte Opa nie gut riechen. Er roch immer etwas sauer. Irgendwann hat er gestunken. Aber vielleicht hat nicht er gestunken …«

»… sondern es hat dir gestunken«, ergänze ich. »Wann hast du das bemerkt?«

»Im Dezember.«

»Wann im Dezember?« Ich habe Angst, dass sie sagt »im Dezember 1954«. Sie kann das doch nicht fast 60 Jahre ertragen haben!

»Na, jetzt.«

»Jetzt?«

»Ja!«

»Ich dachte, es läuft schon länger nicht gut?«, frage ich und bin mir dabei nicht ganz sicher, ob ich die Antwort wirklich hören möchte.

»Ehrlich gesagt lief es nie richtig gut. Aber wie gesagt: Woher sollte ich das wissen? Daran gewöhnen tust du dich nie.« Oma deckt mit ihrer ramponierten Serviette den Teller ab. »Wenn er mal nicht sauer gerochen hat, hat er nach fremdem Parfum gerochen. Ganz schlimm war es, wenn er nach Parfum gestunken hat, zu mir ins Bett kam und ich danach das Parfum einer Fremden trug.«

Dicke Tropfen fallen auf die Papierserviette.

»Eva, wer sagt dir denn, dass das mit Johannes schon das höchste aller Gefühle ist? Wer sagt dir, dass da nicht noch was Größeres auf dich wartet?« Oma legt ihre Hand warm und schützend über meine. »Vielleicht solltest du einfach mal ausprobieren, wie es ohne ihn ist.«

Ich lege meine Stirn auf ihren Handrücken. Ich möchte vom Stuhl rutschen und mich auf den Boden legen. »Das geht nicht. Johannes zu verlieren, war nie eine Option. Bislang jedenfalls nicht.«

»Versuch es doch einfach mal.«

»Das kannst du sagen, weil du alt bist«, schluchze ich auf ihre faltige Hand. »Ich habe doch noch alles vor mir.«

»Du machst nicht mehr kaputt, als es schon ist«, flüstert sie in meine Haare.

»Aber wie willst du das wissen?«

»Ach, Evchen.«

Sie gibt mir einen Kuss auf den Kopf. »Wenn du jetzt gehst, heißt das ja nicht, dass ihr euch nicht irgendwann wieder treffen könnt. Aber die Affäre mit Tobias hat sicher auch einen Grund. Er scheint dir etwas zu geben, das Johannes dir nicht geben kann. Wie lange geht das schon mit Tobias?«, fragt sie.

»Ach, noch nicht lange. Tobias hat mich einfach umgehauen.«

»Und was sagt dein Herz?« Sie zieht meinen Kopf an ihre Schulter. Dass ich in einem Schnellrestaurant in Mailand sitze und ich heule, kümmert niemanden.

»Keine Ahnung.«

»Du weißt es doch schon.«

Ich richte mich auf und schaue sie an: »Was weiß ich?«

»Was zu tun ist.«

»Nein, wenn du es weißt, dann sag es mir.«

Mein Kopf wird schwer und ich wünsche mir eine Denkpause.

Sie schüttelt den Kopf und reicht mir die Cola.

»Trink mal was, sonst tut dir gleich der Kopf weh.«

»Omi, was soll ich tun?«

»Nein, Eva! Ich musste das auch allein entscheiden. Bei mir hat es sehr lange gedauert und ich bereue, dass ich nicht schon ein wenig früher ehrlich zu mir selbst war. Du musst dich fragen, ob du das auch willst.«

»Ob ich was will?«

»Willst du erst 79 werden müssen, um zu wissen, was der richtige Weg gewesen wäre?«

»Ich bin 33! Das ist so weit weg von 79.«

»Da hast du deine Antwort«, sagt sie und schlägt mit den flachen Händen auf die Tischplatte.

»Eine Zahl kann keine Antwort sein!«

»Eben! Wir gehen jetzt einen Eierlikör trinken, Evchen.«

»In Italien?«

»Dann eben dieses Limondingens … wie hieß das?«

»Limoncello.«

Ich helfe ihr vom Hocker. Das ist meine Oma: Am Ende gibt es einen Schnaps. Nur weiß ich jetzt schon, dass das nicht das Ende ist, sondern erst der Anfang.

Wir gehen zu Fuß zurück zur Unterkunft, es ist später Nachmittag und wird langsam dunkel.

Bella sitzt mit ihrer Mutter und Fini am Küchentisch. Sie bauen *Monopoly* auf. Das finde ich witzig: Italien befindet sich in der Wirtschaftskrise und hier wird *Monopoly* gespielt.

Bella strahlt Oma an und nimmt sie in den Arm: »Wie schön du aussiehst.«

Oma ist sichtlich geschmeichelt. Komplimente sind der beste Eisbrecher.

»Ich bin mal davon ausgegangen, dass ihr noch eine Nacht bleiben wollt?«, sagt Bella und wendet sich den Ereigniskarten zu.

»Darüber haben wir uns noch keine Gedanken gemacht, ehrlich gesagt.«

Während ich überlege, lässt Oma ihre neue Frisur von Nonna bestaunen.

»Bleibt doch noch eine Nacht. Dann kochen wir gleich was Schönes und ihr spielt beim *Monopoly* mit.« Bella schiebt ihren Stuhl nach hinten und steht auf.

»Machen wir auch keine Umstände?« Aus den Augenwinkeln sehe ich, wie Oma Nonna auch die Augenbrauen zeigt. Mädchen!

»Quatsch. Ich freue mich doch. Kommt, wir machen einen Wein auf.«

Sie greift nach unten ins Regal und zieht eine Flasche Rotwein heraus. Ohne einen Blick auf das Etikett zu werfen, nimmt Bella den Korkenzieher und öffnet die Flasche. Fini kniet auf dem Küchenstuhl und sagt etwas auf Italienisch. Ich habe nicht den Hauch einer Idee, was sie gesagt haben könnte, und frage mich, wie wir zusammen Monopoly spielen wollen.

Ich helfe Oma aus der Jacke und nehme meine auch gleich mit zur Garderobe.

»Wisst ihr eigentlich schon, wo ihr auf Elba wohnen wollt?«, fragt Bella und sucht die Weingläser raus.

»Da haben wir uns auch noch keine Gedanken gemacht. Wir wollen eigentlich noch nach Pisa. Was meinst du?«

»Pisa ist langweilig, wirklich! Fahrt entweder nach Lucca oder direkt nach Piombino auf die Fähre.«

»Ich dachte, wegen des Turmes ist Pisa ganz gut.«

»Nein, echt. Also klar, wenn ihr das wollt. Dann haltet da an und macht ein Foto, aber fahrt weiter.«

Sie schenkt uns Wein ein und guckt Oma fragend an, die jedoch abwinkt.

»Meine Cousine Valentina hat ein Haus auf Elba, das sie vermietet. Also eigentlich ist es ein Turm. Soll ich sie morgen mal fragen?«

»Ach, das wäre super. Teuer?«

»Nicht in der Nebensaison. Saluti!« Sie hebt das Glas.

»Ja, Prost. Danke!«

»Grazie!«, krächzt Oma.

Ich weiß nicht, wann ich das letzte Mal *Monopoly* gespielt habe. Aber ich erinnere mich, dass es nicht klug ist, auf die

Parkstraße und die Schlossallee zu setzen. Ich setze seit jeher auf das E-Werk, das Wasserwerk und die Badstraße. Problem Nummer eins: Auf diese Weise habe ich noch nie gewonnen. Problem Nummer zwei: Ich weiß nicht, was das auf Italienisch heißt.

Oma und Nonna setzen sich ans Kopfende und wachen gemeinsam über die Finanzen. Sie sind hoch konzentriert und wehe, eine von uns wagt es, die Hand für die 2000 Euro zu öffnen, ehe sie korrekt und vollständig über Los gegangen ist. Die beiden sind die optimale Besetzung für die Bank. Nonna nimmt das Geld und zählt es auf Italienisch in Omas Hand, von der wir es dann auf Deutsch ausgezahlt bekommen: 700, 800, 900, 1000. Sie kann das gut: In dem Supermarkt, in dem sie fast 45 Jahre lang gearbeitet hat, saß sie häufig an der Kasse.

Die italienische Parkstraße reißt sich Fini unter den Nagel. Sie plant einen ganzen Wohnpark auf ihrer Straße und klatscht in die Hände, weil sie in dem Moment wirklich daran glaubt, von nun an ein Leben in Saus und Braus führen zu können. Jedes Mal, wenn Bella oder ich in die Nähe ihrer Top-Anlage kommen, berechnet sie ganz aufgeregt, was gewürfelt werden müsste.

»So gut rechnet sie in der Schule nicht«, stellt Bella fest. Die erste Flasche haben wir geschafft und Bella kippelt mit dem Küchenstuhl nach hinten und angelt nach dem Nachschub auf der Anrichte.

»Ich muss aufpassen, dass der kleine Immobilienhai da drüben nicht die Nerven verliert und uns hier alle abzieht«, sagt Bella mit Blick auf Fini. Fini kann eigentlich kein Deutsch, aber sie guckt, als hätte sie jedes Wort verstanden. »Zur Not muss ich heute noch das Adoptionsverfahren einleiten«, lacht Bella, als sie den Blick sieht.

Meine Mama war schon tot, als ich damit anfangen konnte, beim *Monopoly* alle abzuziehen. Es tut eigentlich nicht mehr weh. Sie fehlte nicht, als es darum ging, dass ich das erste Mal meine Tage bekommen habe, bei der ersten Liebe, dem ersten Kummer oder beim Abitur. Vielleicht weil ich wusste, dass ich all das mit Oma teilen konnte. Aber wenn ich andere Töchter mit ihren Müttern sehe, dann fehlt sie mir. Nicht weil diese Mädchen eine Mutter haben, sondern weil ihre Mütter so jung sind. Oma ist eben Oma. Sie ist eine alte Frau, das war schon so, als ich zu Opa und ihr übersiedelte. Auch heute ist sie keine hippe Seniorin, die sonntags im Tigerprint-Oberteil zum Tanzen geht und dienstags zu *Internet II* in die VHS.

So jung, wie ich sie heute erlebt habe, war sie noch nie.

Fini wird quengelig.

»Sie ist sauer, weil wir nie auf ihre Straße kommen und sie kein Geld verdient«, erklärt Bella.

»Vielleicht müssen auch kleine Finanzhaie mal ins Bett«, vermute ich laut. Als hätte sie mich verstanden, kommt Fini um den Tisch geschlurft, legt den Kopf auf Bellas Schoß und wackelt lustig mit dem Po.

»Die Bank muss jetzt auch schlafen«, sagt Oma und ihre Kollegin räumt die Kasse ab.

Fini protestiert noch ein bisschen und Bella greift nach ihrem Smartphone und macht ein Foto vom Spielbrett.

»Sie möchte an der Stelle morgen weiterspielen und dann wissen wir, wie der Spielstand war.«

Fini bekommt einen Kuss und geht in ihr Zimmer.

»Musst du nicht mitgehen? Zähne putzen, Gesicht eincremen, Geschichte vorlesen?«

»Nö«, winkt Bella ab: »Das war noch nie so. Sie ist sehr selbstständig und liest jetzt lieber allein noch etwas. Außerdem habe ich sie heute mit den Hausaufgaben geärgert. Sie hat gerade auf nichts Lust.« Bella verdreht die Augen. »Meine Tochter ist halbe Deutsche, hat aber einen Willen wie zwei Italienerinnen. Das wird noch ein Spaß, wenn sie in die Pubertät kommt.«

Als alle im Bett sind, schenkt sie uns Wein nach.

»Bella? Darf ich dich was fragen?«

»Klar«, kichert sie angetrunken in ihr Glas.

»Rückbetrachtend: Würdest du eher auf eine solide Beziehung setzen oder auf Wahnsinn?«

»Wahnsinn!«

»Wieso kannst du das so klar sagen?«

»Ich kenne beide Männer nicht und Eva, ich kenne dich auch nicht. Aber ich kann mir vorstellen, was hinter all deinen Gedanken steckt. Es sind – und darauf bist du ja selbst auch schon gekommen – nicht einfach nur die beiden Männer. Es sind zwei verschiedene Lebenskonzepte. Wie sagst du? Solide und Wahnsinn?«

»Ja, solide und verrückt«, sage ich ins Weinglas und trinke.

»Worum geht es eigentlich wirklich?«

»Ich will Johannes nicht wehtun.«

»Falsch«, sagt Bella. »Worum geht es?«

Ich schiebe das Glas vor mir auf dem Holztisch hin und her. »Worum soll es schon gehen?«

»Frage ich dich.«

Sie holt zwei Gläser und eine nicht beschriftete Flasche mit einer klaren Flüssigkeit aus der Anrichte.

»Es geht um … also es geht … ich … weiß nicht …« Ich fühle mich wie abgefragt. »Wahrscheinlich muss ich …«

»Na, sag schon!« Sie macht die Gläser etwas zu voll, schiebt mir eins rüber, sagt trocken »Prost« und kippt den Schnaps in einem Zug runter. Ich mache es ihr nach.

»Mach doch eine Liste«, schlägt sie vor. »Schreib auf, was du an Johannes gut findest und was an Tobias.«

»Man darf nicht vergleichen«, sage ich und möchte auf diese Idee nicht eingehen. Da hat Bella schon einen von Finis Malstiften genommen und ein selbst gemaltes Bild umgedreht, das in der Tischschublade darauf gewartet hat, einmal aufgehängt zu werden.

»Wer sagt das? Wo steht das geschrieben? Zu wem schreibe ich ›Sex‹?«

Sie malt zwei Spalten und schreibt über die eine Spalte »Johannes« und über die andere »Tobias«.

»Ich höre?«

»Könntest du für Johannes einen grünen Stift nehmen?«, frage ich vorsichtig. »Das ist seine Lieblingsfarbe.«

»Aber klar«, Bella kramt in der Schublade rum und guckt hoch: »Schenkst du uns noch einen Grappa ein?«

Ich ziehe den Korken aus der Flasche.

»Verlässlichkeit. Schreib bitte bei Johannes ›Verlässlichkeit‹ hin«, sage ich und tippe auf seine Spalte.

»Verlässlichkeit ist das Erste, was dir einfällt?«

»Was ist daran falsch?«

»Woher willst du wissen, wie verlässlich er ist? Wurde das schon überprüft? Verlässlichkeit bedeutet nicht, dass er zu Verabredungen pünktlich ist, dass er ›wie versprochen‹ einkaufen war.«

»Dass er für mich da ist, wenn ich ihn brauche.«

»Aber wo ist er denn dann jetzt?«, sie nimmt das Glas, prostet mir zu und trinkt. Ohne sich zu schütteln spricht sie weiter: »Er sollte schon längst auf dem Weg nach Italien sein.«

»Er muss in die Schule«, werfe ich ein. »Und ich wollte das auch eigentlich allein klären.«

»Waaaas?« Bella guckt mich entsetzt an.

»Nein! Er ist Lehrer. Was traust du mir eigentlich zu?«

Sie lacht so sehr, dass ihr der Wein aus der Nase zu fließen droht.

»Ich habe für einen kurzen Moment gedacht …« Sie kriegt sich nicht mehr ein.

»Nein, er ist Lehrer und kann nicht einfach so kommen.«

Bella fängt sich: »Eva! Vollkommener Quatsch. In so einer Situation meldet man sich krank und reist der Frau hinterher, die man liebt. Wäre es ihm wichtig, würde er kommen.«

Ich schiebe ihr mein leeres Weinglas hin und sie gießt großzügig nach.

»Na ja, die Wahrheit ist, dass ich ihn ja betrogen habe, und da kann ich nicht erwarten, dass er mir hinterherreist. Auch wenn ich es mir vielleicht insgeheim wünschen würde.«

»Würdest du?«

»Ich glaube schon.«

»Du glaubst?« Sie guckt mich fragend an. »Okay, Johannes – Verlässlichkeit. Dann sag mal was zu Tobias? Sex?«

»Nimmst du mich nicht ernst?«

»Doch, sehr sogar. Aber wenn der Sex weg ist, dann fehlt schon ganz schön viel. Wir sind noch zu jung, als dass wir es alle zwei Wochen mal mitmachen.«

Ich denke an Oma. Sie hat es hingenommen. Ich denke an den letzten Sex mit Johannes. Auf dem Küchenboden.

»Empathie! An Tobias liebe ich, dass er empathisch ist.«

»Da weiß ich nicht einmal, wie man das schreibt«, Bella kaut auf dem grünen Stift herum, »und in welcher Farbe ich das aufschreiben darf.« Sie wühlt wieder in der Tischschublade herum. »Rot wie die Liebe?«

»Tja, keine Ahnung. Ich weiß nichts über ihn. Er hat einen Sohn, Thore, der ist mein Patient, und er hat eine wunderschöne Exfrau, Tania. Die kommt auch manchmal mit Thore in die Praxis. Und ich frage mich, wenn es mit dieser tollen Frau nicht geklappt hat, warum dann mit mir?«

»So darfst du das nicht denken. Es geht vielleicht gar nicht um die einzelne Person, sondern mehr um die Kombination zweier Menschen. Mein Ex ist ein Supertyp, ich bin auch nicht ganz verkehrt: Aber in Kombination hat es nicht mehr gepasst. Also guck nicht Tania und Tobias und Thore an«, sie stockt, legt die Stirn in Falten und lächelt: »Tania, Tobias und Thore? Das klingt aber süß. Alle drei mit ›T‹.«

»Ich sage es dir doch: Die drei sind zusammen bestimmt eine Wucht gewesen! Tobias und Tania müssen aber schon länger getrennt sein, denn Tania ist schwanger. Ich habe gar nicht gewusst, dass das Kind nicht von Tobias ist, ich hatte ja keine Ahnung, dass die nicht mehr zusammen sind. Und dann … ach.« Mir ist schwindelig. Vom Wein? Wohl kaum. Eher vom Grappa.

»Ich finde ja, dass du dringend anfangen solltest zu rauchen.« Bella fummelt eine Zigarette aus der Schachtel. »Und zwar jetzt sofort. Hier.« Sie zündet mir eine Zigarette an: »Awso. Fu meinst, Fobiaf if em … em«, sie nimmt die Kippe aus dem Mund und reicht sie mir rüber, »em… wie war das Wort?«

»Empathisch! Er fühlt sich in mich hinein, er ist warm, er liest mich, er kennt meine Bedürfnisse. Ich muss sie nicht formulieren: Er sieht, dass ich in den Arm genommen werden möchte, und dann nimmt er mich in den Arm. Dabei kennen wir uns nicht.« Ich ziehe kurz und hastig an der Zigarette.

»Aber ist das nicht immer so am Anfang?« Sie kann länger ziehen. Aber sie ist auch erfahrener, nicht nur beim Rauchen. »Am Anfang ist alles richtig und schön und die Liebe kommt wie ein Sommergewitter: Erst schlägt der Blitz ein, es wird wahnsinnig hell …«

»Ja! Ja, genauso war es«, rufe ich begeistert dazwischen. Sie zieht an der Zigarette und hat sie mit dem dritten Zug schon fast aufgeraucht.

»… und dann, 21, 22, 23, kommt der Donnerschlag und es haut dich um.« Sie ascht in ein buntes Tontöpfchen. »Nur, Eva, jetzt frage ich dich was!« Bella nimmt mir die Zigarette ab: »Wie lange hält der Donnerhall an? Und was kommt danach? Und wie unterscheidest du Empathie von Liebe?« Sie drückt meine Zigarette aus, greift nach ihrem Weinglas und lehnt sich zurück.

»Uff! Willkommen bei den besoffenen Philosophinnen!« Auch ich lehne mich nach hinten.

»Sì!«

»Was war die erste Frage? Ich glaube, ich bin zu blau!«

»Ich auch, liebe deutsche Freundin.« Sie springt auf und umarmt mich. »Komm, Bett!«

Ich bin mir nicht ganz sicher, ob ihr Satzbau an sprachliche oder alkoholische Grenzen stößt.

»Ja, Bett!« Bei mir ist es der Alkohol.

»Ohne Abschminken!«, legt sie nach, leert ihr Weinglas in einem Zug und geht überraschend aufrecht in ihr Schlafzimmer direkt neben der Küche.

Ich gehe über den Hof und schaue in den klaren Himmel. Da funkeln ganz tapfer drei Sterne und ich stelle mir vor, dass das wir sind: Tobias, Thore und Eva.

13. Januar

Ich träume, dass Oma an meinem Bett steht und immer wieder sagt: »Los, Eva, werd mal wach.« Sie hat eine neue Frisur und gibt überhaupt keine Ruhe: »Wir wollen doch heute ans Meer.« – Bis ich feststelle, dass sie tatsächlich am Bett steht und sagt: »Eva! Du versoffenes Kind! Steh auf, wir wollen ans Meer. Von wem hast du das nur?«

Ich ziehe die Decke hoch und rufe: »Von Sophia Loren!«

»Das kann nicht sein.«

»Wieso bist du schon wieder fertig angezogen?«

»Weil es schon spät ist und wir ans Meer wollen. Bella ist schon wach und Nonna auch.«

Ich tauche aus meiner Höhle auf und ziehe Omas linkes Handgelenk in meine Richtung.

»Deine Uhr geht falsch. Da steht 7.20 Uhr drauf. Niemand mit normalem Menschenverstand ist um diese Zeit schon fertig angezogen.«

»Eva, komm, raus aus der Kiste, ich will ans Meer, ich habe so lange gewartet.«

Ganz vorsichtig schiebe ich einen bestrumpften Fuß aus dem Bett. In Monaten mit ›R‹ schlafe ich nicht mit nackten Füßen.

Oma hat mir immer Strümpfe gestrickt: Im September hat es jedes Jahr ein neues Paar gegeben. Mittlerweile strickt sie nicht mehr, es ist ihr zu anstrengend geworden. Deswegen geht sie zu Frau Stoll in den Laden und kauft Strümpfe. Frau Stoll hat auch Stofftaschentücher und Trockentücher mit Blumenmuster. Als Kind dachte ich, sie hieße Frau Woll, denn sie beendet jeden Satz mit »woll«. Frau Stoll ist so alt wie Oma und hat den Laden auch nur noch an zwei Nachmittagen in der Woche, aber an denen brummt das Geschäft. Was weniger an ihren Waren liegt als an der Tatsache, dass sich die alten Damen seit 30 Jahren dort treffen, um sich einen Weinbrand an der Ladentheke zu genehmigen. Streng genommen müsste Frau Stoll eine Kneipenkonzession beantragen.

In der Küche liegt ein Zettel für uns:

Liebe Eva,
ich musste schon weg. Hätte dich gern noch gesehen.
Meine Cousine Valentina hat in Porto Azzurro ein Haus
und eine Ferienwohnung. Sie ist gerade nicht auf Elba
(Januar! Da fahren nur Verrückte auf die Insel) und ihr
könnt gerne dort wohnen. Ihre Nachbarin Giulia erwartet

euch am Abend, sie hat einen Schlüssel. Wenn du gut durchkommst, kannst du in Piombino die Fähre um 17 Uhr bekommen.
Kleiner Haken: Giulia spricht nur Italienisch. Das wird witzig mit euch dreien. Wenn was ist, ruf mich an.
Deine Bella

»Was schreibt sie?« Oma schielt auf den Zettel in meiner Hand.

»Sie hat uns eine Wohnung auf Elba klargemacht.« Ich gucke Oma an: »Wir fahren ans Meer, Oma!«

»Oma Loren!«, korrigiert sie gespielt streng.

Wir verlassen überraschend routiniert die Stadt. Mein Handy spricht perfekt Italienisch. So perfekt, dass wir schon sehr genau gucken müssen, ob es auch wirklich die richtige »via« ist, die es da durchsagt. Oma versucht die Navi-Frau nachzuahmen und spricht mehr schlecht als recht die italienischen Wörter nach.

»Wiiieja Kantultschi«, sagt sie. »Klingt schon anders als bei uns, oder Eva?«

»Kann sein.«

»Evanella! Das klingt auch schon viel schöner, finde ich.« Oma hat Kuhno auf dem Schoß. »Wie heißt du?« Sie guckt der Stoffkuh tief in die verkratzten Plastikaugen: »Wie heißt du?« Oma drückt Kuhno auf den Rücken und für einen kurzen Moment sieht es aus, als würde Kuhno ratlos mit den Schultern zucken. »Du bist Kuhnino, was?«

»Und du?« frage ich, ohne den Blick von der Straße zu nehmen. »Wie ist dein Name? Nonna?«

»Nonna? Nein, Nonna gibt es doch schon.« Aus den Augenwinkeln kann ich erkennen, dass sie und Kuhno mich anschauen und erwarten, dass ich jetzt einen italienischen Namen finde.

»Hmmm – vielleicht Omalissima?«, schlage ich vor.

»Omalissima«, wiederholt sie, als müsste sie es erst mit Kuhno, Verzeihung: Kuhnino, besprechen. »Omalissima finden wir gut.«

»Bene!«

Pling!

»Oh, SMS von ›Tob‹«, stellt Oma fest, die während der Fahrt die Herrin über das Handy ist. »Das ist er, oder?«, fragt sie, während sie sich schon den Text im Display anschaut.

»Was schreibt er?«

»Guten Morgen, liebe Ev. Bin gerade mit Üffes Klein am Flughafen in Florenz gelandet. Wo seid ihr? In der …«, sie stockt. »Weiter kann ich nicht lesen.«

»Du musst das Handy entriegeln.«

»›Guten Morgen, liebe Ev‹ … hatten wir schon. Also … ›In der Nähe? Ich habe eine Tüte Schlümpfe dabei, ein Küsschen von Thore und einen Kuss von mir. Treffe mich am Nachmittag mit einer Sammlerin und könnte nach Mailand kommen oder nach Elba. Ich vermisse dich sehr.‹« Sie schaut aufs Handy und dann mich an:

»Woher weiß der, wo wir sind?«

»Wir haben telefoniert, da habe ich es ihm gesagt.«

»Warum?« Sie klingt enttäuscht. »Kommt der jetzt mit?«

»Nein, Omi, er ist beruflich in Italien.«

»Omalissima!«, korrigiert sie mich.

»Zeig mal, steht da wirklich Üffes Klein?«

Sie hält mir das Handy hin.

»Da steht ›Yves Klein‹. Nicht ›Üffes‹.« Ich muss laut lachen.

»Wer ist das denn?«

»Keine Ahnung. Er sagte, er müsse ein Kunstwerk begleiten. Ich nehme an, das ist ein Kollege, der ihm hilft. Ich antworte ihm gleich, dass das nicht klappt.«

»Ja, wenn du den sehen willst, Evakind, dann können wir das machen. Willst du denn?«

»Ich weiß nicht ... Und Johannes?«

»Der kann ja auch dazukommen.«

»Sehr lustig!«

Plötzlich ist da dieses Gefühl von Roadmovie und von Freiheit. Wir rauschen über die Autobahn: No one can stop us. Im CD-Player Peter Licht: *Alles was du siehst, gehört dir.*

Die Landschaft verändert sich, die Farben werden kräftiger, die Bäume schmaler und höher: Das also sind Zypressen und das also ist diese Toskana.

Oma schläft neben mir mit offenem Mund und schnarcht dabei. In wenigen Stunden wird sie zum ersten Mal in ihrem Leben das Meer sehen. Mein erstes Mal war in Bulgarien: Onkel Richard und seine Frau haben mich mitgenommen, Goldstrand, Achtzigerjahre. Da habe ich zum ersten Mal die Angst gespürt, dass der Tag zu schnell zu Ende gehen könnte. Ich wollte für immer im Schwarzen Meer bleiben, das genauso wenig schwarz war wie der Strand golden. Das Gefühl, wie die Wellen mich durcheinanderwirbeln: Hätte ich nicht einfach sechs Jahre alt bleiben können? Ich war erst sechs. Sechs Jahre – so lange bin ich mit Johannes zusammen. Dabei will ich auch 60 Jahre. Aber was ist, wenn die Rechnung am Ende nicht aufgeht? Ich würde die Zeit mit Jo aufgeben und müsste mit Tobias neu anfangen. Bis wir auch sechs Jahre zusammen hätten.

Pling!

Das Handy liegt in Omas schlaffer Hand. Eine SMS von Johannes. Was für ein Zufall. 140 fahren und SMS lesen kann ich gut.

Eva – ich sitze im Lehrerzimmer und denke an dich. Seid ihr schon am Meer? Wie gern wäre ich bei dir!

»Wer schreibt?«, kommt es plötzlich von rechts.

»Du bist wach?«

»Ich tue nur so. Also: Wer? Tobias?«

»Nein, Jo.« Ich reiche ihr das Handy rüber.

»Ich sag's doch, der kommt auch noch. Du musst Tobias noch antworten. Der steht da jetzt mit seinem Kollegen und wartet sicherlich.« Sie hebt den Atlas aus dem Fußraum auf die Knie und blättert darin herum. »Wo ist Tobias?«

»In Florenz. Ich weiß, dass wir in der Nähe sind.«

»Guck mal, Eva!« Oma tippt mit dem Zeigefinger an ihr Beifahrerfenster: »Was ist das da?«

»Wooo?«

»Da! Ist das das Meer?«, fragt sie vorsichtig.

»Das ist es!«

Ich setze den Blinker und fahre auf den Seitenstreifen.

Oma legt die flache Hand an die Scheibe. »Das ist ja wirklich blau«, staunt sie. »Wunderschön. Wir sind tatsächlich am Meer.«

Sie schüttelt zaghaft den Kopf und kann den Blick nicht abwenden.

»Wir haben es wirklich geschafft, wir sind am Meer. Guck doch mal in die Karte, wie weit es nach Piombino ist.«

Eigentlich sind zwei besondere Ereignisse gleichzeitig eingetreten: Wir sind am Meer und Johannes hat eine wahnsinnig liebe SMS geschrieben.

Und so erleben wir beide etwas Neues: völlig unwichtig, wie alt man ist und worum es eigentlich geht. Beruhigend, dass es mit Ende 70 auch noch mal ein erstes Mal geben kann.

Im Hafen von Piombino geht es schneller als an der Kasse im Supermarkt, es ist aber auch weniger los. Mit uns wollen noch drei Autos auf die Fähre nach Elba. Die Infrastruktur am Hafen lässt vermuten, dass in Monaten ohne R deutlich mehr zu tun ist.

Es dämmert schon und Oma hat seit gut zwei Stunden fast gar nichts gesagt. Das Letzte, was sie so gebannt angeschaut hat, war das Winterfest der Volksmusik. Wenn die beknackten Hupfdohlen vom Fernsehballett mit Federn auf dem Kopf und billigen Badeanzügen eine Treppe heruntergesteppt kommen und Flori Silbereisen die Arme öffnet, ist sie selig. Dazu trinkt sie gerne eine Dose Bier. Dieses visuelle Highlight wird gerade abgelöst durch den Anblick des Meeres.

Ich steuere das Auto in den riesigen Schlund der Fähre. Ein Hafenarbeiter im orangefarbenen Anzug deutet mir mit einer Leuchtkelle den Weg auf die Rampe. Für ihn Routine, für uns eine weitere Premiere.

»Bleiben wir hier sitzen?«, fragt Oma, als wir im Bauch der Fähre stehen.

»Nein, wir gehen hoch an Deck und gucken uns das Spektakel an. Und Kuhnino kommt mit.«

Ich löse meinen Sicherheitsgurt und drehe mich zum Rücksitz, um nach meinem Schal zu kramen und Omas Jacke mitzunehmen. Sie bleibt sitzen.

»Na komm, abschnallen, es geht los.«

Fiiiiep.

Als ich aussteige, fliegt mir eine Wolke aus Abgasen und Öl entgegen. Ich gehe um das Auto und spüre, wie mich Oma mit ihrem Blick verfolgt. Ich öffne ihre Tür und hocke mich davor. Sie hält mein Handy fest, hat den Atlas, Kuhno und ihre Jacke auf den Knien liegen.

»Magst du nicht mit hochkommen, Omalissima?«

»Doch, schon. Aber …« Sie guckt traurig nach unten.

»Was ist denn los? Bist du traurig? Hast du keine Lust mehr aufs Meer?«

»Doch, doch. Aber …«

Sie schiebt die Unterlippe nach vorn, seufzt schwer und in dem Moment mischt sich unter den Öl- und Abgasgestank noch ein saurer Geruch. In Kombination mit den anderen Dämpfen riecht es plötzlich wie unter einer Brücke.

»Riechst du das?« Ich schnuppere nach draußen. »Wo kommt das her?«

Sie guckt beschämt runter und ich verstehe.

»Ach, Omi, ist doch nicht schlimm.«

Ihre Augen füllen sich mit Tränen. Noch hält ihr Lid dem Druck stand. Nicht mehr lange, dann rollen die ersten Tropfen über ihre Wangen.

»Wir haben unterwegs gar nicht mehr angehalten … und da …« Sie versucht, sich zu erklären.

»Konntest du nicht mehr einhalten? Das ist wirklich nicht schlimm. Die Beckenbodenmuskulatur lässt nach und dann war das so aufregend mit dem Meer, da hast du das einfach mal vergessen.« Ich halte ihre Hand. »Es dauert noch, bis die Fähre ablegt, ich hole jetzt einen sauberen Schlüpfer aus dem Karton und eine andere Hose und dann regeln wir das. Mach dir keine Sorgen.«

»Das ist mir so peinlich.«

»Wie oft habe ich mir in die Hosen gemacht und du hast mir geholfen? Und außerdem: Sophia Loren hat ganz sicher auch einen schwachen Beckenboden.«

Oma lächelt gequält und ich ärgere mich, dass ich nicht daran gedacht habe, regelmäßig Pausen zu machen. Ein Gedanke, der immer noch ungewohnt ist: Verantwortung für Oma übernehmen.

Die Toilette in der Fähre ist sehr eng, aber Oma meistert das gut. Ich stecke die nasse Hose und den Schlüpfer in eine Plastiktüte. Gut, dass nicht viele Menschen an Bord sind, an Deck sind wir sogar ganz allein. Wer fährt schon im Januar nach Elba und setzt sich auf der Fähre ins Freie?

Mittlerweile ist es dunkel geworden und über uns kreisen ein paar Möwen. Es ist sehr kalt, aber das macht Omi anscheinend nichts aus. Vom Schiff aus sieht Piombino ein wenig aus wie der Pott: überall rauchende Schornsteine.

Oma befindet sich zum ersten Mal auf einem Verkehrsmittel, das keine Räder hat. Als es knallt, zuckt sie zusammen: Der Anker wird eingeholt und das Kettenrasseln stört für einige Minuten die Stille.

Die Möwen sind nicht mehr zu hören und der Motor stöhnt auf. Oma drückt meine Hand ganz fest; ihre Fingerknöchel sind weiß. Sie hält meine Hand so fest wie früher, wenn ich Angst hatte. Vielleicht hatte sie schon immer selbst Angst und hat es mich einfach nie spüren lassen.

Die Fähre ruckelt und wir legen ab, Oma ist gefesselt vom Meer und sie lächelt. Es ist wohl doch was anderes als die Eder.

Die Überfahrt dauert keine Stunde, am Horizont sind schon Berge und Lichter zu sehen, denn langsam wird es Nacht. Je näher wir der Küste kommen, desto mehr Vertrauen fasst Oma, los lässt sie mich dennoch nicht. Sie raucht ein Fährkippchen und beobachtet, wie ich Tobias auf seine SMS antworte.

Lieber Tob, danke für deine schöne
SMS. Bin jetzt mit Oma auf der
Fähre nach Elba. Ich glaube, dass es

im Moment nicht so gut wäre, wenn wir uns sehen würden. Wie lange bist du in Florenz? Viel Spaß mit Herrn Klein. Kss, Ev.

»Richtig deutlich hast du das aber nicht gesagt, oder?«, fragt Oma, während sie auf mein Handy schielt.

»Du kannst doch nicht einfach meine Nachrichten lesen und dann auch noch kommentieren.«

»Ich meine ja nur, du hast nicht …«

Pling!

SMS von Tobias:
Herr Klein ist ziemlich blau und hängt schon. Treffe mich nun mit einer Sammlerin zum Abendessen. Wenn du mich brauchst, kann ich morgen um zehn Uhr auf die Fähre steigen.

»Ach, das ist schon sehr süß«, kommentiert Oma die SMS. »Wie alt ist der denn? Mag er auch ältere Frauen?«

»Oma!«

»Du hast doch Johannes. Na?« Sie schüttelt sich vor Lachen, lässt aber meine Hand nicht los.

»Wie hätte Mama entschieden?«, frage ich aus dem Nichts.

»Deine Mama?«, setzt Oma an und wird dabei ganz ernst: »Deine Mama war furchtlos, sie hat das Leben immer so genommen, wie es sich ihr anbot. Als sie deinen Vater traf, wusste sie, dass sie mit diesem Mann ein Kind haben wollte. Sie hat nie überlegt, welche Konsequenz das für die Zukunft haben könnte. Deine Mutter hat sich immer auf ihr Gefühl verlassen.«

Der Wind bläst uns kalt ins Gesicht.

»Von wem hatte sie das?«, wundere ich mich, denn Oma und Opa sind beide nicht so.

»Keine Ahnung. Sie hat sich nur eine Frage gestellt: ›Tut es mir gut, ja oder nein?‹ Danach hat sie gehandelt.«

»Vermisst du sie?«, frage ich und drücke fest ihre Hand.

»Ich habe gelernt, ohne sie zu leben, zum Glück habe ich ja dich. Was mich tröstet, ist, dass sie sehr glücklich war, als sie gestorben ist. Das ist wirklich ein Trost.«

»Ich habe eine Idee, wie sie war … aber ich erinnere mich nicht.« Ich schaue Omi von der Seite an.

Sie schaut hoch: »Wenn ich mich an sie erinnern möchte, dann rieche ich an ihrem Parfum. Sie roch immer nach Vanille.«

»Daran erinnere ich mich nicht mehr.«

»Als sie gestorben ist, war sie jünger als du jetzt.«

SMS von Tobias
Ev! Ich sehe gerade einen Stern und
überlege, einen Kuss hinzuschicken.
Einfallswinkel gleich Ausfallswinkel
landet er dann bei dir.

»Sie hätte ihn nicht kommen lassen«, sagt Oma mit Blick auf die SMS. »Sie wäre zu ihm gefahren. Weil sie die Dinge, die ihr Herz berührt haben, selbst in die Hand genommen hätte.«

SMS von Tobias
Der Kuss hat einen Schutzhelm auf,
damit er sich am Stern nicht den
Kopf stößt.

»Das ist etwas kitschig, oder?«, fragt Oma.

Wir lachen laut und ich stecke das Handy in die Jackentasche und höre es noch zweimal plingen.

Giulia wartet in Porto Azzurro und winkt uns zu. Sie ist ziemlich klein, hat schulterlange dunkle Haare und sagt anscheinend nicht Nein zu Pasta und Pizza.

»Ciao, Eva? La nonna?«

»Sì.« Oma will sich schon wieder auf Italienisch unterhalten.

»Non parlo italiano«, ergänze ich meinen auswendig gelernten Satz, der mir reichlich unlogisch vorkommt. In der jeweiligen Sprache zu sagen, dass man die Sprache nicht spricht?

»Lo so, nessun problema«, lacht Giulia.

»Was hat sie gesagt?«, fragt Oma mich.

»Woher soll ich das wissen? Du bist doch hier die Italienerin von uns beiden.«

Giulia deutet uns mit der Hand, wieder ins Auto zu steigen und ihr zu folgen. Sie steigt in einen weißen Kleinwagen, an dessen Steuer ein Mann sitzt, und wir fahren den beiden über einen Kiesweg leicht bergauf hinterher.

»Wo fahren wir hin?«, fragt Oma skeptisch.

»Zum Haus? Parken?« Es ist wirklich dunkel, wir sehen kaum etwas und folgen nur den Scheinwerfern. »Ist das unser Haus?«, fragt Oma, als Giulia und ihr Mann langsamer werden. »Nein, das ist eine Kirche«, stelle ich fest. »Vielleicht ist das Haus dahinter …?«

Das Auto vor uns hält an, Giulia steigt aus und deutet auf den Kirchturm. Wir schnallen uns ab und öffnen die Tür.

Giulia strahlt, zeigt auf Oma und mich und dann zum Haus. Ihr Mann hat bereits unseren Kofferraum geöffnet und holt das Gepäck raus.

Und tatsächlich geht Giulia eine Außentreppe zum Kirchturm hoch. Ranken umschlingen die Treppenwand; im Sommer werden hier sicher Blumen blühen.

Oma kommt hinterher. Sie nimmt die Stufen sehr langsam und setzt dazu einen Fuß auf die Stufe und zieht den anderen nach.

Oben öffnet sich die Tür zu einer perfekt ausgestatteten Ferienwohnung.

»Oma! Es ist wunderschön!«

Sie hat noch nicht ganz die Hälfte der Stufen bewältigt.

Wir treten in einen großen Raum mit offener Küche und einer Wohnecke mit Kamin; die Fenster sind bodentief.

Drei kleine Stufen geht es hoch auf eine Dachterrasse. Daneben liegt das Schlafzimmer mit einem großen Bett: Da haben Oma, Kuhno und ich viel Platz. Das Bett ist bereits bezogen. Auf die Bettwäsche sind Streublümchen gedruckt, wie bei Oma zu Hause.

»Oooooh! Hübsch«, höre ich Oma aus dem großen Raum. Sie ist angekommen. »Oma muss sich mal setzen.« Giulia ist schon zur Stelle und hilft Oma in den Sessel, der in der Ecke am Fenster steht.

Giulias Mann hat unsere Sachen hochgebracht und gibt Oma ein Glas Leitungswasser.

»Das Bad hat sogar eine Dusche. Du liebst doch Duschen. Und ein Fenster.«

Giulia winkt mich zu sich rüber, sagt etwas auf Italienisch und fasst dabei an die Heizung. Wahrscheinlich hat sie sie erst vorhin angemacht und möchte mir sagen, dass es etwas dauert, bis es richtig warm ist. Das ist nicht schlimm, das kenne ich von zu Hause.

»Willst du dir die Wohnung nicht ansehen? Guck mal, wir haben sogar eine Dachterrasse. Da kannst du rauchen.«

Sie lächelt mich müde an und streckt mir die Hand entgegen.

»Omi … alles gut?«

Ich hocke mich zu ihr. Giulia und ihr Mann stehen vor uns und verstehen kein Wort.

»Wir sind angekommen, wir sind in Italien«, sage ich leise zu ihr und gebe ihr einen zärtlichen Kuss auf den Handrücken. Das hat sie bei mir früher auch immer gemacht.

»Ja, wir sind angekommen«, wiederholt sie leise.

Giulia und ihr Mann winken und geben uns zu verstehen, dass sie jetzt gehen werden, klimpern mit dem Hausschlüssel und legen ihn auf den Esstisch. Dort steht schon eine Rotweinflasche, wahrscheinlich ein Begrüßungsgeschenk, außerdem ein Zettel mit dem WLAN-Code und Giulias Nummer. Ein Telefonat mit ihr stelle ich mir witzig vor.

Oma winkt den beiden zu und dann sind wir allein. Allein auf Elba, in einem Kirchturm.

»Wollen wir noch etwas essen gehen? Ich habe gesehen, dass auf dem Weg hierhin noch eine Pizzeria ist.«

»Lass mich mal einen Augenblick hier sitzen. Haben wir so viel Zeit?«

»Wir haben alle Zeit der Welt«, beruhige ich sie. Aber die Frage ist gar nicht so schlecht: Wir sind am Ziel. Wie lange wollen wir hierbleiben?

Sie schließt erleichtert die Augen und döst, ich packe solange unsere Sachen aus. Es ist still und ich höre nur das regelmäßige flache Atmen aus dem Sessel.

Ich lege Omas Kulturtasche ins Bad, stelle unsere Zahnbürsten in einen Becher und ein Glas bereit, damit sie ihr Gebiss über Nacht lagern kann. Die italienische Haftcreme lege ich daneben.

Kann ich mir das eigentlich vorstellen? Was mache ich,

wenn Oma nicht mehr allein leben kann? Wer kümmert sich dann um sie? Eine WG mit Oma? Darüber habe ich tatsächlich noch gar nicht nachgedacht.

Als Mama einschlief, war Oma auch für mich da. Vielleicht kann sie noch eine Weile allein in der neuen Wohnung leben – aber was dann?

Was mache ich, wenn sie nicht mehr allein leben kann? Darüber musste ich mir bislang keine Gedanken machen. Irgendwie stellte sich die Frage nicht: Oma schien immer fit und da war ja auch noch Opa. Als ob der eine Hilfe wäre!

Ich gehe zu ihr und schiebe meine Nase ganz nah an ihr Ohr, sehr leise. Du warst es, die mir gesagt hat, dass Menschen hinterm Ohr riechen, wie sie wirklich riechen, denke ich.

»Eva?«

»Huch!«

»Was machst du da?«

»Dich wach ärgern.«

Ich kitzle sie mit meiner Nase und versuche, mir meinen emotionalen Moment nicht anmerken zu lassen.

»Hast du geschafft!«, sagt sie mit geschlossenen Augen und drückt meine Wange an ihre.

»Jetzt geht es Oma wieder etwas besser«, lügt sie mich an. »Ich gucke mir mal die Wohnung an. Hilfst du mir hoch?«

»Klar. Sag mal, soll ich eine Pizza holen und dann essen wir die hier?«

»Nein, wir müssen doch Hallo sagen und mal gucken, wer hier in der Nachbarschaft wohnt. Und einen Zitronenschnaps zur Begrüßung müssen wir auch trinken.«

Da ist sie wieder: meine Schnaps-Oma.

Die Pizzeria sieht exakt so aus wie die in Mailand. Bauchiger Pizzaofen, bauchiger Pizzabäcker, dünner Kellner, kleine Tische. Der Unterschied: Wir sind die einzigen Gäste. Elba ist im Januar wirklich ausgestorben. Das bedeutet, dass wir die volle Aufmerksamkeit haben: Auch dieser Pizzabäcker ist in Flirtlaune und zwinkert Oma verwegen an.

»Hat der was mit dem Auge?«, kommentiert sie das gespielt trocken.

»Nein, der hat eins auf dich geworfen – du bist doch Single.«

»Hör bloß auf!« Sie lacht.

Ich bestelle Arrabiata für mich und Funghi für Oma.

Der Pizzabäcker wirbelt den Teig durch die Luft und lässt Oma dabei nicht aus den Augen.

»Liegt sicher an deiner tollen Frisur – der denkt, du bist Sophia Loren«, kommentiere ich die Turnerei am Backofen.

»Du kriegst gleich einen Schlag in den Nacken.« Oma muss wieder lachen. Sie trinkt Cola und ich Wein. »Schön ist es hier«, sagt sie plötzlich. »Das haben wir wirklich richtig gemacht.«

»Ja, haben wir.«

Wir knabbern an den Grissini, die uns auf den Tisch gestellt werden, bis der dünne Kellner kommt und uns sehr schwungvoll die Teller auf den Tisch stellt. Als Oma sieht, was sie vor sich hat, wird sie rot im Gesicht: eine Pizza in Herzform.

Der Pizzabäcker am Ofen wirft Oma einen Luftkuss zu und ruft: »Pizza Cuore, Bellissima.«

»Hoffentlich ist die Pizza nicht versalzen«, grummelt sie und sägt mit dem Messer einmal quer durch das Herz. Autsch.

Am Ende gibt es den erhofften Limoncello. Als wir wieder im Auto sitzen, strahlt sie.

»Ich kann es kaum erwarten aufzuwachen«, sagt sie zurück in unserem Türmchen. »Wenn es erst einmal hell ist, dann sind wir wirklich da.« Sie legt ihr Hörgerät auf den Nachttisch und nimmt Kuhno in den Arm.

»Eva, kommst du nicht ins Bett?«

»Nein, ich trinke noch ein Glas Wein, schreibe eine Mail und dann komme ich auch.«

»Was hast du gesagt?«

Ach, richtig, das Hörgerät ist ja schon im Feierabendmodus.

»Schlaf schön. Ich komme gleich.«

Ich schließe vorsichtig die Tür zum Schlafzimmer.

Und dann ist da wieder diese Stille im Raum. Es ist so leise, dass ich es nicht ertrage. Ich bin das nicht gewohnt: Zu Hause dudelt immer das Radio oder rauscht die Stadt. Und jetzt: nichts.

Ich ertrage die Ruhe nicht. Mit Stöpsel im Ohr höre ich meine Lieblingsliste. Mein ganz persönliches Mixtape 2.0.

Are You Gonna Be My Girl / Jet
One / Johnny Cash
Angels / The XX
Ich will nur / Philipp Poisel
Girlfriend / Phoenix
Twilight Omens / Franz Ferdinand
Alles was Du siehst / PeterLicht
Sing Song Girl / Er France
I Want You Back / Jackson 5
Stadt / Klee
Frozen Man / James Taylor
Perhaps Perhaps Perhaps / Cake
Paris im Herbst / Thees Uhlmann
Just Breathe / Pearl Jam
Das leichteste der Welt / Kid Kopphausen
Esmeralda / Ben Howard

Mir fällt erst jetzt auf, was das eigentliche Thema der Playlist ist: Sehnsucht.

Hatte ich vielleicht am Ende auch nicht mehr die Augen auf, gab es eine emotionale Lücke, die ich nicht gesehen habe oder nicht sehen wollte? Was ist, wenn in meiner scheinbar perfekten Beziehung zu Johannes längst die Tür einen Spalt geöffnet war? Eben so weit, dass Tobias einen Fuß hineinbekommen hat.

Johannes und ich – wann haben wir eigentlich das letzte Mal richtig miteinander geredet?

Im Display erscheint eine WhatsApp-Nachricht von Tobi:

Darling. Where are you? I miss you.
Want to kiss.

Sitze in unserem wundervollen Wohnkirchturm. Trinke Wein und höre Musik. Oma schläft.

Wie hübsch! Wein hatte ich auch. Gehe gerade durch Florenz und fühle mich dabei sehr italienisch. Welche Songs hörst du?

Durcheinander. Ich habe ein Herz für Indievögel. Wieso schreibst du englisch, wenn du dich italienisch fühlst?

Kann kein Italienisch und habe den ganzen Abend mit der italienischen

Sammlerin Englisch gesprochen. Süße, lass uns singen: »When the rain begins to fall. You'll ride my rainbow in the sky. And I will catch you if you fall ...«

»... You'll never have to ask me why« – das Lied habe ich geliebt! Pia Zadora und Jermaine Jackson.

Mein Indievogelmädchen, kennst du Niels Frevert?
»Wann kommst du vorbei
und lehnst dich an mich
du hast mein Herz so unaufgeräumt
Komm einfach rein«

Nein, kannte ich nicht. Das ist ein wunderschöner Text.

Wärst du hier, ich würde es dir ins Ohr singen.

Eva, gibt es was Neues? Darf ich kommen?

Leider nein. Ich weiß immer noch nicht, was ich machen soll. Ich habe das Gefühl, ich stehe auf einem Zehnmeterturm und will springen, aber ich traue mich nicht.

Das verstehe ich. Denk daran, ich bin da. Ich küsse dich! Gute Nacht!

Gute Nacht! Und danke.

Kss

Zrck

Oma liegt im Bett, neben sich Kuhno. Wie hat sie es damals nur geschafft, sie mir nachts aus dem Arm zu nehmen, um ihr neue Klamotten zu stricken?

Auf dem Nachttisch liegt Omas Hörgerät. Der Schlauch ist mit ihrem Ohrenschmalz ganz verstopft. Ich wende das Hörgerät vorsichtig in meinen Händen. Es müsste gereinigt werden. Aber wie geht das? Spülen? Ich setze mich an den Küchentisch.

So muss es bei Oma auch gewesen sein, wenn sie heimlich Kuhnos Sachen gestrickt hat. Ich empfinde eine unbeschreibliche Freude dabei, wenn ich mir vorstelle, wie sie morgen das Hörgerät ins Ohr steckt und plötzlich besser hört.

Auf YouTube finde ich ein Video zum Thema »Hörgerät reinigen«. Ich müsste das Gerät auseinanderbauen: Wenn ich das nicht mehr zusammengesetzt bekomme, haben wir ein Problem. Also was tun?

Ich mache mal lieber von jedem Arbeitsschritt ein Handyfoto, damit ich später weiß, wie es zusammengehört. Als Erstes zupfe ich den Schlauch aus dem Gerät. Das vertrocknete Ohrenschmalz bröckelt auf die Tischplatte. Ob Ohrenschmalz eigentlich der hart gewordene Mist ist, der einem Tag für Tag erzählt wird?

Dann hat sich Oma aber viel anhören müssen.

Ich gehe ins Bad und versuche, den Schlauch durchzuspülen. Dafür ist er zu schmal. Ich fürchte, ich muss ihn einweichen. Als sich alles löst, brause ich ihn ab und föhne ihn trocken. Praktisch: Oma wird das nicht hören.

Ich lege ein sauberes Stofftaschentuch von Oma auf den Nachttisch und platziere das Hörgerät vorsichtig darauf. Das wird ein Fest, wenn sie es benutzt. Es ist halb drei. Oma schnarcht etwas. Morgen wird sie behaupten, das sei Kuhno gewesen.

14. Januar

»Eva! Meer!« Auch ohne die Augen zu öffnen, weiß ich, dass Oma fertig geduscht und angezogen ist. »Eva, aufstehen!« Sie ist ganz aufgeregt.

»Echt? Das Meer? Können wir es sehen?«

Es ist wie der Moment, in dem der erste Schnee fällt. Ich hüpfe aus dem Bett und springe die drei Stufen zur Dachterrasse hoch. Oma hat die Flügeltüren schon geöffnet und die Sonne scheint mir entgegen. Aber wo ist das Meer?

»Siehst du es?«, Oma kommt langsam hinterher.

»Ähm … ja. Wenn du mir eine Räuberleiter machst, dann kann ich es vielleicht sehen.« Ich muss mich sehr weit übers Geländer lehnen, um es in der Ferne erkennen zu können.

»Ja, was? Ich habe nicht gesagt, dass wir es direkt unter uns haben.«

»Egal, schau mal, die Berge und die Wälder ... Wonach riecht das?« Ich schnuppere in die Luft.

»Es riecht warm«, schnuppert Oma mit.

»Ja, aber wie genau?« Ich war mal mit der Jugendfreizeit auf Korsika, da hat es ähnlich gerochen.

»Es riecht nach Elba«, stellt Oma entspannt fest.

»Und guck mal, wie blau der Himmel ist!« Ich nehme sie in den Arm und freue mich, dass wir zusammen hier stehen.

»Eva, du hast nur einen Schlafanzug an. Geh mal rein, so warm ist es noch nicht!«

»Wie spät ist es denn?«

»Acht!«

»Acht? Bist du verrückt? Zu früh.« Ich verdrehe die Augen. »Was hast du vor?«

»Kaffee trinken, natürlich.«

»Das machen wir schick im Ort. Vielleicht direkt am Meer.«

Ich gehe in die Wohnung und suche aus der Tasche Klamotten für einen Kaffee in der Sonne. Als wir vor vier Tagen gestartet sind, konnte ich wirklich nicht ahnen, dass ein T-Shirt fast schon reicht.

Im Badezimmer stelle ich fest, dass ich meine Tage bekommen habe.

Auch das noch, ich bin doch eigentlich noch gar nicht fällig – so ein Mist! Ich habe natürlich weder Binden noch Tampons dabei. Wie mache ich das denn jetzt?

Da fallen mir Omas Einlagen gegen Inkontinenz ein. Das sind zwar halbe Windeln, aber egal: Im Dorf kann ich mich sicher versorgen.

Wie oft habe ich mir schon gewünscht, meine Tage würden ausbleiben. Ich würde einfach schwanger sein. Ohne es mit Johannes abgesprochen zu haben. Das Kind würde entscheiden, wann es kommt, nicht wir. Ich fasse in das Blut in meiner Unterhose und verschmiere es zwischen Daumen und Zeigefinger.

Jetzt schwanger werden? Von wem? Johannes wäre es vermutlich nicht recht, so ungeplant. Und jetzt schon gar nicht.

Und von Tobias? Das ginge schon etwas sehr schnell. Ich klebe die Windel von Oma sorgfältig in meinen Slip. Ein Halbgeschwisterchen für Thore. Ob es für Tobias noch etwas Besonderes wäre, wieder Vater zu werden?

Ich möchte es so gerne zum ersten Mal erleben.

Zum ersten Mal feststellen, dass meine Tage ausgeblieben sind, zum ersten Mal ein Ultraschallbild anschauen, zum ersten Mal kotzen, zum ersten Mal Sex mit einem Babybauch. Zu dritt sein. Ich bin überrascht, wie sehr mich diese Gedanken mitreißen. Ob es eigentlich darum geht?

»Oma ich habe mir eine Windel von dir geliehen«, rufe ich auf die Terrasse.

»Schrei nicht so!«, antwortet sie. »Ich höre den Vögeln zu.«

Ich gehe zu ihr raus. Sie sitzt auf einem der weißen Plastikstühle und guckt in den Himmel.

»Was sagst du?«

»Hörst du schlecht?«, sagt sie. »Hör mal, die Vögel zwitschern. Zu Hause tun sie das ja nicht mehr. Hier schon.«

Operation Hörgerät hat offensichtlich geklappt.

»Omi, ich wäre so weit. Cappuccino am Meer?«

»Ich möchte so einen Kaffee mit Herzchen in der Milch«, sagt sie und hält mir die Hand hin, damit ich ihr aus dem Stuhl helfe.

Wir nehmen unsere Handtaschen und gehen die Außentreppe hinab auf den großen Kiesplatz, darauf steht ein großer Holztisch. Ich stelle mir vor, dass im Sommer eine weiße Tischdecke daraufliegt und eine große Familie darumsitzt. Sie trinken Wein und essen und die Kinder spielen auf der Wiese Fußball.

»Hier könnte man gut heiraten«, stelle ich leise fest.

»Muss man aber nicht«, sagt Oma.

Richtig: Sie hört wirklich extrem gut.

Das Dorfzentrum liegt wahrscheinlich nur fünf Gehminuten entfernt, aber Oma wirkt heute überraschend wackelig und so nehmen wir das Auto. Als wir die Einfahrt über das Kiesbett hinabrollen, summt Oma verschiedene kleine Melodien.

Porto Azzurro hat eine kleine Marina mit einem Steg, an dem vier Bötchen schaukeln. Auf dem Platz davor steht noch der Weihnachtsbaum, an dem große, bunte Pakete im Wind schwingen. Ein merkwürdiges Bild: Für uns ist das gerade so eine Art Sommer, dabei ist Weihnachten noch nicht lang her. Ich stelle das Auto ab; alle Parkplätze sind frei, und das direkt am Meer.

Wir können uns zwischen zwei Cafés direkt am Wasser entscheiden. Sie unterscheiden sich kaum voneinander, beide sehen aus wie Eisdielen, in beiden sitzen jeweils zwei Gäste.

Zwischen den Cafés befindet sich ein Zeitschriftenladen. Draußen steht ein Drehständer mit Tageszeitungen und tatsächlich entdeckt Oma sofort ihr Lieblingsblatt.

»Evchen, ich habe doch die Bingokarten in der Handtasche. Vielleicht gewinnen wir heute und dann bleiben wir für immer hier.« Sie klatscht in die Hände.

»Oma, du hast über 60 Bingokarten, wie lange willst du denn da kontrollieren? Das wird Stunden dauern.«

»Wenn wir die 100 000-Euro-Sofortrente gewinnen, lohnt sich das.«

Wir trinken Kaffee mit Herzchen in der Milch und Oma bekommt noch ein Croissant mit Schokofüllung und eine Cola. Ein Festtagsmenü.

»Was wünschst du dir für heute, Omalissima?«

»Nichts, gar nichts. Ich habe alles und noch mehr.«

»Hast du einen Ausflugswunsch?«

Sie kramt schon in der Handtasche nach den Bingokarten. Der Stapel wird mit einem Haushaltsgummi zusammengehalten.

»Wir müssen noch ein paar Dinge einkaufen und ich würde gerne mit dir an einen Strand gehen«, zähle ich Pflicht und Kür auf.

Sie beißt in das Croissant und einzelne Krümel kleben an ihrer Wange. »Lass mich doch hier sitzen und du fährst zum Einkaufen. Ich kontrolliere hier in Ruhe meine Bingokarten.«

»Aber du kannst doch nicht so allein hier sitzen bleiben, du sprichst die Sprache nicht, und wenn was passiert ...« Ich bin skeptisch.

»Du kannst doch auch kein Italienisch und was soll hier schon passieren. Geh du mal, Evchen. Bringst du mir Zigaretten mit?«

»Gut, dann gehe ich jetzt einkaufen und hole dich später ab, ja?«

Sie fummelt ihre vorletzte Zigarette aus der Schachtel und schiebt sich ihren Bingokartenstapel in Position. Aus der Handtasche kramt sie noch den alten SPD-Kugelschreiber, den sie mal beim Glücksrad in der Stadt gewonnen hat und seither glaubt sie, dass er ihr eines Tages Glück bringen wird. Ich musste schon mehrfach die Mine wechseln.

»Okay, Oma, ich gehe dann mal, ja?«

»Ja!«, sagt sie knapp.

»Wenn was ist, dann …«

»Eva! Ich bin kein kleines Mädchen.«

Ich stehe auf, gebe ihr einen Kuss auf die Wange und in Wahrheit fühle ich mich etwas verloren, wie ich so allein über den Platz Richtung Dorfzentrum gehe.

Die Gassen sind eng und die wenigen Leute auf der Straße, gucken mich zum Teil sehr irritiert an und ich kann ihre Denkblasen sehen: »Wer ist das? Was macht die hier? Es ist Januar!«

Dass die Wäsche auf Leinen mitten über der Straße getrocknet wird, habe ich immer für ein Italo-Film-Klischee gehalten. Hier hängen Bettwäsche, Unterhosen und T-Shirts sehr selbstverständlich an Wänden und über Einfahrten. Die Häuser sind beige, rot und orange – was für ein Kontrast zur Siedlung bei Oma: grau und dunkelgrau. Das Leben dort wäre witziger, wenn die Häuser auch bunt angemalt wären und über der Straße Wäsche hängen würde.

Mir kommen zwei ältere Frauen mit Einkaufstaschen entgegen, auch sie wieder sehr schick angezogen.

Ach, könnte ich Oma doch nur ein paar Jahre schenken! Ein italienisches Leben würde ich ihr geben wollen. Sie würde eine tolle Italienerin abgeben und langsam glaube ich, dass wir nicht ohne Grund hierhin gekommen sind. Was hätten wir auf Juist gesollt: Selten habe ich erlebt, dass sie so gut drauf ist.

Ich entdecke einen kleinen Laden, in dem es Zigaretten gibt, und davor steht ein Ständer mit Postkarten: Sie sind vergilbt und die Pappe ist wellig. Seit der letzte Tourist abgereist ist, hat sich für euch niemand mehr interessiert, was? Ich wähle drei Karten aus: eine für die Praxis, eine für Jo und eine für Tobias und Thore. Und weil ich niemanden ungerecht behandeln möchte, bekommen alle die gleiche Karte. Strandatmosphäre mit der Ortsmarke Porto Azzurro, Elba.

Im Laden gibt es sogar eine italienische Lotterie und ich fülle ein Kästchen mit Omas Zahlen aus. Natürlich weiß ich sie auswendig, haben sich ja nie geändert: Klassiker, Geburtsdaten. Was heißt wohl Sofortrente auf Italienisch?

Ich bin die einzige Kundin und lege die Karten an der Kasse auf den Tisch. Die Verkäuferin trägt ihre Brille an der Kette und sagt etwas zu mir, ohne mich anzuschauen.

»Scusi, non parlo italiano.«

Davon lässt sie sich nicht stören. Sie tippt auf die Kasse und sagt, wie viel ich zahlen soll.

Ich lächle sie an, und das einzige Italienische, was von mir kommt, ist mein Schulterzucken.

Da muss selbst sie lachen und schreibt den Betrag auf einen Zettel. Das Display ihrer Kasse ist ausgeschaltet, wahrscheinlich macht sie es nur in der Saison an.

»Supermercado?« frage ich sie in der Hoffnung, dass ich das italienische Wort für Supermarkt richtig erraten habe.

»Supermercato?« Da geht es schon wieder los, Wegbeschreibung auf Italienisch – ich bin aber auch doof. Wie kann ich eine Frage stellen? Ist doch klar, dass ich die Antwort nicht verstehe. Wir lachen und sie macht eine Handbewegung, dass ich einfach weiter geradeaus gehen soll.

Was Oma wohl gerade macht? Sie ist sicher bei Bingokarte 37 und bei Herzkaffee Nummer drei – ich bin gespannt, wie ihr Herz das verträgt.

Tatsächlich muss ich nicht weit gehen, bis ich ein Geschäft finde. Brot, Tomaten, Milch, Kaffee, Nudeln, Wein, Tampons, Cola, Butter, Marmelade – ein ganz normaler Supermarkt, aber man merkt trotzdem sofort, dass es kein deutscher ist. Die Tomaten sehen anders aus, es gibt mehr Olivenöle und andere Käsesorten. Auffällig ist, dass die alten Damen, die den Einkaufswagen mit viel Zeit durch die Gänge fahren, auch wieder sehr exquisit angezogen sind. Oma wäre mit ihrem Kittel hier der Punk.

Die Damen unterhalten sich laut, und als ich vorbeifahre, sprechen sie mich freundlich an. Wo ist Oma mit ihrem »Italienisch«, wenn ich sie brauche? Plötzlich höre ich mich selbst »sì, sì« sagen. Vielleicht mache ich zu Hause doch mal einen Italienischkurs.

Wo sind eigentlich die jungen Italiener?

Ich kaufe noch einen Bastkorb, damit ich die Einkäufe tragen kann, und schlendere damit durch die Straße, als wäre ich hier zu Hause, als wäre es das Normalste der Welt, auf Elba zu sein. Dabei stelle ich mir vor, wie ich hier einen Italiener kennenlerne, der die Liebe meines Lebens wird. Oma und ich lassen einfach alles zurück: die Praxis, die neue Wohnung, die Typen, und leben hier ein duftes Leben zwischen Herzchen im Kaffee und Plaudereien im Supermarktgang.

Ich laufe an einem Laden vorbei, bei dem mich das Schaufenster sehr fasziniert. Darin stehen Büsten, Bilderrahmen, Messingglocken, ein Globus, es sieht aus, als wären die Dinge seit 30 Jahren unverändert so angeordnet.

Ich werde neugierig und gehe vorsichtig rein. Zwischen all den alten Dingen steht plötzlich ein Typ, der nur wenig älter sein kann als ich. Mit seinen dunklen Locken und diesem Schubber-mir-bitte-sofort-den-Nacken-Bart sieht er unfassbar gut aus. Er gehört offensichtlich zum Inventar, denn er trägt eine graue Schürze und hat eine Feile in der Hand und ehe ich mich versehe, steht er vor mir.

»Ciao, ma che bella sorpresa!«

»Mi scusi multo, non parlo italiano.« Huch, wo kommen denn jetzt plötzlich zwei neue italienische Wörter her?

»Come no, non parli italiano? Che fai al momento?«

»Do you speak English?«

»No capisco inglese. So solo italiano.«

»Hm.« Verlegenes Grinsen.

»Hm.« Süßes Grinsen.

»Alles klar, mein Freund, das funktioniert ja gut hier.«

»Ma potrebbe essere divertente!«

»Okay – Eva.« Ich tippe auf die Brust. Die wahrscheinlich souveränste Aktion bis hier.

»Raaaaaafaaaaaelllleeee.«

»Raaaaaafaaaaaelllleeee.«

»Sì! Raaaaaafaaaaaelllleeee.«

»Eva.«

»Eeevaaaaa.«

Das alte Raaaaaafaaaaaelllleeee-Eeevaaa-Spiel. Können wir bitte heiraten und unser ganzes Leben nur Raaaaaafaaaaaelllleeee und Eeeva sagen?

»Bene.« Grinse ich eigentlich noch immer so doof?

»Bene.«

Cool! Zu Raaaaaafaaaaaelllleeee-Eeevaaa käme dann noch »Bene«. Wird schon.

Raaaaaafaaaaaelllleeee dreht sich um und stellt auf seinem Smartphone, das an eine kleine Box angeschlossen ist, Musik an. Joe Cocker?

Der Laden ist unglaublich vollgestellt. Eine Ecke beherbergt nautische Instrumente und Seekarten, eine andere Ecke alte Rahmen mit Marienbildern. Hin und wieder nehme ich etwas in die Hand und sage »Bellissima«, und er sagt »Sì! Bellissima!«

Wenn ich jedes einzelne Teil hochheben würde, wären wir die nächsten zwölf Jahre beschäftigt. Ihm ist Joe Cocker wohl doch peinlich und Raaaaaafaaaaaelllleeee wechselt noch einmal die Musik: italienischer Pop.

Ich entdecke ein Gipsschild mit zwei Engelchen und hebe es hoch:

»Carino, sì? L'ho fatto io. Era solo un tentativo.«

»Was kostet das?«

Er geht zu seinem Arbeitstisch, auf dem kleine Bleistiftskizzen liegen, ein kleiner Hammer und mehrere Feilen. Vermutlich ist er der junge Meister Eder von Elba. Hot!

Er nimmt einen Bleistift und schreibt 38,50 auf den Block.

»Sì, nehme ich.«

»Sì, bene.«

Ich ziehe einen 50-Euro-Schein aus meinem Portemonnaie und halte ihm das Geld hin. Raaaaaafaaaaaelllleeee geht zum iPhone und wechselt noch einmal die Musik. Huch! Petula Clark, *Downtown?*

Er nimmt das Geld und seufzt tief.

»Mi fai impazzire.«

Er hat die Augen geschlossen. Rechnet er, oder macht er mir eine Liebeserklärung?

»Ja, ich will!«, sage ich.

Jetzt fängt er an, Zahlen auf den Block zu schreiben.

Ah, er rechnet aus, wie viel Geld ich zurückbekomme.

»Eh … 38, 50 e 50.«

Ich bin auch überfordert.

Er lacht, wie süß. Ich zwirble Haare, wie doof.

»Emozioni. Sì?« Meister Eder lächelt mich an.

»Sì! Emozioni!«

Dann legt er die 50 Euro zur Seite und fängt an mit seinem Bleistift auf die Rückseite des Blocks zu schreiben. Er lässt mich nicht sehen, was er da schreibt. Vermutlich: »Du dumme Touristin, lern halt Italienisch.«

»Kann ich nicht bei dir Italienisch lernen?«

Er guckt hoch. »Come?«

»Schon gut«, lächle ich ihn an.

Meister Eder verpackt die Engelchen in eine alte Zeitung

und schiebt mir den 50-Euro-Schein dazu. Dann wechselt er noch einmal die Musik und gibt mir links und rechts einen Kuss auf die Wange: »Aaaarividertschi!«

»Emozioni! Grazie, Raaaaaafaaaaaelllleeee.«

»Grazie, Eva. Emozioni.«

Oma sitzt noch immer auf ihrem Stuhl und ist anscheinend schon fertig mit den Bingokarten. Da kein Schampus auf dem Tisch steht, muss ich wohl davon ausgehen, dass es heute mit dem Millionengewinn noch nichts geworden ist. Ich bin fest davon überzeugt, dass sie die verdammten Karten auch noch kontrollieren wird, wenn sie mal gewonnen haben sollte.

»Ciao, Omalissima!«, begrüße ich sie und gebe ihr ein Küsschen.

»Na? Du warst aber schnell«, antwortet sie mit einer sehr entspannten Stimme. »Hast du mir Kippen mitgebracht?«

»Ja, klar!« Ich stelle das Körbchen ab und krame nach den Zigaretten. Erst jetzt sehe ich, dass sie die Schuhe unterm Tisch ausgezogen hat und nur in Nylonstrumpfhosenfüßen hier sitzt.

»Ich schlage vor, wir bringen jetzt die Einkäufe in unser Türmchen und dann fahren wir an einen Strand?«

»Das wäre schön.«

Wir haben die Fenster runtergekurbelt, eine Karte von der Insel liegt auf Omas Schoß. Die hat sie im Türmchen gefunden: Auf dem Weg nach Capoliveri müsste ein schöner Strand sein. Nach fünf Kilometern sehen wir ein braunes Touristenschild: Ein Sonnenschirm, ein Wasserball und Wellen weisen darauf hin, dass wir hier richtig sind.

Der Parkplatz ist leer, es gibt keinen unfreundlichen Parkwächter, der zehn Euro fürs Parken verlangt, keine bockigen

Kinder, die ihr Gummitier nicht selbst zum Strand tragen wollen. Es ist einfach niemand da außer uns.

Ich habe das Bastkörbchen dabei und ein kleines Picknick zusammengestellt. Eine Flasche Wasser, Kippen, Cola und Kekse.

Bevor wir die letzte Stufe in den Sand nehmen, bleibe ich stehen.

»Omi, wollen wir unsere Schuhe und Strümpfe ausziehen?«

Sie trägt einen Rock, zögert keine Sekunde und zieht ihre Nylonstrumpfhose aus. Dazu setzt sie sich auf die Stufe.

»Ein kleiner Schritt für einen Menschen, aber ein großer Schritt für meine Oma«, sage ich mit Pathos in der Stimme.

»Eva, übertreib mal nicht, ich habe schon mit nackten Füßen im Sand gestanden, da hat es noch gar keine Strände gegeben.«

Sie gibt mir einen Klaps auf den Po. »Außerdem habe ich ein halbes Leben mit dir auf dem Spielplatz verbracht.«

»Aber an einem Strand warst du noch nie.«

»Das stimmt wohl.«

Oma hält meine Hand und wir gehen vorsichtig Richtung Meer.

»Das riecht schon so gut«, sagt Oma ergriffen.

Dieses Bild gehört eigentlich Liebespaaren, hier ist es unser Bild: Januar, einsamer Strand und ich empfinde eine tiefe Liebe für diese Frau an meiner Seite.

Als wir fast am Wasser sind, breite ich ein Handtuch aus. Oma schaut aufs Meer und schweigt.

»Komm, hilf mir mal«, sagt sie und deutet an, dass sie nicht mehr stehen kann. Ich greife ihr unter den Arm und wir setzen uns vorsichtig hin.

»Magst du eine Cola oder eine Zigarette?«

Sie schüttelt den Kopf und legt sich vorsichtig flach auf

den Rücken. »Keine Cola? Keine Zigarette? Was ist los mit dir?«

»Ich hätte dir gern ein schöneres Leben gegeben, Eva.«

»Was ist los? Mein Leben ist schön.«

Ich bin überrascht, lege mich auch auf den Sand und schaue mit ihr in den blauen Himmel über Elba.

»Als Mama sagte, sie sei schwanger, dachten wir alle: zu früh, zu jung. Als sie eingeschlafen ist, wusste ich, warum sie dich so früh bekommen hat. Eva, du bist mein Glück. Wir hatten es nie leicht, aber du hast dich nie beschwert. Ich hätte gern mal mit dir Strandurlaub gemacht oder tolle Gartenfeste für dich und deine Freundinnen ausgerichtet, hätte dir gern Kleider gekauft, stattdessen musstest du die der Nachbarskinder auftragen.«

»Omi ....«

»Lass mich mal, Evakind. Ich weiß, dass du das nicht so siehst und dass du sagst, du hast das alles nicht gebraucht. Das glaube ich auch. Aber es gibt etwas, das ich sehr bereue. Ich hätte dir gern gezeigt, dass es sich lohnt, um Liebe zu kämpfen.«

»Geht schon. Das hat doch nichts mit dir zu tun.«

»Mir tut es so weh, dass du leidest. Ich kenne dich, mein Kind, aber ich kann nichts tun.«

»Doch, du bist da.« Ich nehme ihre Hand. »Du hast dich ja gerade selbst getrennt, das darf man nicht vergessen.«

Wir liegen im Sand und sprechen in den blauen Himmel. Das haben wir noch nie gemacht.

»Nein, nein, das ist was anderes. Dass ich jetzt ausziehe, finde ich gut – und ich freue mich auf die Wohnung mit der Heizung.«

»Du bist überhaupt nicht traurig?« Ich kann mir nicht vorstellen, dass man das ohne mit der Wimper zu zucken so wegsteckt.

»Mich macht vielleicht traurig, dass wir am Ende doch gescheitert sind und ich mich nicht früher entschieden habe.«

Die Art, wie Oma spricht, rührt mich so sehr, dass mir eine Träne die Schläfe herunterläuft. Ich habe die Augen geschlossen und höre nur ihre ruhige Stimme und das Meer. Sie erzählt in einer Art und Weise, wie ich es noch nie bei ihr erlebt habe.

»Eva, ich weiß, was Liebe ist. Ich weiß, wie sich Liebe anfühlt: Liebe ist ein Marmeladenbrötchen, die obere Hälfte. Wir haben jeden Tag unsere Frühstückspause zusammen verbracht, 19 Jahre lang, immer um halb elf. Er hat mir jeden Tag ein Brötchen geschmiert und mir den Lokalteil der Zeitung aufgeschlagen hingelegt. Dann haben wir zusammen gefrühstückt und uns erzählt, was wir in der Zeitung gefunden haben. Die schönsten Stellen haben wir einander vorgelesen.«

»Herr Schmitt? Der Filialleiter im Laden?«

»Ja, Herr Schmitt und ich. 19 Jahre lang.«

»Wart ihr ein Paar?«

»Wir waren Freunde.«

»Ein Liebespaar? Habt ihr euch geliebt?«

»Ja, wir haben uns geliebt.«

Ich kann mir das gar nicht vorstellen. Herr Schmitt war immer lieb zu mir, aber er war auch ein »Hutzelmännchen« – er hatte wirre graue Haare und trug eine lustige Nickelbrille und diesen weißen Kittel mit dem Namensschild drauf. Herr Schmitt hatte immer ein Bonbon in der Kitteltasche, und wenn ich nach der Schule zu Oma in den Laden gegangen bin, dann hat er mir manchmal eine Scheibe Fleischwurst geschenkt.

»Hast du mit ihm … also … ich meine …hattet ihr auch … eine körperliche …« Peinlich berührt suche ich nach den richtigen Worten.

»… Beziehung? Darum ging es nicht. Wir haben manchmal im Frühstücksraum getanzt, wenn im Radio ein schönes Lied lief. Oder wir haben uns einfach nur gehalten, ich hätte dann für immer mit ihm in dem Frühstücksraum bleiben können. Jeden Tag um halb elf. Manchmal hatte ich ein Zettelchen in der Kitteltasche. Eines Tages war ein Ring drin.«

Sie hebt die rechte Hand und hält die Finger gegen die Sonne. Am rechten Ringfinger trägt sie einen schlichten goldenen Ring.

Ich öffne die Augen und suche neben Opas Ring noch einen anderen Ring. Aber da ist nur einer.

»Und der ist nicht von Opa?«, frage ich leicht irritiert.

»Nein, der ist von Herrn Schmitt. Niemand hat gemerkt, dass ich ihn ausgetauscht habe. Nicht einmal Opa. Der Ring ist geblieben. Er ist ohne mich gegangen, einfach gestorben.«

»Ich erinnere mich daran.«

»Mein Herz ist in tausend Stücke zersprungen. Ich habe es nie wieder zusammengesetzt.«

»19 Jahre lang?«, frage ich verblüfft. »Was für eine irrsinnig lange Zeit. Warum wart ihr kein richtiges Paar?«

»Ich dachte, dass sich das nicht gehört, denn ich war doch verheiratet. Man entscheidet sich einmal für jemanden und dann ist das so«, erklärt sie und klingt resigniert dabei. »Ich fand das erst verstörend, dieses Gefühl. Das kannte ich nicht. Wir haben so schön miteinander geredet und gelacht. Ich habe mich nicht getraut zu gehen. Was hätten die Leute gesagt?«

»Omi, ich habe das nicht gewusst. Ist das wichtig, was die Leute sagen?«

»Natürlich ist das heute nicht mehr wichtig. Aber damals war das noch ein Thema. Ich habe mich einfach nicht getraut.«

»Wovor hattest du Angst? Dass er dich dann verlässt und du allein dasitzt?«

»Am Anfang vielleicht. Ich weiß es nicht mehr so genau. Heute verstehe ich wirklich nicht mehr, warum ich es nicht getan habe. Ich habe einfach nichts gemacht.«

»Ich habe das nicht gewusst.« Ich schäme mich etwas.

Oma setzt sich ächzend auf.

»Das konntest du nicht wissen. Ich hätte es dir auch nicht erzählt, wenn …«

»… ich nicht gerade zwischen zwei Männern stehen würde?«

Wir gucken einander an.

»Du musst selbst entscheiden, und Johannes ist nicht Opa, aber wenn ich es noch einmal entscheiden könnte, dann …« Sie stockt und atmet tief ein. »Komm, wir fahren zurück. Ich bin müde.«

»Sag mal! Sag, wie du entscheiden würdest.«

»Entscheide dich, mein Kind. Entscheide dich für dich.« Sie streicht mir übers Haar. Ich lege meine Hand an ihre Wange.

Ich glaube, sie hat plötzlich Sommersprossen auf dem Nasenrücken. Ihre Augen glänzen, sie haben sich der Farbe des Meeres angepasst.

»Komm wir gehen ins Wasser!«, sage ich und stehe auf. Dann reiche ich ihr die Hand, um sie hochzuziehen.

»Das ist doch zu kalt!«

»Wir gehen da rein, zumindest mit den Beinen!«

Ich ziehe meine Hose aus. Ach, richtig, Omas Windel ist in meinem Slip. Egal, hier ist ja keiner. Sie gibt mir die Hand, mit der anderen rafft sie ihren Rock. Wir laufen an die Wasserkante. Die Wellen schwappen leise an den Strand und stoßen kühl gegen unsere Zehenspitzen. Schritt für Schritt gehen wir ins Meer, bis zu den Knien, dann schreit Oma laut auf. Sie lässt den Rocksaum los und auch meine Hand. Sie steht im

Meer, zum ersten Mal in ihrem Leben. Sie schreit. Der Schrei geht über in ein Lachen und schließlich in Tränen.

»An einem sonnigen Tag im Januar gingen wir ins Meer und schrien vor Glück«, werde ich eines Tages sagen.

15. Januar

Nanu, Oma liegt noch neben mir? Entweder ist es so früh, dass es noch vor ihrer Zeit ist, oder sie ist so sehr im Urlaubsmodus, dass sie mal auspennt.

Kenne ich gar nicht von ihr. Sie liegt auf der Seite, eingekuschelt in der Decke. Ich schleiche mich aus dem Bett. Mein erster Weg führt mich auf die Terrasse: Wie schön es ist, morgens zuerst das Meer zu begrüßen! Ich gehe mit nackten Füßen über die kühlen Fliesen in die Küche und koche auf dem Gasherd Kaffee. Auf die Unterteller lege ich zwei Kekse. Vielleicht freut sie sich ja auch über ein Glas Cola? Ich gehe vorsichtig ins abgedunkelte Schlafzimmer.

Sie liegt unter der Decke und hat Kuhno im Arm. Die roten Haare irritieren mich noch immer.

»Omalissima«, sage ich leise. »Buongiorno.«

Sie reagiert nicht. Klar, das Hörgerät liegt auf dem Nachttisch. Ich setze mich zu ihr auf die Bettkante.

»Magst du heute gar nicht aufwachen? Haaallllooo!« Ich streichle ihr über die Wange. Wieso ist sie denn so kalt?

»Omi? Omi! Du musst aber jetzt mal aufwachen, Kuhno und ich sind auch schon wach.«

Ich schüttle sie zärtlich, aber sie rührt sich nicht. Mir wird heiß.

»Nein – so nicht, Oma! Du musst jetzt wirklich die Augen aufmachen und sagen: War bloß Spaß.«

Ich halte ihren Kopf in meinen Händen. Keine Regung. Mein Herz schlägt sehr schnell und sehr laut, ich spüre es bis in den Kopf. Dann werfe ich die Decke zur Seite und lege mein Ohr auf ihre Brust. Vielleicht höre ich ja auch schon schlecht.

»Omi! Bitte nicht!«

Ich halte ihre kalte Hand. Ganz fest. So wie früher, als ich Angst hatte und dachte, sie beschützt mich.

Ein paar Minuten später ist Giulia da. Es ist schon erstaunlich, wie sich Dinge ohne Sprache vermitteln können. Sie kommt ins Schlafzimmer und hängt im Vorbeigehen den Spiegel mit einem Tuch ab. Als sie an Omas Bett tritt, bekreuzigt sie sich und drückt mich. Ich weine in ihrem Arm.

Später rufe ich Onkel Richard an und versuche etwas zu erklären, was ich selbst nicht verstehe. Er steige noch heute in ein Flugzeug, versichert er mir.

Was dann passiert, zieht wie ein Film an mir vorbei: Giulia ruft einen Arzt an, ein grauhaariger Mann kommt, untersucht Oma, setzt sich an den Küchentisch und holt einen Stempel raus und drückt ihn auf ein Papier. Ich weine und gehe raus auf die Dachterrasse, um eine ihrer Zigaretten zu rauchen. Als ich wieder reinkomme, packt der Arzt das Stempelkissen ein und deutet mit einer Hand auf den Küchentisch, dort liegen die Dokumente.

Onkel Richard trifft noch am Abend ein. Er nimmt mich in den Arm und sagt, dass sie ihm so oft gesagt habe, dass sie Angst habe, eines Tages allein zu sterben. Jetzt sei ich bei ihr gewesen, versucht er mich zu trösten. So wie sie bei mir war, als Mama ging.

An diesem Abend trinken wir jeder eine Flasche Wein.

Ich bin mir sicher, dass Mama und Herr Schmitt Oma in der Nacht abholen werden.

Sie liegt ganz friedlich da und hat die Hände über der Bettdecke mit den Streublümchen gefaltet. Der Ring von Herrn Schmitt glänzt und für einen kurzen Augenblick überlege ich, ihn an mich zu nehmen. Aber nein, Herr Schmitt wird sich freuen, ihn an ihrem Finger zu sehen. Gut, dass Oma noch beim Friseur war.

Ich sitze am Bettrand und drücke Kuhno an mich. Die kleine Kuh mit der gestrickten Handtasche ist ganz warm, als ich sie in Omas Arm lege. »Tschüss, ihr zwei!« Ich gebe Oma einen Kuss auf die Wange, nehme das Hörgerät vom Nachttisch und gehe raus.

16. Januar

Onkel Richard hat schon früh angefangen zu telefonieren und zu organisieren. Er bietet mir an, das Auto zurückzufahren, damit ich zurückfliegen kann. Ich lehne ab und nehme eine frühe Fähre. Während der Überfahrt döse ich auf einer Bank im Innenraum. Die Sirene und eine blecherne Durchsage auf Italienisch erinnern mich daran, ins Auto zu steigen, wir legen an und ich fahre ab. Dass der Tankwart in der Nähe des Hafens Deutsch mit mir spricht, nehme ich erst ein paar Kilometer später als ungewöhnlich wahr. Die Autobahn ist gesäumt von Zypressen. Wenn ich nach links gucke, dann sehe ich das Meer. Es ist, als führen wir ein Stück zusammen. Kurz vor Aulla verabschiede ich mich dann auch vom Wasser.

Es ist diesig und das Radio will keinen Sender finden. Ich habe keine Ahnung, wie lange es schon rauscht und schalte es ab. Die Scheibenwischer quietschen über die Windschutzscheibe. Es regnet so, dass es zu viele Tropfen sind, um ihn abzuschalten, und zu wenige für die Intervallfunktion.

Hinter Mailand fahre ich raus auf die Autobahnraststätte und trinke einen Cappuccino, im Sitzen, aus einer Tasse. Ich könnte hier auch noch frische Nudeln, Salami und Parmeggiano einkaufen, so gut ist die Tankstelle ausgestattet. Aber ich nehme nur Kaugummis mit Pfefferminzgeschmack.

Nach wenigen Kilometern ist die Packung leer. Es braucht nur wenige Umdrehungen im Mund, bis der sehr süße Geschmack weg ist und das Kaugummi damit langweilig und schwer zu kauen wird.

Mir fällt auf, dass sich in mir etwas verändert hat. Lange hatte ich ein unruhiges Gefühl in der Brust. Ich habe zuerst an zu starken Kaffee gedacht und dann an ein krankes Tier, das in meiner Brust wie in einem Gehege auf und ab rennt und verzweifelt nach dem Gatter sucht, um auszubrechen. Jetzt hat es entweder den Ausgang gefunden oder sich schlafen gelegt.

An der Grenze zur Schweiz ist der Sommer im Januar endgültig vorbei: Es liegt Schnee. Ich bin Fahrerin und auf eine gefährliche Art und Weise gleichzeitig Beifahrerin. Mein Hinterkopf ruht an der Kopfstütze und ich registriere die Berge rechts und links.

Als der Gotthardtunnel kommt, halte ich die Luft an und tauche ein. Ich spüre einen Sog, der mich durch die Röhre zieht. Einmal blitzt es hell auf. Bin ich gemeint?

Die Abstände, in denen meine Augen zwinkern, werden länger. Hinter der deutschen Grenze fahre ich noch einmal raus und tanke. An der Zapfsäule hupt mich von hinten jemand an. Erst jetzt merke ich, wie still es im Auto ist. Den *Sanifair*-Bon bei der Pipipause lasse ich am Drehkreuz stecken.

Der Schnee verschwindet, dafür wird der Himmel klarer. Ich kann Sterne sehen – weil sie tatsächlich da sind, oder weil ich unglaublich müde bin? Es ist mittlerweile spät geworden und bei Stuttgart beschließe ich, abzufahren und ein Zimmer für die Nacht zu suchen. Der alte Trick: Am Bahnhof ist ganz sicher ein Hotel. Ich stelle das Auto kurz davor ab und lasse erschöpft den Kopf auf das Lenkrad fallen. Wie weit bin ich eigentlich gekommen? Ich steige aus und atme die klare Januarluft tief ein, was ein wenig in der Nase kribbelt, und laufe ein paar Schritte, ohne zu wissen, wohin. Irgendwann kneife ich die Augen zusammen, um den Blick scharf zu stellen. Tatsächlich sehe ich klarer. Über dem Eingang zur Bahnhofshalle steht:

»… dass diese Furcht zu irren schon der Irrtum selbst ist.«